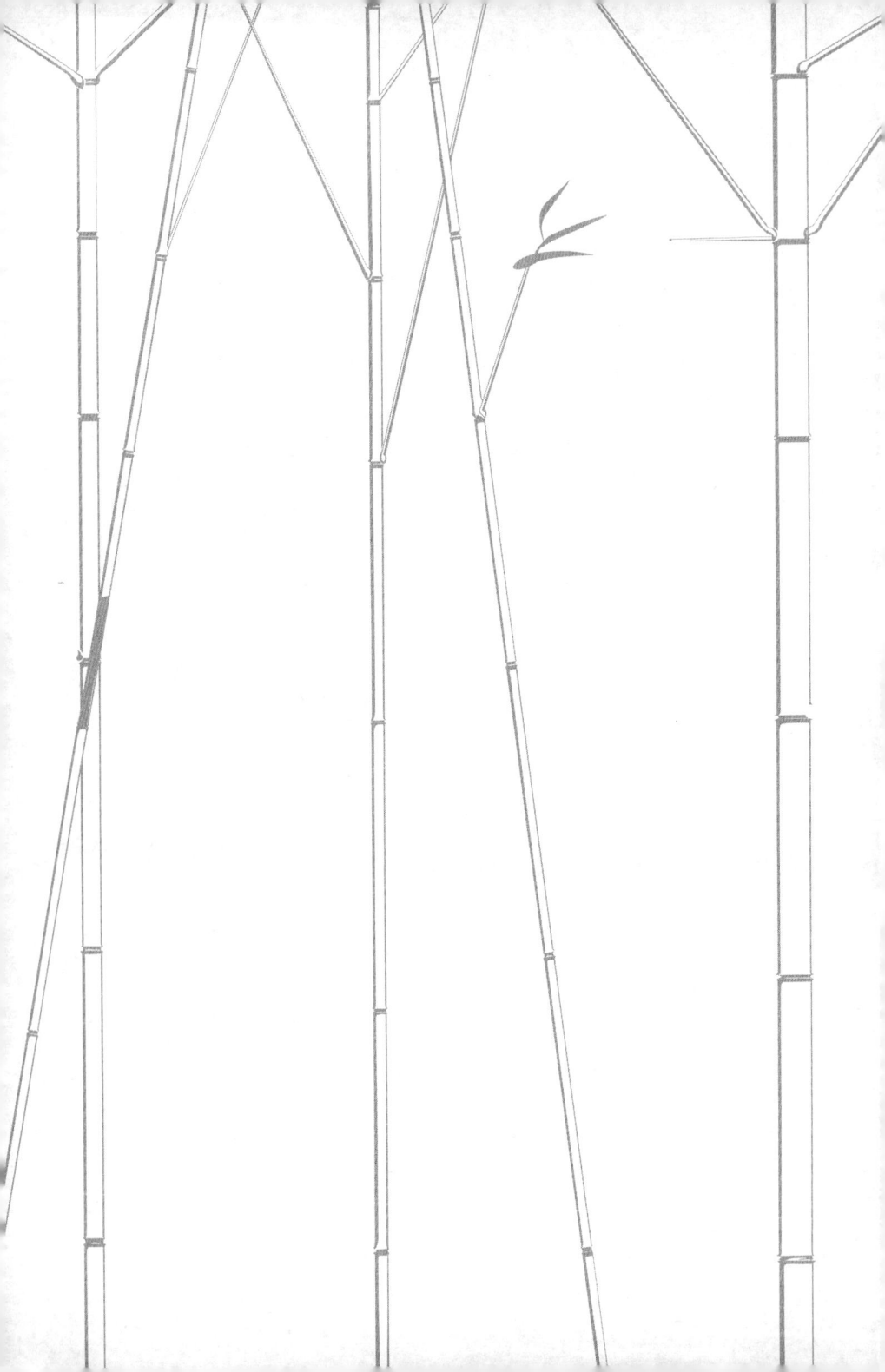

秦佩珩散文

秦佩珩 著
郭孟良 编

抒情
记人
叙事
议论
序跋

文心出版社
·郑州·

图书在版编目(CIP)数据

秦佩珩散文 / 秦佩珩著；郭孟良编. —郑州：文心出版社，2024.8
ISBN 978-7-5510-3014-4

Ⅰ．I267

中国国家版本馆 CIP 数据核字第 2024SC5069 号

出　　版	文心出版社
地　　址	河南自贸试验区郑州片区(郑东)祥盛街27号
邮政编码	450016
发　　行	全国新华书店
印　　刷	郑州印之星印务有限公司
开　　本	890毫米×1240毫米　1/32
印　　张	12.75
字　　数	300千字
版　　次	2024年8月第1版
印　　次	2024年8月第1次印刷
书　　号	ISBN 978-7-5510-3014-4
定　　价	69.80元

如发现印、装质量问题，请与印刷厂联系调换。电话：0371-86180081

编 者 的 话

秦佩珩，字少白，号宝楚，笔名莫问、何漫等，历史学家、经济学家、作家。1914年出生于山东安丘高崖镇李家庄（今属昌乐县鄌郚镇），1941年毕业于燕京大学经济系，历任天津工商学院（达仁商学院）、成都华西大学、四川大学、西北大学、湖南大学、中南财经学院、郑州大学教授，中共党员，1989年病逝于郑州。曾任中国民主促进会中央参议委员会委员、河南省政协常委，是中国民主促进会河南省组织的创始人。

先生才华横溢，涉猎广博，以惊人的毅力和超常的激情在历史学、经济学、文学诸领域同时发力，纵横驰骋。当今学林，大多知道先生以中国经济史尤其是明清经济史研究称誉海内，著有《明代经济史述论丛初稿》《明清社会经济史论稿》等。较少有人知道，先生在经济学领域亦成果斐然，著译有《保险学大纲》《货币学教程》《英美法银行制度》等教材、专著及散见于报刊的数十篇经济学论文。而极少有人知道的是，先生自中学时代起即钟情文学，大学时代就是燕京文学社的骨干，即使后来"国步多艰"，"萍泊天涯"，但对文学的追求始终不渝。他曾先后参与编辑《育英半月刊》、《文苑》（《辅仁文苑》）、《篱树》、《西南风》等刊物和《正报》等报纸，创作并发表了大量作品，在散文、小说、诗歌、戏剧以及文学史研究领域均做出了重要贡献，出版有散文集《椰子集》、新诗集《春蚕集》、戏剧集《沧海月明珠有泪》及小说集《埋剑集》《埋情记》等,自编旧体诗集《喜竹楼焚余》《霜红庵剩稿》《忆梅园抄存》《密止堂杂咏》等,以及报纸连载的长篇小说《峨眉泣血录》等,还有《秋窗呓语》《勺园漫笔》两种吴梅村诗杂记和十余篇吴梅村研究论文、随笔,可以说是中国现代作家群体中的重要一员。

先生的文学生涯,开启于中学时代,二十岁进入北京育英中学开始发表作品,上世纪三十、四十、五十年代最为集中,然因种种原因,多湮没不彰,至今鲜为人知。近十余年来,在编辑整理先生文集的过程中,陆续有惊喜的发现,当然也有遍寻不及的遗憾。就其文学创作和文学研究而言,以散文最具特色。早在燕京大学求学期间,他就是北平沦陷区诗化散文群体的代表作家之一,"以凄美沉郁的格调抒写时代重压下令人窒息的苦闷,借助含蓄的象征性意象或梦幻式想象表达国难、家愁和青春苦闷"。此后在南渡北归之中所写下的叙事、怀人散文亦平实动人,充满时代精神和爱国激情;至于其文艺评论、经济评论乃至政论文章,更见其博学多识、严谨专业和家国情怀,体现了一个爱国知识分子在民族危亡、经济危机、社会动荡的时代所应有的正道大义和历史担当。

本书搜集编选先生散文作品八十六篇,厘为五辑。

第一辑《抒情之什》,保留了《椰子集》十二篇的原貌,集中展现其早期创作的唯美主义倾向和哀婉清丽的特点。郭绍虞、凌叔华先生所作序言,附于本辑后。

第二辑《记人之什》,收录关于历史和当代人物的随笔十七篇,其中《哭闻一多先生》《哭朱自清先生》,情感充溢,文质兼美,堪称代表。

第三辑《叙事之什》,收录杂记、游记及回忆文章十七篇,其中《山水人物忆洛阳》《古刹说法记灵岩》《岷山夜雨忆江原》等可作代表。

第四辑《议论之什》，收录文艺评论、经济评论和时政评论文章二十四篇，尤其以《经济正义与人类前途》《经济的解放》《论建藩》《论和战》《论学习》《论民主》等为代表，至今读来，仍令人耳目一新，足见其博学与识见。

第五辑《序跋之什》，收录其自著序跋和为他人、弟子所作序言十六篇，亦可见先生谦逊严谨的治学态度、奖掖后学的良师风范和独特的写作风格。

本书在整理时，大体遵循以下原则：尽量保持文章原貌；繁体字统一改为简体字，异体字改为《现代汉语词典》正字，个别未收的字，以造字处理；词语方面，按《现代汉语词典》相关规定，改为推荐词形；因为原发报刊颇多漫漶，识读未必确切，还有个别无法识读的文字只能以□标示。

先生一生，常以"文必有益于世"自勉与共勉，也就是顾炎武所说的"文之不可绝于天地者"，必须"有益于天下，有益于将来"。其文学创作与文学研究，亦可反映一个爱国知识分子在二十世纪历史大变局中的心路历程、精神境界。本书的编选出版，旨在为中国现代文学研究提供素材，希望得到现代文学研究者和爱好者的关注和探讨，从而拓展中国现代文学研究的广度和深度，也还原先生在其中应有的地位。

郭孟良

癸卯春日于中原大地

目　录

第一辑　抒情之什 / 1

　　秋谷笛韵 / 3

　　仙人冢 / 13

　　秋灯录 / 18

　　水的故事 / 23

　　忧郁之歌 / 31

　　陵及其他 / 33

　　塞边屐痕 / 37

　　父亲

　　　　——龟山忆痕之一 / 41

　　蝎子岭下 / 45

　　画家

　　　　——旧雨缅怀之一 / 51

　　翁仲之歌 / 55

　　击柝老人 / 60

　　附录 / 63

　　　《椰子集》序一 / 63

　　　《椰子集》序二 / 65

第二辑　记人之什 / 67

何事行人最断肠 / 69

追念维昊
　　——漂流呈献曲之一 / 72

墓志铭
　　——漂流呈献曲之二 / 74

关于郑成功
　　——读《从征实录》/ 81

明末第一流的外交家左萝石
　　——萝石先生死后二百九十五年忌 / 88

从史诗说到吴梅村 / 93

又是叙事诗的问题
　　——汪水云和吴梅村 / 96

明清之际几出爱情上的悲剧 / 101

汤若望和吴梅村 / 111

哭闻一多先生 / 114

哭朱自清先生 / 120

我所知道的吴雷川先生 / 124

忆吴雷川先生 / 128

忆陆志韦先生 / 132

司徒先生回忆琐记 / 135

怀郭绍虞先生 / 139

怀周太玄先生 / 143

第三辑　叙事之什 / 145

　　李家桥 / 147

🎵 榴花再开的时候 / 151

🎵 忆 / 152

🎵 闵子墓 / 153

　　山中杂记 / 155

　　山水人物忆洛阳 / 169

　　古刹说法记灵岩 / 176

　　岷山夜雨忆江原 / 183

　　夹江心影录 / 192

🎵 坐滑竿上青城 / 201

　　北国杂感 / 207

🎵 汨罗屈原遗迹访问记 / 215

🎵 毛主席故乡访问记 / 220

🎵 嵩山访古 / 225

🎵 千山寻胜 / 229

　　秦佩珩自传 / 232

　　武昌鞭影忆往年

　　　　——为庆祝中南财经大学 40 周年校庆而写 / 256

第四辑　议论之什 / 259

　　文艺漫笔 / 261

　　大众向作家们要求什么

　　　　——有关于报告文学与特写 / 263

再论新人和旧人
　　——从买杂志说起／265
《生死场》／267
贤伉俪［Leonard and Gertrude］／270
漫谭"人生"／276
姑妄言之／279
从"六三精神"说到"七七锻炼"／281
向智慧者进一言／285
哀同胞,望九龙／290
经济正义与人类前途／295
经济均衡与社会安全
　　——兼答黄英士先生／300
我们的时代与我们的经济／306
经济的解放／310
中国经济之路／312
论建藩／315
论待遇／319
论外援／324
论和战／328
论学习／334
论民主／341
喜竹楼手记二则／348
爱才若渴与嫉贤妒能／350
保护国家文物　珍惜历史遗产／352

第五辑　序跋之什 / 355

《育英半月刊》编前致语 / 357

《秋窗呓语》前记 / 359

《勺园漫笔》小引 / 360

《椰子集》后记 / 361

《埋剑集》再校后记 / 362

《沧海月明珠有泪》后记 / 363

《孤雁记》序 / 364

《秦汉经济史稿论丛》自序 / 366

《明代经济史述论丛初稿》自序、后记 / 371

《明清社会经济史论稿》序、跋 / 373

丹青千壁，一清如水
　　——《豫南史话》第二集代序 / 375

《郑成功故事传说》序 / 379

《中国近代史提要》序 / 382

《山西工商业史拾掇》序言 / 384

《民进豫刊》发刊词 / 387

《历代治河名人传》序 / 389

第一辑 抒情之什

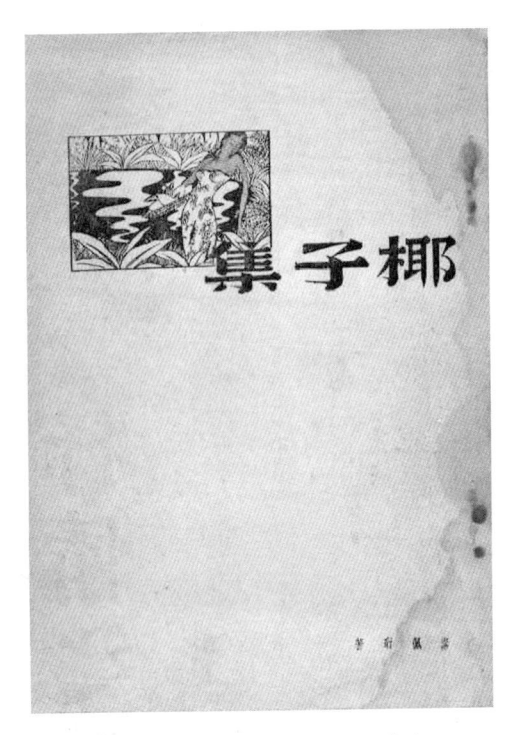

《椰子集》(南强书屋1941年)

秋谷笛韵

寺　　僧

像一匹倦于绿洲的骆驼,我披着巉岩下的红叶,踏进一座深山的古刹。

白云从山峰里跳了出来,变化着许多鲜明的颜色。苍翠的峰,像一位羞涩的姑娘躲到云后去了。

无边的荒沙夹杂着孤单的溪流。白垩色的石块,在清浅的流浪中,唱着回来又唱着回去。

当我踏过那青藓铺匀的石阶时,步子停留在暮霭里。我一方用手生疏地敲着两个紫铜色的门环。

"这里是不是卧佛?……"

"先生……我……我……"

"慧能方丈还住在这里么?"

"先……生……他已离开这里三年了!"

"三年了?"

"是的。"

这回答却使我十分惆怅,我那沉静与平和的心被一种怅失之情搅乱了,仿佛一位渔翁站在荒远的湖边渺茫地望着自己归去的路程。

一列整饬的庙墙而今却已坍塌了。是许多幽灵的哀叹呢,抑是学古人的穷途痛哭?

"既是到这里来看佛的,那么就跟我走罢!"

"是的,僧人。"

这时我感觉分外凄凉,好像过去从来没有这样沮丧过,但我依然跟了那身穿黑色袈裟的麻脸和尚,向着院内行走。

佛殿里的烛明亮了,闪烁着一种使人黯然魂销的光芒。这位年青的方丈,虽然记不起来了,但我却还认清他那面目:瘦削的圆脸,深陷的眼睛,额下铺平许多豆般大的麻子,耳瘤永远向着左上的方向长着。

慧能方丈三年前的那清朗的音调又重复在我耳边响了:"你……你这下流的出家人……仅有把钱看作铜盆大……"

在我的影子悄然移在那黄金色的卧佛上时,那张麻脸在我面前出现了,他笑嘻嘻地对我说:

"先生,要点开门钱。"

"好的。"我点一下头说。

在我把钱递到他那两只枯疮色的手中时,佛堂里木鱼和引磬的声音一齐响了起来,但一会儿又沉寂下去。

那张笑脸,不多时又在我的前面出现了:

"先生,留点香火钱。"

当我从皮包中拿出一张纸票时,看他的神气真是高兴极了,骄傲得像一只战胜的雄鸡。

绕过焚炉便有许多张檀木佛案。朱红的颜色,使人有一种肃然的感觉。几只尘封的鞋,刻着几行古老年代的虫迹。当我走近前来亲切地观察这帝王的年号时,那麻脸的出家人却又临近我的身前了。笨重的口讲着过去的史实,可惜真有趣的材料到他口里,也变成些让人不耐烦的废物了。

在走出佛寺的夹荫道上,轻数着飘零的红叶,一颗凄凉的心随着远处的灯光沉坠了。

走下山峰时,一种奇怪的思想蓦地走上心田:"佛是喜欢要钱的吗?不然,这位佛弟子怎么这样喜欢钱呢?但,佛说过钱是大黑蛇,这又是甚么意思?……"

亡　　灵

人生,正像一座神秘的宝塔,没有一处不使你感到稀奇,别致。

朋友们对我提及酆都城的故事,荒烟迷草的地方,我也曾梦想这样一个世界。不像苏堤白堤的旖旎,也要像烟霞寺的彩瓦鲜艳得动人。我幻想在那里可以考察社会人物的装束、风俗和习惯。这样在刹那间可以给我一个了解这滑稽人生的机会。

一天,我收到一份朋友寄来的讣告。虽然我是寄居在这松萝竹柏的地方,过着葛天氏时代的生活;但我屡与故人期,说我已经疲倦了这美丽的湖山,隐居的生活,渐渐把我的性情训练得平凡下去。要朋友到这枫叶深浓的地方来共同玩玩。谁想这张印了几行黑字的讣文,反把我送到朋友家去。

朋友家的院子是极精致的,有假山,有荷池,有密排柳树作天幕,阴浓的树叶里断续地响着蝉声。

在那我常住过的南房里,躺着一个可爱可敬的灵魂。那张面孔是在两年前我已经熟稔过了的。

在花香与绿荫织成的庭院里,我曾来到这里,低微地伴着鸟声作着共鸣的歌唱。

在月光扫着云天的凉夜,我曾来过这里,冷静地数着天畔闪耀着的星子。

唉,光阴在爱抚的手里滑走了,换来一堆堆用纸扎成的金山银山。天气像火山喷着热焰,但孝子却要打扮得齐整的跪在灵旁,穿了麻衣接待着来往的客人。

唉,那是上帝故意的安排吗?命运从此带来了痛苦的种子。那平板板地放在过廊上的纸扎的楼库,也发出它那时代的威力,命令我那朋友把黄白色的元宝,一个个送到它肚子里去。

唉,那是人类的残忍行为呵,这些虚假欺骗面孔下的牺牲者!一会儿客人在酒席前坐满了。朋友,却像囚犯似的被一位莽夫引导着,踱到我们面前来了。那戴了毡帽的差夫!长着满脸的青筋,使我看了会想起神怪传里许多顶凶恶的人物来。他口里还念念有词。终不知说了些什么。可是我的朋友却老实地在陈设丰富的筵前跪倒了。

唉,那是一个被时光遗弃的梦呵,你静静地蹓走了的人呵!怎能想到遗留在人间的两个爱子尚生着疾病呢!他们的样子已经像个行尸,但依然还要耐着天气的炎热,拖着沉重的慢步跪在灵前,一任那些执事的蹂躏!

当时我的心上起了一种轻微的战栗,和一种悲切的心情。泪滴在橄榄色的花圈上。我高望着青天,一种自己也难参透的情怀,倏忽在我面前升了起来,但转瞬又都沉寂下去了。

你静静地睡着的人呵,你那和蔼的面孔,而今带来了残酷的秋天!我如今怎样设法来分担你那爱儿心田上的沉重呢!

几时能沟通人世间与冥府的境界呢!假设能到达那里的话,我会把这段人间的消息带给她,还不知她要如何把这幕悲剧来谱成一支乐调的序曲!

神　父

在我病愈的第十天,我发现离我草堂不远的地方,有一所屋上竖着十字架的房舍。

那地方好像一个阅兵台的遗迹,矗立着的大厦,多半是用那从地下发掘出来的石柱支起来的。

我常听人说:"那里住着一位神父。"

在柳梢上撒下几缕阳光的时候,我走出我的家门,寂静地沿着小溪散步下去。当快要到达这悲歌的清流尽头的时候,我便有意无意地按着这房舍的门铃,这动作却落在那位大厦主人的心上。

"孩子,你……贵……姓……"

"先生,我姓……我从山上来……"

"你是真从山上来么?"

"是的……"

"山上来,你还认得我么?"

"不……不……我是……一时……不敢说……"

但他那年老而慈悲的声音,却在唤回我那死去的记忆了。我的心音几乎唱出:"你不是曾经在他面前受过洗礼领过圣体的么?"然而我说：

"我不敢认识你了。"

"你的圣名是约翰呢？"

"呵，你是T城的神父么？"

"孩子，是的。"

"在天主面前愿你降福于我。"

我跪在他的面前，静静地看他画着十字。

在说完"亚们"之后，他似乎神经上很受刺激似的，干涸的眼里涌出两滴热泪来了。

这却使我这稚弱的心灵，重温起过去那黄金色的岁月。

是的，我还记得那古城里的事情，那地方是史书上所谓《禹贡》九州之一的：有远山；有斜阳；藏着数不清的古迹；响着穷年累月游人们嘚嘚的马蹄……

我便在西风凄厉地叫啸着的季节，伴着我那脱尽牙齿的母亲在这古城南门内的一个僻静的角落里居留下来。学校是设立在教堂里面，房舍建筑得很精致。那是足以引起社会人士们暗羡的校舍。我便终日在早晚课的经声里打发走了我那黄金色的日子。

"那时，这位神父撇弃了他那年过花甲的父亲，从有着美丽河山的欧西，飘到这遥远的东方来，辛苦地在这文化古国里，作着服务人群的事业。他的私生活是极有幽趣的。他很纯洁，终日穿着苦衣和圣服，在寂寞的庭院里踱来踱去。

他的伴侣不是金黄色的雪茄和浓绿的美酒，而是祈祷和唱圣歌一类的功课。他那种节制刻苦的行为，使你会想起法朗斯在《黛丝》里所描写的主人翁巴孚钮丝的事节来：

"巴孚钮丝终生只过着教训子弟和实行禁欲的清洁生活。时时地,他对着圣书凝思,要在那里寻些讽喻。因此,虽然还年轻,他已很富有功德。……夜里,在月光中,常有七只小豺在他屋前坐着,也不动,也不响,只竖起了耳朵。别人都相信这是七个恶魔,为了他的圣德阻住在他门槛边。"

后来,我这个流浪的孩子,终于在复活节的前日,虔诚地在他面前受洗了。

想着:如今基督已有超度我的意念,在白鸽一样纯洁的灵魂里,我将怎样使我的前途有着灿烂的曲调呢?

想着:如今圣灵已洗涤了我的肉体,扫除我的罪恶,我将怎样为着天主的光荣,拿我的热诚来爱这广大的人群呢?

但,我这旅人的心,而今这个梦却像灯花一样,荒凉地坠落了!

而今,风扫着桐叶,我向他谈着绚烂的往事。我说起那古老的城堞。角楼下的荷池,开遍血红的花。你怎样会舍了那有着冷泉红树的古城飘摇到这杳无人迹的山地来呢?说起教堂那座巍峨的建筑,我便想起圣母的恩宠。

"圣母的恩宠?"

他低沉沉地说,仿佛唤回一个悲哀的记忆。这却使我渐渐明白,那笼罩着黄绿色琉璃瓦的建筑物,现在已成为炮火的摧毁品了。以后他受了重伤从县城跑到乡下去,在一所穷苦的工人家里躲藏起来。

时光像秋水一样消逝了。命运的搬弄,仿佛雾夜里的一盏沙灯,留给人生的墙壁上一只憔悴的影子。于是他飘摇到这深秋的北国来。

盲　女

星星，
人类的罪恶，
你的眼睛！
我的眼睛！

塞风剪着秋帆，我踏在一条深谷的河畔。

几只乌鸦成群地从崎岖的山道旁的密林里落叶似的盘旋着降下去了。

夕阳照在河流中的船桅上，风吹着，带来一股幽香，树木无休止地悉索。红的庙墙旁一声笛子响了。

有谁在这青草湖边，一条河流的入口，静穆地倾耳细听一位苦命女郎用嘴吹出她那沉淀了的哀怨呢？

那伤感的韵调，是会使你忆起生命中一个凄凉的段落的。唉，上帝遭排着人类，但人类又浪费了宝贵的人生！

唉，说什么呢，你生就命苦的女郎，被剥夺了自由的女郎！

唉，河边是这样冷静，你那美丽得像《田园交响乐》里所说的女郎啊！不知从何时起始，我便记起《以西结书》里这样的一段经句来了：

我要将香柏树梢拧去栽上。就是从尽尖的嫩枝中折一嫩枝，栽于极高的山上。在以色列高处的山栽上。他就生枝子，结果子，成为佳美的香柏树。各类飞鸟都必宿在其下，就是宿在枝子的荫下。田野的树木，都必知道我耶和华使高树矮小，矮树高大……

聪明的耶和华啊，我记起这样足以欣慰人心的语句时，在我的眼前便呈现出那埋葬了我那记忆的一张生涩的面孔来了。

在一所古城的西郊，美丽的楼舍，映着远处青山的晚霞，当时我的名字便被排列在这有着千余人的大学名簿里的。

一天，夜里，星子张开它那铁青色的眼睛。我，趁着月光，踏过堆满黄花的湖边，一直走向一个幽静得怕人的绿洼的场所。

在芳香的草际，狂彻着这样的歌声：

　　星星，

　　人类的罪恶，

　　你的眼睛！

　　……

以后的字渐渐听不清楚，我却意想是哀不成声了！

当我询及湖边的乘凉人时，从一位雪白胡须的老人的灰色叹息里，我得知那女郎的名字。

她的家世么：父亲，一位年老而知名的牧师，在吹着彤云的海边，终日虔诚地过着灵修的生活。但，母亲，却是一位放荡的女人。骄傲，欺骗，虚荣，占据了她整个的心。终日在风头场里过着日子。据说，她那肥胖的身体是被一群交际界的男人尽量作践了的。于是生出了这位无辜的女郎。

不久，母亲跟了这些罪恶归天去了。剩下她和父亲过着阴暗的日子。以后，她的父亲也得了个古怪病，瘫在床上要人伺候着。因为忧愤的绳子束缚着他，没有好多日子也凄楚地离开了世界。于是剩下这位在褪色的黄昏里，数着金星星的女郎。

从她父亲死去,女郎的命运像巨石沉到海边。终日在风与浪的格斗中过着日子,永没有再见到晴天的时候。笛声的幽韵,虽然带走了不少的悲痛,但在那捣衣的池边,塘水里是永不会再见到她的笑涡的。

没有人能够了解她,上帝更不能矜怜她,在她的命运上嵌上一个黑色的影子,于是她的人生便永远见不到春天。真理,在她眼里只是一种单调而乏味的东西。

…………

笛声压到耳边来了。

我爱着那语音缠绵的笛声,我却发现她已经是盲了目的女郎。

"女郎,你怎么来到这里了呢?"

"爹死后我便来到这里了呢!"

说时,她用那两只挂了帘幕的镜子望望天。脸上的表情,沉默得像一湾澄清的秋水。

"你的笛音是伤感而动人的?"

"谁说,不过吹吹好玩罢了。"

"你的家住在哪里呢?"我问。

"在山坡上的枫树林边。"她说。

说着,她用手指向几乎连她自己也辨不清的,一处白云正飘起的地方……

(原载《辅仁文苑》1939 年第 2 期)

仙　人　冢

我必使他们全然灭绝,葡萄树上必没有葡萄,无花果树上必没有果子,叶子也必干枯。我所赐给你们的,必离开他们过去,我们为何静坐不动呢,我们当聚集进入坚固城,在那里静默不言……
——《耶利米书》第九章

三月的原上,蔓草发出一阵橄榄似的幽香。

绿堤畔,太阳从东南方红起,染赤了远处归来的渔帆。柳线迷失在一条蜿蜒的蹊径里。遥远的树丛中,似泛起了一层鱼肚色的薄雾。

溪水,像固执着自己的成见,流着,无休止地向远峰流去;碧空下,轻云,亲切地吻着佛塔的残迹,从静穆的荒冢旁,断续送来一阵呜咽的芦笛。

东菁伯伯,正如每个故事里所说的看坡人一样,除了在星斗遥落的夜里,小心防范着一些不肖的人群以外,还喜欢对一窝孩子们,友谊地讲述他那快要被年月带走了的记忆。

"孩子们,你们静静地听着,"东菁伯伯坐在一块翡翠色的石上,衔着旱烟袋,一手摸着雪花似的胡须,吐了一口痰,声音似乎渐渐变大起来:

"孩子们,醒醒吧!听我讲一个哀思树的故事。"

"哀思树的故事?"

"是的,一个春光明媚的时节,我和许多渔人泛舟到一个岛上。那里风光明媚,使你无从表白你的感受。海涛怒吼,紫霞绕着木瓜林;静立的岛上,几点古冢,冢旁住了一个玉面黑发的女郎。她为那里的春光所神往,指着垂柳喊银线,望着月亮叫玉盘。

"她穿了一身玻璃织成的衣服,箬笠,白得像喜马拉雅山峰的积雪,两只明媚的眸子,散着神秘,正如百尺朱楼上明灭的灯光,或海岩旁一粒潮落后的贝壳,使人陡然会想起荒山道院里一位多年长跽祷拜的女尼……

"她喜欢沐着落月的微光,在冢下用鲜艳的花石,垒成珊瑚色的屋子。种植的事业占据了她那明慧的心灵,终日驾着车,飞山越海,从香消的天涯,运来美丽的稚枝,薰风吹起她的高兴,在赤热的阳光下,散满了青冢。后来群树成荫,女郎忽然不见了。

"一个八月中秋附近的夜晚,我和舅父泊船在四十里外的柏年寺。舅父正在渔船上和一群伙计们打牌,我却踏着月光走出了船舱。银星在天际燃起了祭烛,我站在甲板上,静静地望着银河疏稀的地方——孩子们,几乎忘记向你们说明,那时我还是跟了舅父在渔船上做个助手。当时,我凝神静听水流的悲吟,一壁似在追寻一个希望——忽然,岸上渔灯明灭的地方,发出一阵比流星还明的光亮,光亮下映着一副美丽的面孔,她站在那里,无声息地,像雨后的虹,又似一朵正开着的玫瑰……

"孩子,你笑我痴么?从此我便夜夜喜欢泊舟在那古寺前了。我像有着沉醉的情绪,深夜里呆望着长庚星,等待许多好梦的重现。这种期待比渴望什么还要厉害。一个惊奇的念头滋生起来了:那迈着轻盈的步伐,粉面堆成莲花的女郎,何以不再用那白鸽色的喷壶浇起稚枝,而落叶般地飘到哪里去了呢?……

"摇着桨,一夜里,我又在月光笼罩着的寺头,望见那乳白色的衣衫了。这时远处飘来一阵嫩荷似的清香,同时听到远寺里赞佛的声音。不是赞佛的声音,孩子,我听错了,那是女郎的歌唱:

仙人冢上长着哀思树,

上面,结满桃红色的果子……

"那声音,使我听来比什么都凄哀,我在幻想里沉没了。光亮笼罩着原野,飘着花香,飘着串串华丽而幽凉的梦:这情景无理由地使我神往,又无理由地使我落泪了!

"以后,又是几年的工夫——我已记不清了!仿佛是马樱花盛开的时节,白杨堆里有着鹧鸪鸣,清远而凄切。当我踏着月色绕过了古道旁的葡萄林,将要到达石冢的时候,一幅凄惨的图画在我面前呈现了:再也没有那活泼的眸子,轻脆的笑声,圣洁的衣衫,以及那娇嫩的歌唱。成千成万的茂林,已被伐尽了,珊瑚色的室中放着马槽。

"孩子,你们替这故事悲哀么?这情况惊骇得使我流泪。想不到,以后舅父竟会把这事情的原委告诉了我,他说:'孩子,真理是不会死去的,梦终有和你相逢的一天。'他并把女郎的遭遇,一齐告知了我。那是可以一块向你们说的:

"自从女郎在冢上栽植许多棵树后,涧上布满了野玫瑰的幽香,荫密的枝柯作了短墙,绿叶结成门扉;牛羊在果园附近,时出时没,比秋水更绿的果枝上,长年落满了金翼的凤凰。

"说起来,那恐怕是一个极动人的段落。女郎在冢上终日接送一群群的贵客。那镶着蓝宝石的百叶窗,里面灯光亮了的时候,和满天银星相接;有时一阵风来,吹得人身上怪痒痒的;阳台上,晚间布满了流萤,如果来客们谈得倦了,香槟酒喝个烂醉,园中摘下的果子,不独有馥郁的味道,还可以使生命更年轻。

"人生仿佛一幕悲剧,不时扮演着许多错落的情节。当这辛苦种植的消息被燕子带到一个岛国去时,在装饰华丽的宫殿里,激动了一位青年王子的贪欲:他爱那芭蕉色的树,他爱那黄金色的果子,他尤其爱那比孔雀翎还美十倍的女郎……

"于是这位王子,发下了命令:'要十天以内摧动人马,把冢上所有的东西都给取来!'

"接着,兵马日夜地向大陆出发;带甲的武士,闪耀着威风,战马喷着满口的白沫。兵士们,越过了大海,踏上荒凉的大陆,沿途,幻想着生命的华丽:辇车运回了美貌的女郎;青青的果子载回岛国;凌霄殿前,等待着高贵的爵封。

"当他们到达仙人冢的时候,一幅凄惨的图画摆在眼前了:没有翡翠筑成的精室,没有姣好明媚的女郎,没有琥珀色的果子,只有冷风吹着几列干枯的树……

"消息传回岛国,王子气得咆哮如雷:'带不回果子,休想带回你们的头!'

"于是一颗颗鲜红的头颅,从断头台上滚下来了。"

伯伯说到这里,似被一种感伤的情绪所笼罩。抽了一口烟,仿佛要从抹着一层浓厚的银色的记忆之云上,选取她那最鲜明的段落:

"以后,武士们为了避免杀戮,不再重返故国了。青的海,岸上灯塔散着风雨。夜里千万只帆船,把人头运回葬地。孩子,你们设想这王子的命运比其他故事里传说的暴君还要乐观么?只好让那果子像戒指一样永远睡在海底!女郎不见了,唯见年年岩岸的潮汐,四季漂打着带来王子刑令的邮船……"

(《燕园集》,1940 年 5 月,燕京大学)

秋 灯 录

秋

> 创造——这是痛苦的最大解除,生命的轻舒。但其成为创造者,便需痛苦和许多转变。
>
> ——尼采《苏鲁支语录》

谁在天高气爽的日子里偷偷地蹓出古老的都门,爬上一座破败的寺楼,闲听野寺里第一声报秋的晚钟?

谁在离古寺不远的一条躺卧而叹息着的小河流边,响起了阵阵敲打着斜阳的秋砧?

朋友,这时你作何凝思?是学古人的登楼作赋,把荒芜描成一幅图画,抑或想念到庄周在古寺楼头把梦化作蝴蝶舞?

但,这位流落在天涯的游子,他永远不能告诉你他那悲惨的记忆;这,正如同你尽管听那喃喃的老僧念出梵呗,但你却不明白他的思想寄托在何处!

破败的坍塌了的亭阶,在他身后旋转过去了。

攀着老藤的枯枝,焦黄的柳叶片片挂在他的头上;他不禁望着脚下累累的枯冢狂笑,有时对着溪畔的蒲苇作出深长的叹息,似欲在那冥然的幻想中,追逐起一个逝去的人生之波浪。

岁月蹓走了。繁华的场所,变成荒芜。他想着:这个冷泉红树的地方,短的溪流,铺平一片白茫茫的浪花,昼夜地歌唱着。穿着灰色服装的人,带了鲜明的利器,踏过板桥,穿进丛林;明亮的刺刀,映着夕阳的光辉,从紫枫林下,一行行地飘浮过去。

"但,上帝,我的主,你这神圣的赐予,已是过去的事了!"他叹息地说。

谁想这种叹息,会引起远处捣衣妇的共鸣。那溪边的村妇,虽然没有声息,但这幽怨,已从砧声里爬了过来,伴着轻碎的溪吟,送进他的耳鼓。

"不该拉长了我那艰涩的回忆,来折磨自己啊!怎能肯定那南国的丈夫,不会在深秋里,像落叶一样,飘荡到我的面前来呢!"

她不禁自言自语地这样说了。

沿着溪岸,一个青年人的心音,又在响了!

"你,捣衣的少妇,你那弱不胜衣的身躯,正在想念些什么呢?"

微风飒飒地吹动起她那草蓝色的衣襟,漆黑的鬓发也随之飘荡起来了。

热情,像六月的燠热,在少妇心里升腾起来。她几乎不能压制那狂奔之流了,于是向着长空深长地叹了一口气,像说:"秋,你感人的力量太深了!"

这叹息打破客人撷取红叶的注意,他临崖下视,一片迷眼的紫背牵牛花遮断了辽远的视线。当他转过那赭色的栎树林时,他蓦地拾起一句诗:"犹是春闺梦里人!"

夕阳一个斛斗翻下山坡去了。雁也扯起它那嗓子呼着归去的调子。大道上唯蠕动着几条疲乏的驴子,凄凉的叫声中,响起一阵鞭子的声音。

待他用足踢开碎石,慢慢踱下羊肠小径时,寺楼的石阶已沐浴在暮霭里了。

秋,依然沉醉在郊里说……

灯

寂寞的灯,你,幽灵般的光芒呀!
"姥姥,我的妈妈呢?"
"孩子,她到深山驱妖怪去了!"
"怎么这些日子还不见回来呢?"
"等些时日总可回来的!"

年月的不幸,美丽的建筑,会转眼变作瓦砾场。父亲离开家乡去到炮火星飞的地方,母亲被人们带到许多不知名的所在,在那里无欢地生长着。于是剩下这位苦命的孩子——那眸子像天使似的乖乖,便在一天夜里,群树作浅黛色的时候,爬进了舅舅的家门。

舅舅种着一两亩菜园。春天,长满嫩的菜蔬,夏天,有黄瓜茄子一类的东西。在扁豆下市的时候,舅舅的希望便寄托在这些嫩青的叶子上。他每日留意地听着鸡声,披着褴褛的衣服,翻坡越岭地,去赶着四方的庙会。

孩子终日和姥姥在一块过着清闲的日子。雨后,姥姥便带了这个没有父母的孩子,到村头去乘凉。

田野里,风吹着黄金色的谷穗,放牛的小孩子在田边上,戴着破旧的苇笠,嘴里哼着小曲。热气吹在人身上怪痒痒的,有时泛过一阵淡淡的幽香。

赤着脚的孩子,游戏地,用脚踏着淤积在塘畔的紫泥。有时用柳条击打着牛尾,嘴里作着呀呀的歌声。不然便用团扇扑着正在溪水上点绉的蜻蜓。

"唉,年头真变了!"

"唉,吃喝这样贵!"

年月的不幸,带来老人疲惫的叹息。她抬起头,似在追踪已逝的阳光和温暖,但那梦影已像灯光一样闪耀过去了。于是再带来她那愁苦的嗟叹:

"唉,再看不到那升平年景了!"

"唉,再见不到团圆的日子了!"

高粱伏着腰,像疲于生活的样子,有的已经脱光了身体,在田地里东西地摇摆着。姥姥在想:当年,这里发过一次大水,造成这样肥沃的土地,年年长着黄金色的谷穗。在女儿出嫁的时候,还是粜了二斗米,卖了半车青菜,充作嫁妆费的。然而,她想:现在平原变作荒芜,谷田也变卖了,只剩下两亩菜园,种着,日夜不息地种着……

天,渐渐昏暗了,蝙蝠在屋檐前扫荡着蚊虫。

空际没有星星,只有黑沉沉的树影伴着一盏孤灯。

姥姥和孩子,在黑暗里,用手推开两扉破旧的板门,街道上射进一丝灯光。这些许光芒,带来孩子一声喜欢。

…………

又是一年了。黯淡穷苦的村头,寂寞的灯光仍映在深黑的塘水面上。岸边移动着一对人影。

"姥姥,我的妈妈呢?"
"孩子,她到深山驱妖怪去了!"
"怎么这些日子还不见回来呢?"
"等些时日总可回来的!"

(《椰子集》)

水 的 故 事

月光笼罩着大野。村头的场屋旁,杨柳在西风里叹息。

玉清伯伯,闭着眼睛,像海边的一位盲诗人,用幻想的情绪,回味着甜蜜的过去。一会儿,把烟袋里的灰向院石上敲掉,仿佛一口痰在他口里还没有吐出的样子,哑着喉咙说道:

"这事说起来快已经有二十多年了。那时候我还年青着呢,家境好,父亲也健在着。是一年七月的末梢,我伴了村内两条小伙子到胶州去贩鱼。推着二把手的车,太阳刚冒红的时候,三个人开始从村里出发。

"孩子们!你们猜那时我们感到生活枯燥么?不!年头好,各人又身强力壮。我们一路不停步地向着胶州的大道走去。沿路经过无数大大小小的村落:青的柳,紫蝶色的藤萝,还有许多其他好看的不知名的花草。年青的生活,是富有热力的,看着天上飞着陌生的鸟雀,以及映在天边的美丽的彩霞,我们一壁走一壁唱着。孩子们!我一句话都不撒谎!那时我们火气很盛,似乎什么都不在心里!

"贩鱼,按照平日的习惯,一向都是走象州集的。但这条旧路,后来因为不很好走,因此这几年走这条路的人也渐见少了。我们那两位同伴都是极有经验的人,他们一生经历了不少的危险事情。依着他们两人的意思,还是走象州集好,但我却贪便宜(走响水崖省四十里旱路!)硬主张走响水崖。

"几天的行程过得很舒服。终日迎着落月,穿着胡桃林,听山涧里的溪流碎语。一天我们正走着,忽然天的东南角上飞起三四片乌云。接着便是几个雨点,不想不久便淋淋地下起来,越走下得越大。孩子们!到这时候,我们方感到有些麻烦!"

玉清伯伯说到这里,突然沉默起来。轻轻地吐了一口痰,接着便回过脸,远望星光下的山以及山脚下层层绿柏的阴影。他倾耳静听那溪涧里的水声,似在竭力从那清脆的声音里,来寻找那与他这故事有关的内容似的。

"雨落得一阵比一阵急了。记得当时我们是经过一番大的辩论的。三人中,一人主张到前村里找一家店住,其余一位便主张无论雨下得多大总依旧赶路。我便说,前村里有我一个亲戚,再者我们肚子饿了,还是到亲戚家少吃点东西,待雨下得小些时,再继续前进也不算耽搁工夫。

"谈到的那位亲戚,是我的一位姨母。因为家境不算太好,所以儿子到关东去了。老人因为想念儿子,所以左一封信右一封信的寄了去。但始终没有回信。结果把眼睛都哭瞎了。幸亏还有一位女儿终日伴着她在一块过活。

"晚间我们便在姨母的家里住下了。因为喝多了一点酒,加上姨母又有点咳嗽的老毛病,所以始终未睡安宁。雨照常下着,无边黑暗的夜,电光闪过不久,便是一个天崩地裂的霹雳;接着又是一阵倾盆的雨。大的雨点打在屋上仿佛快要把房瓦打碎的样子,孩子们!说也稀罕。好像神灵加佑,不知怎的,正睡着,一位同伴,忽然点起灯来。当他披上衣服,好奇地向外望去的时节,他的脸色立刻

变紫了。他狼嗥似的喊着:

"'伙计们,起来吧! 水来了,快起来!'

"在夜里,孩子们! 这种声音,我真不能形容怎样惊人! 于是我急忙唤醒了姨母以及其余一位同伴,等他们穿齐了衣服,屋子里的水,已经有一二尺深了。这时我们都手足无措,不知怎样是好,同时听见远处有一种似乎是松涛又似乎是千万人伐木的声音从东方传来。我们最先还疑惑是我们亲戚的院落洼下,全村的水都汇聚到这里来;日后,方知那是,河水打破了岸堤越过垣墙,从院内灌了进来。

"孩子们,我们这时简直没有一点主意。外面的水声像是发了疯似的咆哮着。屋内的水,还是一寸一寸地继续升涨。静听远处又是一阵阵连续不断的骚乱:驴鸣,犬吠,有男人野狼般的呼喊,有女人的哭声杂着孩子的叫号……这许多嘈杂的声音一齐合拢起从远处送来。这时其余一位朋友说:

"'我们不能在这里白白地等死,朋友们,我们出去!'

"于是我们打开了门,走到院子里去,院中的水又比屋内深得多了,黑漆漆的夜,像一只大喷壶把水流从高处灌注下来。我们便在浑浊的狂流中拖曳着,滚转着,忽然一阵狂浪打过来,我的面前一阵黑,我们那挽着的手,似乎已经失了知觉。这时唯听见远处黑暗的虚空里仍在响着紧急的雷。

"在这时候,我们唯有紧紧地相互牵拉着,苘麻和黍楷扑打着我们的脸,这时已顾不得叫号,只有狠命和狂涛挣扎,越过了几处被水冲坍的围墙后,便是几处酸枣林。我们用脚踢着漂荡在水中的许多芦草和泥沙,向前慢慢漂行,当时唯一的希望,便是远处的一座矗立的高楼……

"继续地向前漂荡着,水已没过了胸膛,使我们已经渐渐感到一种极不快慰的窒息,同时身上还不住地打着寒噤。在这样充满了惊恐的夜幕里,我们忽然发现那辽远的楼上,已经升起了灯光。同时远处并听见一阵急烈的喊叫声音:

"'朋友们!小伙子!来啊!来啊!这里来!这方面高!'

"在这样极度的混乱中,这声音给予我们一种无上的安慰。于是大家死命地向着那呼声传来的地方浮去。这时我们已忘记悲哀,忘记寒冷,忘记身上穿的什么,不顾一切地向着前面奔荡而去。但,孩子们,谁知这个希望刚刚升起,一个失望又来了。当我们竭力地浮近那座高楼的时候,一个困难的境地便横亘在我们面前了:高楼旁围绕着一带用砖砌的墙,墙头上满插着铁丝蒺藜……

"'这里有墙,救命的恩人!我们过不去!'我的伙伴眼球激得快要突出来的样子,这样霹雳地喊着。

"伙伴的喊声传去不久,我们便听见那高楼的附近有一阵阵急烈的水的轰动,像百万兵马夜渡的声音。渐渐地,那黑影逼近我们面前了。看当时的景况好像上帝赐给了这只影子一种特大的力量。他散着发,赤着背,喘着粗气,顺着狂流直奔,手中拿了一件黑漆漆的东西,在铁蒺藜上疯狂地乱斫。转眼间,听见那墙哗啦地倒了,于是我们升上了月台,当晚便宿在那座楼上……

"水过后的第二天,我们便去重访这位救命的恩人。孩子们!我还忘了向你们提起,这是一位年近六十光景的人。从他那风霜交蚀的脸上,我们一望便知他在少年当是受过不少折磨的。当我们重新向他致一番谢意的时候,他捻着两撇胡须,露着满脸的笑容很谦虚地说道:

"'客人,那是哪里话?不必客气!有工夫多在这里住几天吧!就是刚在大水过后,一切恐怕待遇不周。只要我能够帮忙的,没有一点不可以……'

"招待我们的地方,是五间高房。从屋内密排的许多只酒缸看来,我们可以推想原先恐怕是一所酒店。正中摆了一张八仙桌子,旁面放着钱柜。墙上挂满了许多字画,差不多尽是地方上的名人写的,上面满布着灰尘。在屋的西北角,平落着一个大的谷囤,囤旁放了一些锄镢和木锹一类的农具。

"接着便有人捧出茶水。大家坐在一条长板凳上慢慢地谈话。当我们正吃茶的时候,一位五十上下年纪的壮年人从门外走了进来。老人便向我们介绍,说,'这是我的五弟'。我们马上立起身来,向他致些平安的话。接着便见他用一个银色的锡罐从缸里打出了一壶酒来放在桌上。急忙间,又从房内里端出了热腾腾的菜。随后,自己便跑到东间的酒室里去,坐在一个钱筒上向着我们沉默着。看来,他这份诚意,很使我们不安。但那老人反很客气地给我们斟着酒说:

"'乡村人家,什么都买不到,没有预备什么,请你们多担待些!'

"饮着酒,我们便谈起许多家常事来。

"'客人,我也是个当辈子起家的人,老人家死后,留下我们几弟兄。可惜又都相继去世了,只剩了我们两人。老五是个极勤苦持家的人,他遗留着祖先们忠厚的性格。你看许多酒缸,两年前,我们一直干这种活儿,我这位有着粗壮外貌的兄弟,对这种行业,少说也有三十多年的经验。但是自从前年为着酒税的事情,和县城里的差

役弄不来,又负担过重,便从此歇业了。'

"'老伯伯非常幸福,有这样能干的一个弟弟!'

"'咳!客人,这年头还谈什么幸福?一切的花销都贵。我有四个侄子。老大在省会上一个美国人立的学校里习医。老二和老四住在家里。老三在离省会三几里的洪家楼念书,已经有两三年没有见面了。有时我在梦里也想念他们……'

"'他们不常回家吧?'

"'都不常回来的!有时候也写信回来,探问路上好走不好走。假设路上好走,也打算回家看看。但年头不好,荒荒乱乱的,我总不很放心,路上万一有个好歹,懊悔我来不及了!因此我总是回信说,不几日我便到省会去看望他们……有时想到他们时,便想立刻插对翅膀,飞到济南。去望望千佛山下,岗子墓边我那两位多年不见的侄儿……可是终究因为上了年纪,能说不能行,想到哪里做不到哪里了!'

"我听着他的话一直地点着头。

"'老伯伯说得很是,人上了年纪,不比年轻。'

"'是的!这不能不承认。但是,客人!说也还好,我身体还非常坚强,假设不是下这场大雨,也或者要出去走走。可是现在闹得这样,一切又不敢说定了。看到你们这些强壮的小伙子,便想念起我那一群侄子来……我真不知是哪一辈子修行的与你们得着见面。这使我心中十二分的快活。就是一件觉得不甚满意,便是招待得不周,希望你们原谅!'

"'老伯伯待我们多好!救了我们的性命,已经使我们一生感激不尽了!'

"'那是哪里话,客人?这是分所应该的。常言说,救人一命胜造七级浮屠,哪有见死不救的?'

"他说完后,又用手捻着他那两撇黑须,作着快乐的笑。饭一会儿吃完了,我们便露出要走的精神。但是他们弟兄却完全没有让我们走的存心。弟弟已经起身去料理我们晚间的睡处去了:小儿去和他的姐姐在一块睡,我们便占了最外面那间耳房。

"第三天我们不得不和这位老人离别了。我永远不能忘记!当我们说出要到胶州去时,老人脸上挂着浓厚的感情,泪珠几乎从眼眶里掉出:

"'年青的人!不是为了各奔各自的前程,就在这里住个一月半载,也是应该的!'

"我们这时感动得一句话都不能说。以后他又嘱咐我们出了村头应向着什么方向去,走哪条路比较近而又不易发生危险。说话的音调是那么温和而真挚,几乎感动得我们整个的心都和他的言词相一致了。

"离开了这位和蔼而温祥的老人,我们便走上直通胶州的大道。当我们在路上谈起这位老人的时候,谁都觉得他那种虔诚的态度,值得我们感激,但事实上又不能不离开!

"回忆他送我们到村口,用慈爱的面孔,看着我们说:

"'年青的人!好好地干吧!祝福你们一路平安!'

"说完,他与我们每个人都紧紧地握着手告了别。及待我们已走出村口很远一段了,他仍呆呆地站在那绿柳拂荡着的桥头,远远地向我们招手……

"在胶州很快就把事情办好了。当我们转回家乡的时候,村里的人见了我们莫不一个个大惊失色。及后我们方明白事情的底细：村里的人纷纷地传说我们已在李家庄遇难了。因为这次水灾极普遍，这一阵暴雨，仅沿着汶河便冲去了八百多口。因此一传十，十传百，我们业已溺死的消息，更容易使人相信了。及至我们回家后，四处八方的朋友们，没有一个不来打探着吉凶！

"去年六月里，我因为讨鱼债到响水崖去。适逢那一天是大集。晌午的时候，我在集上和几位账户打着交代。忽然一阵盛传有一个地方上驰名的窝户，被土匪供出，业已被民团擒获。那窝户的尸首，要路过这里解进城去。因为当时被好奇心所驱使，我便也夹杂在拥挤的人群中去观看：是一位怎样的窝户会这样地惊动人？看后，当晚我在响水崖的客店里，温着酒，一直哭了一夜！原来那位著名窝户就是二十年前从狂涛中一个个捞起我们的那位和蔼的老人！

"在回家的路上，我还疑惑，民团们是不是些假公济私的东西？为什么苦苦要害死这位老人？……"

玉清伯伯说到这里，眼泪已忍不住流了下来。夜伴着他那疲倦的口，溶在黄昏的暗流里。天边，一个流星飞了下去。

（原名《水》，载《辅仁文苑》1939年第3期）

忧 郁 之 歌

O Rome! My country! City of the soul!

——Byron

  谁也不能告诉你这学生是几时搬到这里来的,正如同海边的渔夫,拾得一粒多刺的贝壳,不能很科学地判定它生长的年月一样。

  在一般人是不经心,偶而留意的不过是一群年近芳龄的少女们。她们对这青年学生的美丽的发,留下深刻的印象。跳动的眸子,付给她们一个像七月里蔚蓝色的晴和的天空的梦。

  他是神经失常么,还是?……人们在开始对他深刻地加以注意了。

  他的行动打破了人们过去对他冷淡的记忆,人们奇怪的不是他为什么会突然变得这样冷酷,而是他何以葬送了他那橄榄色的青春,漠视了爱情的神贵,而常常独自跑上那座快要坍塌的茅亭,在那里对着斜阳哀哀地啜泣。

  一般人的猜想是他在考试时没有得着好的分数。

  他的厨子却笑嘻嘻地说:"少爷的病根,完全扎在邻家少女的身上。"

  一千个人的推测,在他听来,是一样糊涂。正像风水先生指东画西地说得一样无据;不然便像算命瞎子对老太婆们的一篇卜辞!

  他哪有心情对这两个问题做着些许的留意呢?

分数？他小看极了，在他眼里，那都是些无聊的教师们关起门来杜撰的东西。

说到爱情方面，他认为都是些欺人的玩意，有几个人真正懂得爱情？配谈爱情？

然而谁能告诉你他跑上那荒凉的茅亭去做什么呢？……

那是个 Sphinx 的谜啊，冗长的南柯梦！

也曾有人遇见过，一个夕阳的傍晚，他独自踏上了那座荒凉的茅亭，眼望着北面的枫林，唱出咿唔的调子，微微地随风摆动；但是冷静里却可听到他那清脆的吟声：

"…………，…………

　…………，…………

海水有门分上下，江山无地限华夷！

停舟我亦艰难日，愧向苍苔读旧碑。"

那是一首分明的七言律啊！是名人的成句，抑是自己的题壁诗？

他为什么不把前两联，共同念出来呢？有人在这样问了。

或许行者没有听见；不是他哀痛得不能成腔了吧！

冬神在荒亭畔，摩拂着松枝，湖冰结实得像生铁一样。芦苇在岸上做着最后的挣扎。一阵西风来时，枯黄的柳枝，像鞭子一样抽打着那位少年的长发，荒芜的荆棘上时而起一阵不自然的骚动，像被愤火燃烧着似的。

一只哀雁哑哑地向南飞去！

(《椰子集》)

陵及其他

一　陵

晨曦染着秋衣,我重新踏上三年阔别的古陵。

陵前,那条呻吟的溪流,今日枯竭了。

红的庙墙上不再闪耀着光辉;我的梦被几块骸骨搅乱了。

千万个翁仲在哭泣着时代的荒凉。

静静地,我站在两扇镶着古钉的陵门前。当我用手按上那古香色的门环时,一个老者的面孔很快地在我面前出现了。我说:

"王老,你好?"

他投给我一个惊异的视线,这种沉闷,窒息着我两页心房。是愤恨还是惭愧,是忧虑还是悲哀,是寝息了的爱还是消灭了的憎? 我在渐渐想说了,"你不是那年在陵旁给我烧茶并陪我谈话的王老么?"但是我说:

"这,请问是不是十三……?"

"十三……? 但……我却……却不认识你……"

"完全不记得了么?"

"先生,对不起,一时倒想不起了。"

"那么,"我又说了,"你还记得三年前煮在茶里的那'斜阳照冷枫'的诗句罢?"

"……？×先生，你从哪里来？"

"从北平。"

"北平？"

"是。"我点着头。

蝶般的黄叶从东边飘到西边。待我走进屋内，在一条板凳上坐下时，死的寂静，逼迫着我向他发问了：

"怎样只有你自己住在这里？"

"我喜欢自己住在一个地方。"

这种不经意的撒谎，把我的心弦怒张到不能再增加一分悲哀的程度，我像坐在一具似曾相识的死尸旁边，正听一个冤魂一页一页地读他那酸苦的生活史。

疑窦终于打开了，我向他这样开口：

"上次给我赶驴的那个充满快乐而滑稽的少年呢？"

"你……先生，是问的……"

"啊，是问的那个吉诃德式的人物。"

他的声音颤抖得越发厉害了：

"他是……我的儿子……×先生……就是你说的那赶驴的小伙子……他是三年……三年前娘死去后……后，留下的我唯一的亲爱的儿子……"

"向哪里走了呢？"我急急地插嘴了。

"被打……打死……死了……"

他干涸的眼里，涌出几滴血泪来："先生，你看庙后槐树上那许多弹窝，你再看陵下那数不清的弯弯曲曲的土沟，你会明白是干什么的。"

当他那两只黑黝色的手再送过那只茶杯来时，我方发现他的额上是挂满了许多参差不齐的皱纹,已不是三年前的王老了!

古墓在惨厉而流动的秋风里战抖着……

二 茅店里

秋的夜,静的茅店。

谁能告诉人们一个仙方,足以解除野店的无眠?

捉摸不到是一种什么力量压迫着我,人生难道是灰色的么? 也不这样想。但,在灯下我却像望着许多憔悴的面孔在作着垂死的呻吟。

是时代的悲哀,抑是人类的残忍?

我,重新认起三年前来过的这座荒店:灰色的建筑,短短的围墙,秋的月,冷的庭花……

我凝望着长空,数着闪烁的群星而惆恨。

宇宙使我凄然了。

于是我记起《罪与罚》里的那个男主角来。我虽然缺乏那样多情而羞涩的梦,但流浪的生涯受尽运命的拨弄,却是上帝一个最公平的赐予。

当我油然缅怀到泥塘般的过去时,一个沉重的黑影,在我面前蠕动着。我轻轻地摩拂着这个时常鞭策着自己的挚友。

我从皮箱里取出一个长篇集子来细细地咀嚼着。

眼前爬过一节伟大作家的序文:

　　艺术应该为理想效力,却非连一切裸露和可憎也都在内的真实的再现——这是一篇故事的根本思想——向我们讲说这道德,是托之艺术家怎样受了肖像的危险影响,贪利趋时,终于招了悲剧的死的,而这肖像乃是一幅大写实主义者的艺术的作品。

但,我是不是能够握住一个崇高的理想?

但,我是不是能够自己抛却那些狭义式的烂污?

而,我又是不是把整个人类,整个民族的梦幻,当作自己的一件不可逃避的工作?

我在忏悔地严格地追问着自己。

我的灵魂跪在基督前求他降福了。

煤油灯扑拉扑拉地响了起来,打破客店的静穆。

隔壁少妇的面孔在冥冥中出现了。

我的心音伴着她的哭泣响了:

"你在怨恨秋虫的私语惊断你那甜蜜的梦么?"

"不。"

"或者因为没有美丽而醉人的装束?"

"…………"

"不然,"我的心音又响了,"便是缺乏嫩美的蟹黄一类口味的尝试?"

"更不是。"

"那么,少妇,到底为了什么?是不是在你心灵的深处环绕着一种悲悽的隐衷?"

"先生,假设你愿领会的话,我哭的是一个游魂。它的存在,村畔山脚下那块馒头般的土堆会告诉你;被巧匠磨平了的那页青褐色的石板会告诉你;从鲜红的血换取来的那一行行的镌文都会告诉你……"

(原载《辅仁文苑》1941年7辑)

塞边屐痕

一 隘

是谁把秋色染遍了关头树？

双轮的骡车，在夕阳的山道上，慢慢地转动着。

牲口虽未曾露出疲倦的神气，但那破旧的柴车，却发出吱吱的怪叫了。

让它走到我的前面去吧！

惨淡的女墙，在坍塌的缺口处，一行新雁南归了。

疲乏的挑夫们啊！你们不必追随着骡蹄在崎岖的山径上奏出单调的音乐了。转过那座陌生的山峰时，你们暂且休息一会罢！

当我渡过那条低唱着的溪流，走上一个黄泥板的斜坡时，望着前面沙尘里的行人不禁起怅然之感了！

是若瑟·爱德逊（Joseph Addision）在西敏士达寺里的感触呢，还是这位西洋古代作者的哲学："人生像一局棋，每人像一粒棋子，各有各的地位，但是当棋局完时，各式的棋子，都要混在囊中了。"

人类从如何的路来，再从如何的路去，这是造物者的本意。

慈爱的耶和华啊！你的宗教的真谛被野蛮的民族强奸了！

我的梦在云外醒了。两个念头控制了我：是要效浪漫式的诗人骑鲸东去，还是踏上古城的高峰来一次痛快的悲哭？

在清新的"花石子"叫卖声里,牧童赶着牛羊归去了。

几滴萤火爬上岭脚,把我带到血红的猩痕的深渊里去了。

当我坐在一座馒头似的新坟旁时,一团黑灰迷了我的理智,一个骷髅仿佛在红叶下凄切地短吟:

"谁又坐在羊肠的道旁听枯草的哀鸣;

莫非是待夜月问当年的往事?

上帝赋予一切以博爱在那里。

砖苔能告诉你些什么?

砌草能启示你些什么?

啊,欲问……请向断井颓垣处,那模糊的碑石去追寻吧!"

我的足迹向着腐草里的幽灵叹息了。

我的意念向着西风飘摇地赞答了:

"我是在向着四千年的文化遗产凭吊,不是想在这里找寻失去的平等,自由……

生,是永久的存在,不是一个冒险的估量。

告诉我的是零乱的暮霭。

启示我的是凄切的寒蛩;

同胞啊,你……

所有过去的,都是光荣的幸福之路。"

二 牧羊女

伴着两页枯寂的心房,像一个佝偻的老者,我爬上一个黄草漠漠的荒冢。

当我的足迹落在一条碎砖砌成的石径上时,一个像七月柿子一样苦涩的梦,被汩汩的水声送走了。

那是命运里注定的巧遇么?溪流送过一张陌生的女孩子的面影,我那正在凝思的心绪,终于被鞭声搅乱了。

"女郎,你从哪里来?"

"从冢的后面来。"

"后面?"

"是,先生,"她说,"可是,你有没有看见我的羊呢?"

鲜明而嘹亮的话,把我那个倔强脾气融化了。是深山里在听松涛啊,抑是冥府里幽灵们的嗟叹呢?

心,在凄异地跳吗?每条神经的纤维在被刺激着了。"以我这样年轻的人也被称作先生了。"可是我答复她了:

"女郎,我既没有听见咩咩的羊叫,至于铃声那更是一个稀罕。"

沉默夹着轻微的呼吸,好奇心在发动着我向她追问了。"你住在哪儿,家里有什么人?"

"离车站不远的黄花镇。"

"黄花镇?"

"是,先生。"她用手指着东北的方向。

"姑娘,你所说的车站是不是指这青龙桥……?"

她给我一个满意的点头。

"你为什么始终不告诉我你家中有几口人呢?"

"先生,恐怕说来没有意思。"

"那么就请你全盘说出来罢,我很喜欢听。"

水在冢下流了过去,远处夕阳下几只乌鸦在古城的寒堞上盘

旋。当我的视线送上蜿蜒着的堡垒时,姑娘的嘴唇在蠕蠕地颤动了:

"告诉你,先生,我家中只有一个妈妈。在爸爸死去不久,哥哥到人迹罕到的地方去当兵,每当节气来临时,深夜里的油灯便会独自陪着妈妈的眼泪在晚风里叹息。"

她想一想,又继续说下去。

"感谢的是一群杂货铺的伙计们!他们每会替我们从集市上带来哥哥的家书。后来,有一次的来信,自经王大爷的手拆开,向妈妈读过之后,妈妈的哭声,由号啕变为凄厉了。"

以后又从女郎的口里吐出千万个珍奇的字迹来了。妈妈如何告诉她好好放羊,因为她是又没有哥哥的孩子了。妈妈如何在月亮升上柳梢的时候,憔悴地跑到爸爸的坟边去在那里呆呆啼哭……

我们要别离了么?她轻轻地说道:"晚安!"

火车冒着黑烟发出怪叫的声音从洞口里钻出来。女郎的影子被夜色吞食了。

冢遗留在暮霭里。

(《椰子集》)

父　亲
——龟山忆痕之一

爱,我想是强过死,或死之恐怖的。仅仅因为它,因为爱,生命才结合而进步。

——屠格涅夫

若说人生的意义是多方面的,那往事的回忆,却再悲哀不过了。阴密的松枝,涧边的芳草,清脆的羊铃的声音……一切的一切,会使我这个年轻的孩子感到了"生的怅惘"。我静望着浮云,从回忆里挑选了一张最鲜明的图画,在那一只瘦长影子的顾盼里,我知我是如何被它拖向一个迷惘的境界里去了。

为了躲避地方上土匪的骚扰,我从很小便与父亲隔离了。一头驴子在深夜里把母亲和我驮到离故乡百里的青州城去,遗留在故乡的只有父亲一个人。

在青州城东,伯父租了几亩菜园种着。从城内到种田的地方,还要越过好几个山村,以及许多弯曲的溪流。每逢母亲和我去那菜田时,必须路过一个公立的农场。我还记得在农场旁边放着一块平滑的石板,那是母亲常好坐在上面休息的地方。有时她望着远处的青山,发出几声疲惫的叹息。谁想这呻吟在我这心灵上撒种下了悲哀的种子。

那时我入的小学是青州南门内一个教会学校，我在那里看惯了一张张严肃的面孔。早课与晚课，不独将我的膝骨跪得坚硬，那经声也把我那心灵训练得平凡了。我还模糊地记得，每隔一个相当的期间，父亲便从故乡来看望我们一次，领我去游山，领我去捉鱼，有时带我到瀑水涧去看古城的落日，间或也伴我到东南角楼下的荷池畔去走走。在那短促的避居生活里，青州古城的一块石一根草都留下我那可歌泣的纪念。

小学毕业以后，因为家庭的日趋式微，便离开那第二故乡到济南去读书。父亲如果没有特殊的事情很少给我写信，但我有意无意地可以从别处探知一些关于他的消息。无非是说他近来更勤苦了：早上五点钟便起来打扫院子，自己爬过龟山到附近村庄去索债，晚上回来还要处理许多村务，一天到晚总是这样。

使我永不能忘怀的，还是我去济南读书的第二年。霹雳一声消息传到学校来，那便是伯父的惨死。接踵而来的，便是压在我那父亲身上的绵延无尽的官司。以后因为经济情况更难于维持，所以连那仅缴饭费便可以求学的机会也终于放弃了。案件从县城移到省会去审讯，两造的当事人是必须亲身出庭的。我还记得父亲四点钟便把我喊醒了，要我和他起身到青州城去。从故乡到青州要有一百多里路的光景，因为天气很短，所以必须带些月光，方可补足这冗长的行程。

居友曾说："如果花开就是花之死亡，它仍是要开的。"我那年近花甲的父亲，他并非不能估计自己的能力，但为了爱，为了真理，使他不能不把那血汗洒在崎岖的青州道上。那时我替他拿了烟袋，在后面驯服地跟着。从他的迈步里，我可以暗暗地推想他是疲惫

的。当时他心中的苦恼,虽已达到饱和的程度,但累年的折磨已把他训练得处境自如了。他一壁走,一壁随意唱起一首古人的诗句:

几道金牌去,

班师一日中。

将军方破敌,

宰相竟和戎……

他用那苍老的音调吟出吞在腹中的抑郁。可是当时我怎能领略他那一番忍辱负重的心情呢!到哪里去寻找公理呢?伯父是被土豪活生生地害死,没有钱的人,就算是上诉到九霄,结果还不是无济于事!

前年从北平还家,在村间的田塍上看见他,假如不是他先向我开口,我几乎不能认得了。枯槁的面孔上,挂上了许多纵横的皱纹,胡须像乱草一样。高耸的鼻梁已不似从前那样丰润,坍陷得仅剩一条骨头了。没有发生变化的,仅是两条久经风霜的眉毛,和两只深红的眼睛。

在家住了不久,因有事情急待办理,要迅速转回故都来。于是又不得不和他告别了。

"再到北平去,更得勤苦读书啊!"这是离别时,他站在路旁嘱咐我的话。

麦垄泛起一层层的波浪。左眼瞳上生一片白翳的小花狗,在父亲后面间歇地跑着,有时用它那鼻尖嗅着道旁的马尿。当我转过一座矗立在松林旁的石碑时,父亲的影子,已被树叶遮得渐渐看不见了。

父亲,可爱的父亲,百屈不挠的父亲。他惯以行为来表彰自己的人格,想起来使我感激得流泪。他祈望自己的儿子,将来可以在学术方面有深的造诣,在社会上能有大的贡献。但,我给予他的恐怕只是灰心与失望。我的名字虽然被排在将有千余人的大学名册上,但我过的都是古庙式的生活。从教育的本身我会接受到些什么,也只有上帝晓得!他们灌输给我的那些支离破碎的知识,压榨着我的心血,骗去我那宝贵的光阴,换来的是寂寞空洞的悲哀。现在,名利变成了目的,求学变成了工具,所谓"学问"二字便在那群商人式的教育者们的威胁利诱之下猬集而成。那一张张专以分数恐吓人心的面孔,更加深了我对于人世的愤慨。过去云烟,霎时间都来到目前。我像一个被麻醉的人,终日流连在西山的落日和古迹的凭吊里,可是我这种激荡的情绪,要对谁说呢?而这些琐屑的事件,又岂是我那关山万里的父亲所能梦想得到?

一天,下课回来,在床头上放着一封信,里面这样写着:

珩弟:兄已离威海卫,于十七号乘轮来津。不日返里看顾双亲。因为父亲长年赐予之教训,使吾不能再在威地住下去了。余后及……

返里!父亲现在如何了呢?我擎着一页信笺,痴痴地望着两行虫样的字迹,业已长埋了的记忆,不禁重复鼓荡起我一阵怆然的情绪。

(原载《燕京新闻》1939 年 5 月 20 日)

蝎子岭下

走到太阳快落山的时候,远远地便望见蝎子岭了。哥哥和我的意见不甚一致:他的主张是无论怎样也要在夜里赶进城去,这样方误不了第二次庭讯;但我则认为时候已经不早了,还是在蝎子岭下的韩家坊落伙铺较好。

十月的天气,风从峭壁上经过,吹在人身上,起一阵不快的感觉。道旁的树木,有的秃了头,有的还仅剩着几个干枯的叶片,在北风里,簌簌地作着最后的挣扎。凝结着马尿的黄土道上,混乱的车辙中,平铺起一层层碾碎的柴草。大路旁,堆集着许多辆油车,宛似一列大菌伞在雨后出现。

不必说,这时我和哥哥有两种极不同的心情。我总觉得赶夜路在这种年头,是一件冒险的尝试。但哥哥却因为关心讼事,且欲急速知道一些关于法院里的消息,故认急速赶进城去,是刻不容缓的事情。

我们雇的那位挑夫,是一位年纪在三十左右光景的人。浓厚的头发,越过耳朵,披到肩上来。左腮上贴着几颗豆般的麻子,在发笑的时候,那坑陷越发显得大些。嘴上留着一点儿胡须,长一点的好像将要跑到嘴里去的样子。据他自己说,一年三百六十五天,有多半日子,是在这条路上跑腿的。他挑着那沉重的行李,有时需要换肩,但这种动作,在他运用起来,却是极自然的。当我故意逗他,说他非常能干,于是他便很神气地回答:"不是咱自己吹牛,百儿八十斤的,到了咱肩上,算不得什么!"于是大家说笑着,通过了面前的酸枣林,这时我和哥哥都走得疲乏了,嘴又干渴,但那挑夫却越走越有些起劲,一面口里不住地哼着小曲:

沙啊沙,洼呀洼!

我上南村去买马,

一碰碰着丈人家……

唱的究竟是些什么,我们没有十分注意,但在他觉得唱得仿佛极有趣味,这却是事实。他一面哼着一面向我谈笑:"我说,客人,听老人们说,蝎子岭是杨二郎担来的,您信不信?"这声音打破了哥哥和我一向保持着的沉默。一会儿,他又继续着说下去:"听说杨二郎本来不想把山放在这里,后来因为孙悟空追得他太急了,他想用山来压住齐天大圣呢?"

杨二郎担山的故事。小的时候,曾在祖母怀里听她讲过,但现在却已经记不清了。我便有意无意地向他搭讪着,同时也顺口胡诌了几句。这时我的心,渐渐随着夜色黑暗下来。天色愈暗淡,道路愈显得崎岖;道路愈崎岖,我的心房跳动得愈紧迫。胆怯好像是有繁殖性的,一会儿那许多可怕影子,都迅速会集到我的脑海里来。

按照父亲的嘱咐,是不许我们通过蝎子岭的。当然依我那样富有经验的父亲,这看法是不会错的。他时常抽着旱烟,把他一生许多经验的线条,排列给我们看。在这许多乱杂的线条中他也会慢慢抽出那较惊人的一段:

"这次我劝你们还是斜过蝎子岭走小路的好,因为蝎子岭这条路,是极妖道的。一年腊月里(那时我还年轻呢!),因为进城去办年货曾走过这路,但,孩子们,受了罪了。……当走到蝎子岭前那棵古槐树下时,那匹驴怎样也不前进了。它只竖起一双耳朵惊人地号跳着……"

幻想起这幅图画时,我的心是在猛烈地跳动。于是开始和哥哥争吵起来,无论他怎样在我面前加意劝说,我也是不肯放弃我的意见,我的理由很简单:腿已肿得抬不起来;万一也会路逢不测;再说庭讯也不是不可以请求缓期的。

哥哥的性情本来极宽量的。况且又看我年轻,更不好十分勉强,于是便接受了我的提议,到韩家坊去住宿。

扬着带有葱味的飞尘,我们沿着岭根走了进去。韩家坊那许多平排的茅屋,便在我们前面出现了。从村头一位粪夫的口中,我们探听到客店的所在。于是顺着大街,向南走去,当我们在路西一家挂着公兴客栈的招牌前停住脚步时,一位在门槛上含了旱烟的老头,却顺着我们的视线走近前来:

"客人,想住店么?"

我们便向他点一下头,表示猜对了的意思。不想他却接着说:"客人,对不起,这里现在不能住了。还是早去赶些路吧!"

那老头说后,依旧沉默地衔着旱烟袋抽他的烟。似乎说,话是说过了,听不听由你。这时恐怖的气息,征服了我的理智。于是未等哥哥开口,我便抢着说了:

"怎么啦,住店是给你钱的!"

"我说,年小的,你不必动气!生意不成仁义在,我们何尝愿耽误了买卖?不过,都是年头赶的!……俗话说,'在家千日好,出门一时难'。万一有个意外,两方面都不合适!"

他这话,是用着低微的声音,温暖的口调,善意地向我劝说的。于是又把我的愤火顷刻平复下来。

事情既然弄到这样,也不好再在这里眷恋了。店家门板的碰冲声,以及远处的犬吠声,都会引起我的吃惊。甚至连树叶的摇动都会使我联想到许多可怕的故事。但问题又必须是立刻决定的。哥哥的意见是这样:我们要些水喝,再买几支蜡烛捎着,斜过这小的山坡去,不远便是十里铺子,那是一个荒僻的镇店,三年前曾有哥哥的一位朋友在那里的杂货店里充当伙计。假设我们能去投奔的话,他一定能设法安插一下的。计议已定,便辞别了店主,冒着深夜里的冷雾,向着一条直通村口的岔道走下去。

当时我好像在等待着一个噩运的降临似的。方才那店家的话,越发增加了我的恐怖。几乎连行李的摆动,我都认作是土匪们将要来临似的。我脸上流着一阵阵的热汗,当我跨过了岭脚下一块阴森的墓田时,在未爬上岭坡便已看见的那个信号又重复高高地悬在半空中了。那火花烧成的信号,在银河畔挂起,恰像雨后的彩霞。这实是间接告诉我们一些贼人们的动静,而知他们要在远处的檞树林集合。这时我几乎没有惊恐了,我的灵魂似已虔诚地付托给了上帝。过去的一切的忧虑像缩小了身子化作一团萤火似的希冀。不消说,这时哥哥平日面上堆着的笑容现在也都消失了。他在我前面丈多远的地方,歪着头,无精打采地甩着一只膀子走着。但那位挑夫,却还是他那滑稽的性情,口里哼着不成腔的《阎瑞生惊梦》。

山路,看来仿佛就在目前,但走来却相当的冗长。我的脚早已走得起了泡,很想能够找到一头驴子来代代脚步;但在这深山旷野里,哪里去寻找这种东西?我们从车站带来的灯笼,也在下岭坡时烧毁了。好在天上嵌满了许多只银星,这还勉强的可以补足我们的损失。

因为距十里铺子越走越近了。这使我的胆子又似乎立刻壮大起来。我们便在迂回的山路上急急地走着。远望着前面那黑沉沉的一片荒野,远山像黑的锅底,长空里,北斗星照耀着的地方,又似起了一层薄雾。

在下岭的路上,蜿蜒着密的松林,那弯曲的石壁,卧蛇似的起伏着,似乎是古代的堡垒。山脚下,一条呻吟的溪流,正作着清脆的絮语,大概哥哥也是走得有些疲劳了,正在擦着洋火,点着一支香烟抽。同时我还听到有这样的声音在问答;那声音是杂着松林内的鸦噪一块送进我的耳鼓的。

"脚夫!离十里铺子还有多远呢?"

"大约还有三里的光景吧!"

"三里?"

"是的,客人!"

说时指着远处露着灯光的地方。

我总不能忘记,当我看到远处那闪耀着的灯光时,心中是如何的喜悦。那里仿佛寄托着我无上的安慰。不想后来这点光亮,却换来许多失望。事实是这样:待我们走进十里铺子时,荒凉的街道上,家家紧关着门板。越是我们敲得厉害,越是门板关得紧些。最后我们在大街的中心,找到一个灯光的所在,第我们敲开门进去后,便发现在屋内的炕上坐着四五个打牌的人。及待我们向他们行了礼,说出我们的来历,并询问起那位朋友的住址时;他们却目对目地,含糊地,向我们支吾着。同时用着惊疑的目光,在我们身上来往地扫射。

不消说，即由我们怎样地把许多好话说了个干净，也不能解释人家对我们的那种深沉的误会。他们有的说，某某已到县城去了；有的说，在西村里给王家抗伙；有的简直干脆说不知其人。关于第二个说法显然给我们不少的安慰。因或者可以从这里找到一点线索，那么今夜的住宿问题，或可得到些解决。此时，这条大道，在他们看来，真像一条毒蛇，使他们感到恐怖。不消说，我们便是那蛇牙里流出的毒液，从大道上注射出来。这会使人家对我们这三位深夜的过客，没法不辞脱得厉害。但事已如此，我们又不得不向他们苦苦地哀求。最后结果，同情我们的倒有，可是真正自告奋勇指示我们去西村的路的，却没有一个人了。

当我们到达县城的第二天，地方的报纸上登载了这样一段消息：

  韩家坊通讯：本县一区韩家坊，前晚十时许，当居民正入寐时，忽有暴匪三十余人，着黑色短服，持枪闯入路西之公兴客栈，立将店主击毙，抢去大洋四百余元。同时亦有两店伙因伤致命云……

（原载《覆瓿》1940年2月号）

画　　家
——旧雨缅怀之一

当我搬到一座山城去住的第二天,一位朋友跑来看我:"你这屋子欠些装饰?"这给我一种春兰色的希冀。果然他不爽前约,托了另位朋友画张山水送来。

青的山,葱郁的松林,夕阳中,发散着黄色的庙宇。原上,草青成翡翠鸟的翅膀。梅花盛开的村头,飘动着一张酒家的招子。

近看,山坡的低处,卧着一座石桥。老年的樵夫,荷着柴,影子落在地上。高岗处曲松在冷风里摆动……

好一幅美丽的图画!

"你知道不?"我的朋友开口了,"他是一位爱好南派作风的画家。"

"这位画家穷得要命呢。"我的朋友又说。

"穷得要命?"这却使我这零落异乡的客人有些没落之惑了。接着我却不经意地连声说:"穷得要命?"

记不清楚是哪一天了。仿佛是梨花开得正浓的时候,我像雾一样落到这位画家的庭院里。

暮霭里,我走向攀缘着绿藤的窗外。主人把灯扭亮,我悄步地走了进去。在灯光下,我方发现这位画家还是一位正挑动着处女心弦的少年人。

房间里摆设得极雅致。一面圆的镜子,镶在衣橱对面的墙壁上。屋子的正面,放了一张八仙桌子,两面平列着两把檀木椅。在远的梳妆台上,静静地立着一个石膏像。

我们脸望着脸,谈着一些艺术上的问题,从"踏踏主义"一直到"纯粹派的美学"。他一面谈,一面望着电灯发射出的绿色光芒,有时用手随意翻着桌上几本洋装画册。

以后由于屡次会见,在我们的友谊上,竟划上了一条不可磨消的烙印。

后来不久,我便离开这山城到胶东去作工。在起程的前天,因为忙着告辞,所以在外整日地应酬着。晚间回来时,在我桌上发现放着这样一张纸条:

××:你要抛弃我而到青州去了。我来访,未晤。明日请你到我处吃晚饭,希望你千万不要谢绝,午后七点请你到我住处来。

××留字

因为时间已经赶不及了。我便写了一封信,向他道歉。他也倒很宽量,回信说:"既是时间来不及,也没有什么。"

我在那座小的县城里,做的是一家面粉公司的工作。一种终日地抄写的工作,会把我的日子拉得冗长而平凡下来。每日是照例坐在柜房里,誊清那些纷乱的账目。每到夜深,别的部分,都要休息了,我还要独自一人,坐在那冷清清的柜房中用手指乒乓地敲打着当日进出的账目。夜里,我便睡在经理住所侧面的一间小房中。公司的经理,是位上了七十的人,好吃口鸦片,还有一点咳嗽的老毛病。这仿佛使我觉得日间的疲劳更不易恢复过来。于是我便决意辞退这差使,重回到那蔚峰重垒的山城去。

长久的阔别,似在我们的友谊上涂上一层暗淡的颜色。一张生疏的面孔,在寂静的日子里,向我招手。于是我在回到山城来的第三天,便在槐花巷的门牌廿五号,找到了他迁移后的住址。

当我用手敲着一座旧宅的门环时,一位中年的仆人,走了出来,用着亲切的口吻,来探问着我的姓名。我随手取了一个名片给他,不多工夫,他重复出来向我说:"主人在里面等待着,请×先生进去。"于是我便跟着他走了进去。

夜里,天际没有星,只有黑沉沉的雾窒息着行人的呼吸。当我转过那影壁前的夹道时,我方发现他住的是一家会馆。

院子里,满堆着垃圾。南北房间中,随时听到奇怪的打闹声。当我走进差人指向的屋中时,便看见他正一人坐在那里,仿佛预备给一幅图画题些什么。他的面孔,比前显得更苍老而忧郁得多了。他用力划着那银亮的画纸,好像要把那困顿的生活,排在这五色的线条上。那微细而精巧的草书,在他不妨说是用来安慰自己的一团灰色的期待。

"好久不见了,××!"

"是的,好久不见了呢!"

"你正题些什么?"

"是的,我正想题些什么呢!"

随后他抬起头来说:

"朋友,我画的是一株梨花……它长着黄绿而细长的叶子,开着幽香而袭人的白花。它谦逊,没有桃李那样的艳丽;它强干,所以它能在狂风暴雨的山坡上生长起来。它以温柔制胜外界的刚强,用和善克服敌人的侵略。虽然,有时有猛鸷的老鹰,去损害它,也有野蛮的牧童,去攀折它,但始终它有着那不屈不挠的高贵精神……

"朋友,你替这梨花悲哀么?它顽固地接受着自己的理想,纯洁地开着灿烂的白花;它虽从不被一般人所注意,但它却忍受着自己生命的凄切,年年月月在风霜里,和命运的使者交战……"

离这不久,生活的鞭子便又把我驱逐到南方一个不甚著名的城镇去,但到达那里没有好些日子,便听说他害了一点很蹊跷的病死了;究竟怎么死去,却没有一个人弄得清楚。

日子过去五年了。直至现在,每逢梨花盛开的季节,想起这段往事,我便会沉到一种凄切悲哀的旋涡里去——你,坚苦矜持,长睡了的人啊!在这梨花盛开的季节,哪里是你埋骨的地方?

(原载《覆瓿》1939 年 12 月号)

翁仲之歌

灿烂的星子，
愿你洒遍黑暗的旷野，用万丈光芒。
让夜鹰归来，
枕着翁仲的臂膀，
在甜蜜而柔静的夜里徜徉……

"设说那是一个真理的存在，那么全副眼泪是不是苦闷与扎挣的象征？"

"老丈，你说什么？"

"孩子，我说关于翁仲流泪的故事。"

"流泪？"

"是的，一夜里，我独自散步在陵寝的道上，沉思中恍惚看见四只幽灵的影子，在我前面晃动着……"

"那么你会害怕？"

"害怕是不会，在我，当时还是一个稀罕。"

"那么——请你说与我听吧！"

"我说，一天，我怀着一颗寂寞的心，彳亍在荒芜的石径上。树影是阴森里夹杂着模糊的黑暗。道旁的草发着一阵阵霉烂的气息。那时我的心房仿佛被千万斤巨石重压着，使我快要窒息的样子。莫非天气要从晴和变到阴霾了么,可是天边还有闪烁的星子。若说是被路旁的野草熏拂得醉迷了,但我还是这样疲惫的冷静。偷看天色,什么足以打开这沉郁的墓门呢?伴着夜莺的歌唱来的却是四只翁仲的影子。"

"是说那几只影子足以治疗你那走入膏肓的怨恨与诅咒之疾?"

"自然的。他们能从麻痹里把我和唤起来;从昏迷里把我解救起来;从腐植的土地里把我滋长起来;从垂死的魂灵里把我复活起来。"

"他们来时像暴风雨?"

"不,是一个《聊斋志异》里最常出现的境界。"

"那么说,是姗姗来迟?"

老丈点一下头。

"他们向你透露些什么神秘?"

"是冷清的独语里夹杂着哀歌。"

"意念深而长么?"

"……"

"都是哭诉些什么?向我说一说罢。"

"孩子,"老丈说了,"那么我愿全盘告诉你。"

一天,太阳已落下去,蝉声断续,空气里充满清脆的调子,那时我在陵路上徘徊,对岸微风起处,便送来这样的歌唱:

> 秋风吹动在十月的原上,
> 啊,我凝视着远处的山岗。
> 胸怀澎湃出千万个冥想;
> 谁能会得这忧郁的故事?

山坳里印着命运的彷徨!

歌声消沉后,隔岸古道旁的深草中,伸出数张石人的脸,它们用许多只血红的眼睛望着我,并用几乎可以透明的手掌遮住它们的胸膛,好像不然,我将对它们有着极大的危害。

"朋友啊,还停滞在这里么?"内中一个说,"这种无聊、艰难、愁苦,足以使我们撕破心弦地生活啊!"

"那么要怎样打发走了这许多疲劳的日子呢?"另外一个问。

"啊,让飞沙迷瞎我们的眼睛罢!"

"不,还是让夜神伴着我们的噩梦永久睡去罢!"

"我再不愿听古城上的悲笳,"又是一个说,"那是人生最凄厉的一页。婺妇孤儿的号泣,秋之魂,一千万个不幸者的泪啊!"

于是第四个影子,也不禁呻吟流泪插话了:

"诸位,我也再不愿看拱门的风急,因为那像荒山哀悼葬礼的丧钟。老媪的悬念从那儿爬过去;游子的孤魂从那儿爬过去;多少妙龄女郎的隐痛也从那里爬过去。

"不应该永久地沉默么?伴着天寿山下的红叶,我们应该慨然归去了。

"不然,我们便要用那残废的体躯,苏解我们那灵魂的饥饿。

"啊!让南冥的鲲,掀起万丈波涛,覆没了整个大地,而让世俗的火,燃烧尽我们的血肉罢!

"我们再不愿听秋虫的轻微的叹息。

"我们再不愿怅望那弯曲的堑壕及人类的血腥。

"清脆而矫健的莺声啊,你在嘲笑我们么?嘲笑我们这些不能控制自己,堕性成分过多的心影么?

"绮丽而绵软的莺声啊,你在报告,抑是嘲笑一群无耻魂灵的矛盾生活?

"夜莺啊,故国重游,不知你曾感想几许?

"是在怨恨我们颓废么?但我们是矗立在西风里像秋茅似的,柔软中支持着强硬。

"是在怨恨我们不能'悲愤犹争宝剑寒'么?几时冬青会带来开花的消息?

"道路又是这样泥泞,使我们不易向前跋涉,但为了一个更高的理想,我们将来是不能在僻静的原野里活下去的。

"事实给我们一千万个空虚,生命的暗礁,把这许多页孤寂的心房撞得更比往昔憔悴了。

"古人说海内存知己,但在挣扎的路上,稀罕地碰见同舟共济的人儿!我们不曾向宇宙这样控诉么?星儿,请你多些闪烁吧,伴春风敲开人类生存之门;月亮啊,请你永远照耀吧!你蕴藏着我们民族一个深幻的梦影。

"夜莺啊,你从陌上归去么?请把消息带给秋深的南国!"

以后不知有几年了,我重新踏在这条河流边。远方微风起处,又飘来这样的歌唱:

秋风吹动在十月的原上,
啊,我凝视着远处的山岗。
胸怀澎湃出千万个冥想:
谁能会得这忧郁的故事?
山坳里印着命运的彷徨!

待老丈说完后,孩子的口又打开了。

"那么从此以后便和他们离别了么?"

"不,哀伤的曲子把我们吹散了。"

"他们走向哪里去了呢?"

"走入夜莺的歌唱里去了。"

"你没有战栗么?"

"战栗? 还倒不至如此。"

一钩新月蠕蠕爬上山头。田陌上腾起几滴萤火。夜凉如巨手一样掩盖了草虫的悲鸣。当老丈转过那座石牌坊时,孩子的影儿渐渐模糊了。

(《椰子集》)

击柝老人

梦中的岁月,像古墓一样荒凉。在五彩砌成的碑石上,生命的花纹,已再染不上娇嫩的颜色。往时的忧郁,会引起一种单调的情绪。也曾像千万个儿童,在竹篱前,采着行将褪色的花朵。情绪的浮云,追逐着华丽的往事,在灿烂的花枝上,结成嫩芽;当这渺茫的境界,泛进记忆的海时,千万种错综复杂的生活,会供给许多眼泪,构成这荒坟的装饰。

当这梦境醒时,记起那是五年前的事了!

一年,八月里,我骑了半日的驴子,从一个山城,回到故乡去。习惯了热闹的城市生活,再来到冷僻的乡村,看了那些用稷楷稻草搭成的房子,仿佛随处可以引起一种愁闷,如同住在最阴郁的修道院,最荒凉的松林。这时一种久思寄迹空门的思想,又在我的心灵上滋长起来。平日唯一的消遣,不是拿了网到河边去捉鱼,便是带着狗到山上去打猎,此外,如果碰到天气不好,便在寂静的书房里,闲吟古人的诗句,户外鸟声与虫鸣射成交响的音乐。有时又常会跑到街头,去和一群脱尽牙齿的人,闲谈些往事。不想在那许多只陌生的面孔里,终于使我熟识了这位年老的击柝者。

他的影子永远刻印在我的脑海里:瓜子脸儿,颔上带几根稀薄的髭须,深刻的额纹里,透着抑郁的色彩。但每当他和人谈起话来的时候,一种人类的爱火,不禁在他心中燃烧起来。和蔼的态度,丝毫没有一些粗俗猥亵的腔调。

什么是他的招呼呢？每逢梆子响过谁家的门口时，人们便知道是他来了。他的底细，很少有人注意到。他是哪里的人，家里都有谁，从没有人向他提起过。像这样一个流浪异乡的老者，人们除了喊他李乐古以外再没有顾到其他一切了。

平时每逢他那沉重的脚步踏过街头时，惊动起来的只是一阵狂热的狗咬。但这狼嗥的叫声，过会儿也就随着梆声掠过篱笆，消逝到远处的山坡下去了。

惊骇他没有人生哲学么？勤勉与精诚，安排成他那日常的生活。为了私心的喜悦，他常站在街头，把上帝的寓言，对大家讲了出来，快乐的描叙，会把村人的心鼓舞得像只火鸡。过去四十年困乏的日子，从没有磨去他一点对人群服务的热诚，他的梆子无论何时总在不断地敲着：秋雨的黄昏，雪霏霏的深夜，垂老的灵魂永远随着更声残喘着，去向荒僻的山径。当他的梆子，在酣梦里，阵阵敲醒村民，落在人的心里，又像是有着担不起的沉重。

一天，晚饭过后，我又在村头一棵槐树下碰见他了。

"李老，"通常我是这样称呼他的，"你吃饭了？"

"啊，孩子，你也吃过了？"他快乐地反问着。我们谈过许多风光话后，便又照例接着谈些旁的：

"李老，"我说，"你的职业太没有保障罢！"

"不，谁说？"

这是一个多么意外的答复！同时他还告诉我许多处世的经验。他用快乐的口吻，叙述着防范宵小的妙策。虽然那些都是旧日的记录了，但每逢向人谈起时，热火却仿佛仍在他胸中燃烧着。有时说

得高兴了,会带着感激的泪,要我告诉他些外面的事情,他不消这样说:

"不要尽听我讲,也要找我见见世面啊!"

于是,我便对他讲起远地的风光来:海的波涛,年年月月狂奏着胜利的凯歌;灯塔,渔夫,以及欣赏着大自然的海鸥;耸高万里,一去如长蛇的古城,夕阳下,儿童叫卖着花石;衰草,寒烟,以及传说里孟姜女殉节的地方;在千红万紫的名园中,泉水泻着幽清;团城下,晚秋的红叶,赤成一滴鲜血;清歌已歇的皇家,琼楼玉宇,直入云霄;金翡翠,玉如意,许多珍奇宝藏,使你看了眼花缭乱。……还没有说完,他已听得发痴了,于是裂着嘴唇向我问是否都是亲眼见过,我不禁这样回答了:

"当然,都是亲眼见过的!"

这话却使那龙钟的老人吃惊不小:

"全见过?"

…………

半年后,我便离开家乡转到一个沙漠地带去读书。新鲜的环境,带来许多陈旧的悲哀了。秋桐的絮语,原上的驼铃,每会把我沉没到一个旧日可爱的回忆里去:曾从西街踏过东街,由浅巷穿入深巷的人哪,是否还在黄叶村头,响起你那沉重嘹亮的梆声呢?

(原载《燕京新闻》1939 年 6 月 13 日《枫岛》)

附　录

《椰子集》序一

佩珩是嶔崎历落的人,故能写成嶔崎历落的文。

据老于世故的人,似乎说做人要做得平凡:——圭角悉去,各方面都敷衍到恰好的程度;可是,这么一来,连说话都不敢说了。所说的,模棱两可的话;所说的,不着边际的话;乃至所说的,迎合人意旨的话。看不出所受时代的刺激,同时也看不出其个性之坚毅。随风转舵,是无灵魂;噤若寒蝉,是无气魄。做人做到乡愿,已是不可;何况做文!黄山谷诗云:"听它下虎口著,我不为牛后人。"所以唯有嶔崎历落的人,才能写成嶔崎历落的文。

但是在文章中所表现的嶔崎历落之作风,又有两种似乎相反而正是相合的不同的趋向。其一,一任其才气之奔放,如潮,如海,如野马之奔驰,"行神如空,行气如虹","天风浪浪,海山苍苍",使人诵之者,顽夫廉,懦夫有立志,千载之下,犹觉虎虎有生气;这是韩与苏之所特长。其又一,炼其才气,蓄其光芒,而钩深入神,冥思苦索以出之,戛戛独造,迥不犹人,所谓"横空盘硬语,妥帖力排奡"者,庶几近之;这又是孟东野与黄山谷之所长。从他不同的一点来看,所以苏东坡、元遗山都不喜东野诗,而王漘南也不喜山谷诗:——他们对于韩孟、苏黄都不免欲强分其优劣。从他相同的一点来看,要之都是才气的表现,无论流畅出之,或艰深出之,都是不平凡的表现,即所谓"字向纸上皆轩昂"。所以嶔崎历落的文,唯有嶔崎历落的人才表现得出。

而佩珩之文有时才气奔放,滔滔不绝,似乎在他记忆中,在他想象中所感受到的种种复杂的人生意味,都能倾筐而出,络绎奔赴于其腕下,于其笔底。有时刓目鉥心,搜剔万象,又颇能匠心独运,创造一些艰涩的句法与结构。欧阳修诗云:"孟穷苦累累,韩富浩穰穰。穷者啄其精,富者烂文章。发生一为宫,挚敛一为商。二律虽不同,合奏乃锵锵。"乃不谓于佩珩文中却能得此二部曲的合奏。

此二部曲的合奏,大非易事。因此,佩珩文也不是绝无可议之处。长江大河泥沙俱下,自然不能没有一些小疵病;而过求艰深的结果,也不免使其文章蒙上一些灰色的色彩。但是,由大体言,绝对是才气的流露,不能不说是嶔崎历落的文。

佩珩治经济,有现代的知识;又攻历史,熟于民族兴亡的掌故。是时代青年,是血性男儿,能言人之所不能言,所不敢言;然而同时又以爱好文艺之故,不欲为口号文学,破坏艺术之统一,所以有时又宁愿写得艰深一些,灰色一些。

我们读此嶔崎历落的文,又不可不知此嶔崎历落的人。

1941 年 3 月 22 日　郭绍虞

《椰子集》序二

去年秋天,由一个朋友介绍,我第一次遇到佩玹。我记得我头一句同他说的话:"我总觉得我新近看到的文章都显得不大吉利,好像家里死了人一样丧气。"

他知道我是指的谁的作品,苦笑一下,问我看的哪一篇。我说例如"哀思树"之类,他又苦笑一下。

以后我与佩玹曾深谈过几次;每当谈话时,我就觉出他仍旧保持山东人可爱的直率坦白的性气,同时却也惊讶他的文章深深涂上晦涩与黯淡的色泽。读《椰子集》中最美的描写,往往令人联想到杜甫使人悽恻的诗句。

在《椰子集》中,我记得读到《秋谷笛韵》中"亡灵"一段,我忍不住流泪了。那一段:"唉,光阴在爱抚的手里滑走了,换来一堆堆用纸扎成的金山银山。天气像火山喷着热焰,但孝子却要打扮得齐整的跪在灵旁,穿了麻衣接待着来往的客人。"这描写是一面多么凄惨的镜子!镜子背后有多少人吞声呜咽着,愤恨咒诅着这不可抵抗的命运!唉,这年月有多少人扮过这可怜可哀的孝子呢,青年人?

擦干泪眼之后,我忽然想起歌德的四行名诗来,意思是谁要是不曾和眼泪吞咽过他的饭食,谁要是不曾在半夜里起坐无端地啜泣,他便不曾知道过上帝无上的权威。佩玹想也念过这几行诗吧?你知道这一本薄薄的集子,该是你生活中最重要最宝贵的痕迹呢?这是你认识上帝无上权威的一些记录呵。

末了我要借书中东菁伯伯的话来安慰佩玹:"真理是不会死去

的,梦终有相逢的一日。"

在世上我们有时不免看见自然会与生命和解下去,但是真理是不会与任何东西和解的。真理是没有时间性的,它是不会死的,不是吗?

1941 年 3 月　凌叔华

第二辑 记人之什

《沧海月明珠有泪》(新四川文化社 1946 年)

何事行人最断肠

墙外萝卜萝卜的声音,响彻了黑沉沉的子夜,把我从梦里唤醒,为了这极苍老和极悲惨的音调,使我蓦然想起舅舅家的木瓜和他!

记不清楚了,好像是六七月的天气吧,像是木瓜快要熟了的时候。金色的太阳失去了它的威力,慢慢地落下西山,乡村里的黄昏静得令人可怕,微风在树梢上动。晚饭过后,舅舅和我踏着月光,走向木瓜园里去。崎岖的小路旁,掩映着墓田,月光下萤火在上面闪烁地飞着,小黑狗有时远远地向着我们狂咬几声,以为我们是偷木瓜的贼。那里只有一间茅草的屋,多年未葺的,大的落雨会滴下来,屋外栽了两棵多年的槐树,舅舅对我说是康熙年间的,所以不舍得卖去,枯瘪色的站在那里。远远的听见汶河的水潺潺地狂奔着,有时碰到几颗大的石子上,显明地听得真切,木瓜的香阵阵地扑进鼻孔。

以后也时常住在舅舅家里,羡慕那木瓜树,迷恋着舅父的慈和面孔。他讲话时老是带着笑容,在高兴的时候也会唱几句不三不四的小调儿,无非九红梁山伯之类。

后来因为匪乱,母亲和我躲到城里去住,从此家乡的消息,就日渐隔阂,不再看见舅父的笑貌及语调,在关山万里孤月一轮的老城,母子二人度着漂泊的生活,信来信往地,依稀听见传说些关于他的消息,什么这几年家里发了水,田地冲没了,外祖母也死去了,早晨看不见晚上！……加上兵匪的蹂躏……

五年前青纱帐起的时候,我偷了点光阴,走到舅舅家去,在村前篱笆外的田塍上,遇见了他,正高扬着镢在那里松土块,还是那样黄而瘦的面孔,所多的不过是颊上的髭须和额上的皱纹,我向他说了些话时,他方才认清了是我,望了我好半天的工夫,方才说出一句话来,"外甥!"他沉闷了好些方才说,"自你到外边去,好几年的工夫,家里的情况变了!年头也变了!种一亩地,这捐那税的,一年到头顶着白忙!一担木瓜卖不了个三千两吊,换不着一斗谷,上年这时候,青黄不接,借了墙北炉匠家二斗……我前天之街上碰见他,说还他,他怎样也不应允,但是我过意不去,穷,穷得直势!外甥!是不是?!唉!这年头简直没有穷人走的路了!"

他说着,两只眼睛红得像六月桃一般,泪珠满含了眼眶,不因我是他的外甥,或许要大哭一场也说不定!最后他的声愈低下去,带着极悲哀而失望的态度继续着说:"过日子也要有命!没有运气怎样也不能行!这辈子恐怕要希望着你加心看顾了!横竖你在洋学堂里出了学,还不有任缺么?那时你不要忘了你这个舅舅啊!……你这个没有希望的舅舅啊!"他说到这里,就不能再往下说了,只两眼望着天空,两手同时紧紧地握住了镢,两只血红的眼睛,有时也会转变它的视光,到我的两颊上。

自此以后再没有与他相见的机会了,近年有朋友对我说:"更不像样了!木瓜林卖了!房子塌了!你的舅父也潦倒得死去了!唯剩下你舅母和两个表姊妹在一处穷过……"

唉!舅舅!年近花甲的舅舅!死去的舅舅!我何幸得了你这个慈爱的舅舅!你何不幸生在这样一个狂飙下的中国农村!想你

的坟前扁柏已成荫,你虽是一个农村破产下的流亡者,但是你已经比较来者好得多了！你知道你落伍沉沦的外甥么？……是世途上的败北者！是沙漠中的旅行者！茫茫的前途障碍着铺匀了的荆棘,不像你坟上的一样多么？舅舅！死去的舅舅！分什么轩轾呢？……请你告诉我是不是?!……

(《育英半月刊》1935年第3卷第7期)

追 念 维 昊
―― 漂 流 呈 献 曲 之 一

当我看完那两页从故乡飘来的信笺后,我不自主地呆了半晌,一幕痛苦的回忆,走马灯似的在我面前展动着:

三年前的一个春天里。

绿油油的箕山麓下,微风拂着野草,发出几阵飕飕的哀鸣;道旁的田畴,吻着往年的积雪;他拉着我的手,蹒上箕山的石径;野草时而发出一阵阵袭人的幽香;山坡下的淤泥中,印着几个散乱的马蹄。

他迅速地跑上一处极高的山岩,一壁指着很远的地方,一壁指着我说:"哥哥!你看啊!那白云缭着的地方,不是北京么?……娘说,那里比天还远呢!……"

我在许多只目光的监督下,静无一言地烧起绯红的面孔。

蜜蜂嗡嗡地围着三两颗小桃,奏起悦耳的小曲;巧嘴的丽鸡,飞着回来又飞了回去,几声犬吠打破深谷的静穆。

前年,在那青翠的山头,□□的溪边,谈些零碎轻快的话语。他有那沉默诚挚的面孔,他有那玲珑透彻的思想,他有那清脆和蔼的音调。然而,现在,他的青春,早被悍匪摧残了,默默地睡在箕山的麓下。

我离开故乡,来到这座古香古色的深城,百忙中,接到他惨死的消息:"尸首,被丢弃在一口贮满了臭水的古井里……"

弟弟,你可爱的人儿,你的青春,随着你的苦命一块儿逝去了。我寥落在天涯,你悄悄地死去,明天,倘再踏上荒芜的箕山石径时,弟弟,你在哪里?……

"那里,娘说:比天还远呢!……"

在这朦胧的夜里,我重温起这段足以撕破心房的记忆,一座迷离的坟影,鼓荡起我一阵怆然的情绪……

1935.5.27,于育英

(《益世报》北京版,1936年6月1日)

墓 志 铭
——漂流呈献曲之二

屐痕轻吻着湖山万古苍苔路,是在寻觅童年一个橄榄色的梦,抑在追念那失掉了的生命的光辉?

嶙峋的怪石宛似许多白鬼的酣睡,游子的眼泪,芳馨的苔草尽都湿透了。

山巅礼拜堂十字架上的微光象征着困苦的折磨,美丽的歌曲,堡边的黄莺在唱了。

花,开遍幽深的溪谷,鸟,飞过金色的花园,年年山寺里有着故乡柳色的嫩绿,几经风雨吹打的石像变成一滴鲜血了。

夕阳抹红了憔悴的山岩,孤独,悲哀,怅望,是静待伯父魂兮归来呢,抑是叹息自己的生命永不能接近快慰呢?

跪在田野里,我向上苍虔诚地询问着:

假设休谟的道德哲学足以诠释事实,我愿掬千江的水来洗掉它。

假设司法的赐予在弱者仅是一个败诉,我愿在云树老时随它乘鹤归去。

假设苏格拉底的末日足以象征人生,我愿流水唱起真理死灭的曲子。

假设《银匣》里的情节代表一个公正的审判,我愿让夜莺的翅膀低垂来覆盖了它。

假设你那"赐以肉心"的宣教是个撒谎,我愿用愤火烧掉人间那些蒙昧的术语。

灿烂的星辰啊,向我多些闪耀吧!愿你导我踏进远隔人寰的天体。

白云下的归帆啊,隐向夕阳衰草之外吧!愿你伴我去作冰岛的渔夫。

翱翔的蛱蝶啊,向我多些霓裳羽衣之舞吧!愿你领我走向伯伯超度的领域。

石砌下的秋蛩啊,向我少些哀奏吧!愿你带我迈进自然的夜天。

飒飒的谷风啊,呜咽出司法的黑暗吧!愿你送我到人迹灭绝了的山峦……

"孩子,"女郎向我说,"你在这里歌唱些什么?"

"女郎,我不知歌唱些什么?"

"那么,你在想念些什么?"

"是的,我也不知道想念些什么呢!"

"莫非到这山地来歌颂死者的丰功伟业?"

"不是。"我摇摇头。

"莫非因这短短的碑石反映你那幻灭的将来?"

"不,在因他而感伤一个七年前溘逝的魂灵啊!"

啊,谁能把我这幽郁寄到山深处!不愿眷恋浮生,学古人秉烛夜游;更不愿把酒送春,怕燕子匆匆归去。

是在运回我那被不幸的刺激埋没了的过程啊!想千里外的青

山里有谁在长眠于颓垣四壁的千年古刹之侧,燐萤凄切的孤坟啊!想起这段往事时,我的心只有随倾斜的石级消沉,随衔山的夕阳隐没了。

清脆田野里的鸡声啊!故乡短篱下的落月啊!想起清明节归天的伯伯,想起一段死去的记忆——

一个凉秋九月的日子。是新红叶飘满溪谷的时候;是清新雁字挂几行的时候;是牧歌归晚的时候。

为了一个不公平案件的上诉,年过花甲的父亲和我一同行在崎岖的山道上。

当我用血泪织着伯伯惨死的幻境时,一张判决书的影子重复荡动在我的前面了:

"啊,儿子,人生的途径是这般迷离,使我们怎样奔波?"

"不要过分失望啊!爹爹,社会怎样使白的变作黑的?"

"不能,你说?……"

"啊,爹爹,我说,假设这推论不算悖谬的话,我相信世界永远充满着真理。"

"那么,孩子,你说上帝对于人类的一切安排都是公允的?"

"是罢!"

"司法也是无瑕的了?"

"假设,"父亲的口重新打开了,"司法不是罪恶的,要用什么来解释我们这覆舟似的遭遇?"

看着老人龙钟的影子,我在喟然叹息了。望着老人忧郁的面孔,我在幽然啜泣了。

静悄悄的黄昏伴着疲乏的步履。睁开眼望着朦胧的山峰,寒夜随着黑暗一起合拢起来了。

一个才子书里十八洞捉妖的恐怖故事,在惊骇着我了。

我在默默地恨:"可诅咒的司法啊!"

疲乏与混乱终于使我的心灵苍老了。面前映出一个憧憬而沉郁的影子:在那里,律师们的狡猾滑稽的面孔走马灯似的爬了过去;在那里,调解人们的许多以假为真的口头禅爬了过去;在那里,审判者的支吾的情节及错乱条文的引证爬了过去;在那里,土豪劣绅们的奸诈的笑声爬了过去。

夜是愈深了,痛苦的回忆也像秋露一样一分一分加重起来。伯父初死时的光景以及尸体抬过孤僻乡市时的情况又在脑海里晃动了:

"这是为什么把性命断送了啊?"一位聋老的太太带着好奇的口吻探问着这件事体的原委。

"一个清白的长者被民团害死了啊!"一位伶俐的少妇用着不平的声调说出重要的段落了。

谁能猜想这案件在古老的县城里走着一个怎样曲折的道路呢?那些零乱的口供究竟作了些什么呢?

神秘的审判者啊,你们惯会从口里吐出许多奇怪的名词。你们长着严肃的眼睛;你们有着剃得齐整的胡须;你们穿起镶着白边的礼服。看来仿佛有一种能力对这冤屈的案件作着公平的处理,可是弱者的性命结果像死狗一样地从你们的口角里被金钱的恶魔安稳地拖走了!

有谁比斯尉夫特(Jonathan Swift)更伟大的呢,我被他那透彻而玲珑的思想吸引了:

"在辩护时,他们竭力避免走入案件的真相,仅喧哗地,急剧地,并延宕地详述那些无关鸿旨的情境。例如,在方才提出的案件里,他们永不愿知道对方要占领我的牛的权利或契据是什么,仅论及牛的颜色是红的还是黑的,——牛角是长的还是短的,——放牧的场所是圆还是方的,——取奶的地方是在家中还是外面……"

是啊,及待这些名词辨析清楚时,已是十、二十、三十年了!

聪明的立法者啊,你们那些庄严的工作尽被这些法界的氓贼擅用了!愚钝的人类啊,你们所信服的仅些死板的条文,那些虫一样的字迹把你们的权利剥夺了。巍大的造物者啊,你那十字架上的流血到底换来些什么?辛苦中夜起祭的神甫啊,你那弥撒的仪式更是一千万个浪费了。

永远没有真理呢,人世间;永远有着秋天呢,我的心;无休止的战栗呀,古道上。

往事短短地结束了。女郎也陷入幽暗的怅惘里;口随着苍白的颊颤动着:

"什么使你心田上有着阴晦的节令;

什么使你丧失青春的心情。

什么摧残了你那幸福的前途;

什么使你感到孤苦与零丁。

孩子,你重来处纵使长条无恙,

但落日疏林便暗换了年华啊!

能信忠实给予一些安慰么?

谁说审判者的面孔识得重与轻!

有赖法律给予许多保障么?
在权贵者的园地里有着晴明!
来过这里几次,记忆已经模糊了,
但我还记清你那足迹的数目:
春痕飞柳絮的时候来过;
帘栊梳夏月的时候来过;
秋雨碎池荷的时候来过;
孤篷正眠冬的时候来过。
游子倦于谙尽江湖之味啊,
拐杖的老母在乡关探问着归期。
斜阳澹澹下的寒鸦啊,
白云下问秋坟何处?
你长年稳伏着的哀思啊,
正如一颗黄卷青灯下老僧的心。
听那啼血的杜鹃声啊,
催送丹枫下一帆风急。
看那芦苇中孤艇里的渔翁啊,
使你忘掉生生死死几许愁!
青山向我们笑呢,听红叶啼鸪;
野花向我们舞呢,是旧曾相识。
你想在这里寻找伯伯在天之灵么?
那绵绵的哀恨早随黄叶飘散了。
你想在这古城的边际向上帝控诉么?
阶草上空遗下你低低的暗泣啊!

没有人了解呢,你那苦留尘寰的踪迹!
没有方式足以表达呢,你那苦涩的心!
把失意寄语古庵头的红叶吧,
那里板桥下溪水正悠悠!
眼泪只许向秋风流呢,
因你不愿非知音者临近你的哀愁!
何时看到公平的审判呢,
除非在世界的末日。
勉强用理智克服反复绕折者的心么;
多余了那个黄粱梦啊!
你想用哀诉戳穿欺骗者的内幕么:
海誓在铁石人心里本是点缀的东西!
来吧,孩子,走近我的身怀吧;
你那灵魂上有着缺陷的人。
走吧,孩子,从此离开群众吧;
你那凭栏哀歌面似玉的人。
到怪石嶙峋或蒹葭苍苍的地方,
在那里住上,百年,千年……"

女郎歌完以后在沉默着,我也不作声,田野里的稻禾早已割下,微风送来一阵清脆的牧羊啃草的声音。

伯父死后七周年忌于故都汪家胡同

(原载《文苑》1939年第1辑)

关于郑成功
——读《从征实录》

清朝与明朝的斗争本来是两个民族经济的斗争。有明一代,女真几番来要求通贡互市,几番来窥取冀晋矿冶,明代既然作了许多的让步,也就可得了便了,然而"人心不足蛇吞象",非要吞并中国不可,结果掀起了南明二十年间抗战的波浪。

本书的作者杨英,为延平王户官,按理应多于财政方面的记载,但不料却详于政治与军事的史实。此书体例不以延平王一生事迹为始末,而以杨英从征目睹为标准。从永历三年九月到永历十六年四月止,前后有许多极趣味的记事。

一 郑成功和清兵的三次会战

谈到郑成功和清兵的对抗,自免不了最大的三次会战,即漳州之役,台州之役,以及南京之役。

漳州的会战的展开最早,开始在永历六年四月,而其主要的军事中心则在海澄。关于此次战争的经过,本书则有如下的记载:

> 本藩随分兵重围数匝困之。遣仁武营吴豪、义武营杨朝栋,专扎西门营盘堵御。以前冲镇万礼、礼武镇陈俸、尾宿营杨正为应援,另拨戎旗镇王秀奇,提调兼应援,西门有失,则罪王

秀奇。[遣]护卫左镇沈明、正兵营陈壎、亲丁镇欧斌,专扎北门营盘堵御。以左冲镇杨琦、右冲镇柯鹏、亢宿营林德,为应援,另拨提督前黄廷为提调兼应援,北门有失,则罪黄廷。护卫前镇陈尧策、角宿营戴捷,专扎东门营盘堵御。以援剿左[镇]林胜、中冲镇萧拱辰、后冲镇陈朝,心宿营周腾为应援,以提督右黄山,提调兼应援,东门有失,则罪黄山。其南门专扎营盘,以游兵营黄元扎新桥头,后劲镇陈魁扎旧桥头,信武营陈泽、智武营蓝衍为应援,另拨北镇陈六御提调兼应援,南门有失,则罪六御。又拨氐宿营郑荣、柳宿营姚国泰,专扎八角楼营盘堵御。以英兵营黄梧为应援,定西侯张名振为提调,八角亭有失,则罪名振。奇兵镇杨祖、援剿后[镇]蓝登、房宿营周全斌,专扎东岳一带大路堵御援兵。以中权镇黄兴提调兼应援,大路有失,则罪黄兴。另拨亲随营李长、提督前黄廷、提督中甘辉、铁骑镇刘有才、昂宿营杜辉,兼各处应援游兵。

似这样遣兵调将围困的结果,真使清兵无所措手足。结果城中乏粮,至食人肉,而百姓饿死相藉。于是清兵纷纷投降:

是月,前军定西侯张名振议就镇门筑水灌浸漳城。缘工力浩大,水湍难防,弃之……漳平县虏守将廉彪来见,因副将蔡勤引见,藩礼敬之,授室宿营,令回扎茶坊岭招募,克复上游……

漳州的会战而后,不久便有台州的会战,亦即所谓海门之役,在永历十一年八月十八日,延平王的军队开始围困了台州,本书页八九云:

十八日,移师进攻台州府。

二十日,传令提督总镇,照依派定次所扎营,听令攻打。

血战的结果,总镇李必于二十六日率辖将常太初等来投降了。

郑成功在顺治八年至十六年之间,虽然不断北上,收复失地,然而,最激烈的莫过于永历十三年七月的南京会战。关于大战的经过,我们看本书页一百二十二的记载:

初四日,本藩督师进取南都。

初七日,藩驾至观音门,集诸将议曰:大师现在进攻都城,其陆师攻取杀敌,□□成算,惟水师一项,最为吃要。必得一员独任,扼制各处水标房船,使我陆师得无却顾。多员则无用,独任恐难胜,尔等会推一员,或敢自领者,不妨启陈,以听裁夺,另授机宜。时宣毅后镇吴豪、正兵镇韩英等,各请愿任水师独当一面。

台州之战,张名振为重要的人物,而南京之役,甘辉又为本剧的主角,我们看甘氏和郑成功的谈话:

十七日,各提督统领进见。甘辉前曰:"大师久屯城下,师老无功,恐援房日至,多费一番功夫。请速攻拔,别图进取。"藩谕之曰:"自古攻城掠邑,杀伤必多,所以未即攻者,欲待援房齐集,必扑一战,邀而杀之,管效忠必知我手段,不降亦走矣。况属邑节次归附,孤城绝援,不降何待?且铳砲未便。又松江马提督合约未至,以故援攻诸将,暂磨砺以待,各备攻具,候一二日,令到即行。"诸将回营。

其实南京之役,吃亏便在待援房齐集,而不用电击战术,郑氏实不能逃其坐失其机之责!

二　郑成功给他父亲和弟弟的信

侵略者对付弱小民族的手段,非出乎征服,便出乎收买。征服是对付强有力的敌人唯一的方法,而收买是对于意志薄弱的人唯一的方法。自永历七年至永历十三年,前后七年之间,清朝欲赐地求和的呼声颇高。但是我们知道郑成功并没有求和的真心,实系诈计,我们且看成功在永历七年八月给他父亲的信:

> 违侍膝下八年于兹矣,但吾父既不以儿为子,儿亦不敢以子自居。坐是问候阔绝,即一字亦不相通,总由时势殊异,以致骨肉悬隔。盖自古大义灭亲,从治命不从乱命,儿初识字,辄佩服春秋之义,自丙戌冬父驾入京时,儿既筹之熟而行之决矣。忽承严谕,欲儿移忠作孝,仍传清朝面谕,有原系侯伯即与加衔等语。夫既失信于吾父,儿又安敢以父言为信耶?当贝勒入关之时,父早已退避在家,彼乃卑辞巧语,迎请之使,车马不啻十往还,甚至啖父以三省王爵,始谓一到省便可还家,既又谓一入京便可出镇,今已数年矣,王爵且勿论,出镇且勿论,即欲一过故里,亦不可得,彼言岂可信乎?父在本朝,岂非堂堂一平国公哉?即归清朝,岂在人后哉?夫归之最早者且然,而况于最后者?又可笑者,儿先遣王裕入京,不过因有讹传父信,聊差员探息,辄系之于狱,备极棰楚。夫一王裕亦做得甚事,而吠声射影若是,其他可知!虽然,儿于己丑岁亦已扬帆入粤,屯田数载矣,不意乘儿远出,妄启干戈,袭破我中左,蹂躏我疆土,虔刘我士民,掳辱我妇女,掠我黄金九十余万,珠宝数百镒,米粟数十

万斛,其余将士之财帛,百姓之钱谷,何可胜计!彼闻儿将回,乞怜于四叔,幸四叔姑存余地,得以骸归。乃归,而又相贰启衅。我将士痛念国耻家亡,咸怒发指冠,是以有漳泉之师,陈金之授首,杨名皋等之屡败,固自出尔反尔之咎,且不特此也,异国之兵,如日本、柬埔寨等诸夷兵,旦晚毕至,亦欲行春秋大义矣。信如父命及清谕,犹且两难,而以父所传之谕若此,乃抄到部院刘清泰所赍之敕若彼,前后之言,自相刺谬。夫沿海地方,我所固有者也;东西洋饷,我所自生自殖者也;进战退守,绰绰余裕,其肯以坐享者,反而受制于人乎?且以闽粤论之,利害明甚,何清朝莫有识者?盖闽粤海边也,离京师数千余里,道途阻远,人马疲敝,兼之水土不谙,死亡殆尽,兵寡则必难守,兵多则势必召集,召集则粮食必至于难支,兵食不支,则地方必不可守,虚耗钱粮,而争必不可守之土,此有害而无利者也。如父在本朝时坐镇闽粤,山海宁谧,朝廷不费一矢之劳,饷兵之外,尚有解京,朝廷享其利,而百姓受其福,此有利而无害者也。清朝不能效本朝之妙算,而劳师远图,年年空费无益之赍,将何以善其后乎?其或者将以三省之虚名,前啖父者,今转而啖儿,儿非不信父言,而实有难信父言者!刘清泰果能承当实以三省地方相畀,则山海无窃发之虞,清朝无南顾之忧,彼诚厚幸。至于饷兵而外,亦当使清朝享其利,不亦愈于劳师远图,空费帑金万万者乎?况时下我兵数十万,势亦难散,散之则各自啸聚,地方不宁,聚之则师旅繁多,日费巨万,若无省会地方钱粮,是真如前者啖父故智也。父既误于前,儿岂复再误于后乎?儿在本朝亦既赐姓矣,称藩矣,人臣之位已极,岂复有加者乎?况儿功名之念素澹,若复作冯妇,更非本心,此可为智者道耳!不然,悬乌有之空名,蒙已然之实祸,而人心思奋,江南亦难久安也。

"父既误于前,儿岂复再误于后乎",这是何等见解!"若复作冯妇,更非本心",这是何等精神!至于他在永历八年九月二十九日给其弟渡舍的信,犹足供今之名利场中人细读:

兄弟隔别数载,聚首几日,忽然被挟而去,天也,命也。弟之多方劝谏,继以痛哭,可谓无所不至矣。而兄之坚贞自持,不特利害不能以动其心,即斧刃加吾颈,亦不能移吾志。何则?决之已早,而筹之已熟矣!今兄之心绪,尽在父亲复禀中,弟闻之亦可以了然矣。大抵清朝若信兄言,则为清人;若不信兄言,则为明臣而已。他何言哉!盖叶阿身为大臣,奉敕入闽,不惟传宣德意,而将以奠安兆民,不为终始之图,徒为轻率之举,不为国家虚心相商,徒以躁气叠加,凡行为暴烈,举动疑忌,忽然而来,忽然而去,海外遥远,真令人应接不暇矣。此弟所目睹,总其立心只用挟之一字而已。若用挟则当用之干戈,不当用之叶阿为也。况兄岂可挟之人也哉!且四府地方粮饷,仅足以养一万之兵,外此数十万之众,何处取给,将何安插。即使不逼之以剃发,尚且不能,况其迫之者乎?又况其画饼者乎?夫虎豹生于深山,百物惧焉,一入槛阱之中,摇尾而乞怜者,自知其不足以制之也。夫凤凰翱翔于千仞之上,悠悠乎宇宙之间,任其纵横而所之者,超超然脱乎世俗之外者也。兄名闻华夷久矣,用兵老矣,岂有舍凤凰而就虎豹者哉?惟吾弟善事父母,厥尽孝道,从此之后,勿以兄为念。噫!汉有子瑜,而有孔明,楚有伍尚,而有子胥;兄弟之间,各行其志,各尽其职焉。兄敢不勉,弟其勉之。因便赋别，不尽愿言。

除此以外，他又在永历八年九月，给他父亲的信中一则曰："和议实非初心，不然岂有甘授招抚，而词意如彼，不待明言，而可知矣。"再则曰："今清朝斤斤以剃发为辞，天下间岂有未受地而遽称臣者乎？天下间有未称臣而轻剃发者乎？天下间岂有彼不以实求而此以实应者乎？天下间岂有不相信以心而期信以发者乎？天下间岂有事体未明而可以糊涂者乎？大丈夫作事，磊磊落落，毫无暗昧。"三则曰："大抵清朝外以礼貌待吾父，内实以奇货视吾父，今此番之敕书，与诏使之举动，明明欲借父以挟子。一挟则无所不挟，而儿岂可挟之人哉？且吾父往见贝勒之时，已入彀中，其得全至今者，亦大幸也。万一吾父不幸，天也！命也！儿只有缟素复仇，以结忠孝之局耳。"似这样精辟的言论，真是使后人读之，千载之下，犹觉虎虎有生气。

(《宇宙风》乙刊 1941 年第 51 期)

明末第一流的外交家左萝石
——萝石先生死后二百九十五年忌

从西历纪元后一千六百四十四年到一千六百五十四年,这是中国民族危机存亡的关头。满洲人的进迫京师,表面是为了给中国讨除流寇,其实骨子里还不是欲施其窃据领土的野心。在史可法支持下的弘光政府,白洋河之役,军队已溃败得不堪收拾,于是不得不想法遣使通好。这时政府出了一个极伟大的外交人物,那便是抗节全贞的左懋第萝石先生。

萝石先生是山东莱阳人,崇祯辛未进士,本来仅做过一任韩城知县,后来因为御贼有功,擢为给谏。福王在南京即位以后,因为敌人的节节压迫,朝廷方物色可以使北的人选,结果除了萝石肯上疏请行以外,其余都不敢前往。于是朝廷便准许了他,与都督陈洪范一同北上。其任命除了经理河北联络关东以外,还有祭告先帝册封吴三桂等人的全权,临行的时候,他曾激昂地上了这样疏奏:

> 臣此行生死未卜,敢效一辞,臣所望者恢复,而近日朝端行事,似无恢复之气。愿陛下时以先帝仇耻为心。瞻高皇之弓剑,则思成祖列圣之陵寝何存;抚江上之黎氓,则思河北、山东之赤子谁恤?更望廷臣时时以振顿士马为事;勿以和议为必成;勿以和成为足恃;必能渡河而战,始能扼河而守;必能扼河而守,始能划江而安。……

八月的中旬，这位抗节的使臣渡过了淮水，九月到达德州，十月驻节张家湾。过了不几天，清朝便遣礼部来欢迎他，并有意给他一点侮辱，命他住在四夷馆中，谁想这位民族英雄却大加反对，并身服衰绖，带了国书一直走进了正阳门，住在鸿胪寺中。

明末的士气，经过泰昌、天启、崇祯三朝，已几无名节两字可言。有人说朝中求一如秦桧者几不可得。老实说，在清朝未知道江南的虚实以前，是不敢小看南方派遣的使者的。当时被收买了的贰臣如陈洪范之流，真是人格破产到万分，谁想他竟出卖了同来的伙伴，而和一般维持会的职员们勾搭起来，把南朝的虚实，尽都告诉了清朝。于是把已经打发走了的萝石先生，又从沧州追了回来，囚在太医院中。

当萝石先生被拘在太医院中的时候，明朝的头号汉奸洪承畴和李建泰曾亲自来拜访过他，不想却都碰了一鼻子灰。关于这段故事，《鹿樵纪闻》说得有声有色：

> 久之，洪内院来访，懋第叱曰："此鬼也，松杏之战，洪公身殉马革，赐祭赐葬，死久矣，安得复有是人？"洪惭而退。阅数日，李建泰来见，懋第复叱曰："此非先帝宠饯督师，不能殉国而从贼乎？何颜见我！"李亦不敢见而去。

萝石先生即被软禁起来，但他依然非常倔强，乙酉三月十九日，在太医院内用一羝羊，表奉祭告故君，并用只鸡樽酒祭奠殉难的大臣们。从他的诗文集里，我们还知道他当时对于生命业已经置诸度外，看他那时的赋诗，便知他的态度是如何的潇洒：

咏古刺水

弘光乙酉五月，客燕之太医院。从行将士有自市中买得古

刺水来者,镌"永乐十八年熬造古刺水一罐净重八两罐重三斤"二十字。此内府物也,挥泪赋此:

玉泉山下水,远流帝陵前;
卢沟桥下水,其流声溅溅;
瓶中古刺水,制自文皇年。
……
小臣侍筵者,睹水心如煎;
再拜尝兹水,含之不忍咽;
心如南生柏,泪似东流川。
……

扬州的十日,瓜州的夜渡,给予明清的外交阵容一种有力的刺激。眼看着明代的外交因南京的陷落而趋于不利的地位,不久清廷便差使人来劝说懋第,要他降顺清朝。但这位忍辱全贞的大使,却痛哭流涕,并把北廷送来的驼酥羊炙一齐扔掉。看他下面的诗句,便知他已有死的决心:

峡坼巢封归路迥,片云南下意如何?
寸丹冷魄消难尽,荡作寒烟总不磨!

国家亡了,执政者欲统制弱小民族,不得不采取笼络与压迫的手段。除了开科取士招揽汉族的优秀分子以供其驱使以外,便是用自己的凡俗习惯同化汉人,剃发令便是一个极好的例子。在此命颁布以后,自然在明人中也有不少无抵抗主义者,例如中军艾大选便偷偷地先把头发剃去了。懋第听见以后,勃然大怒,便命立即将大选用棍打死。当时北官有人来质问他,他说:"我自行我法,杀我人,与若何预?"

吴梅村的诗说得好:"空余苏武节,流涕向长安。"真一笔写尽了萝石先生的心事。剃发令下后,摄政王亲自遣兵到太医院去,命令南朝的臣士们剃头,经过一番激烈的反抗以后,懋第是被执下刑部狱了。

当懋第被拥见摄政王时,懋第长揖不跪。摄政王很器重懋第的气节。本来没有意思想杀他,于是问两旁的廷臣有何意见,贰臣陈名夏说道:"为崇祯来可饶,为福王来不可饶。"懋第很生气地说:"你也曾中过会元,应该知道今上是先帝的什么人。"于是有人劝他说:"先生何不知天命?"懋第说:"你们何不顾天理?"

会审时,除了萝石先生以外,还有他的从官陈用极、王一斌、王廷佐、张良佐、刘统五人,这些都是数一数二的血性男儿,至死不屈的丈夫。他们数人皆被一同械系押至公堂。当摄政王及一群汉奸们问道:"你们说循天理,为什么吃了我们清朝六个多月的粮食,还不即死?"陈用极不等别人说话便抢着说道:"你们来抢我朝的粮食,反强口夺正辞?"摄政王听了大怒,命捶其颊,用极喷血高呼道:"士可杀,不可辱!"

统治者拉拢一般汉奸们当爪牙,他们看到萝石那种慷慨激昂的态度,虽然恨之刺骨,但同时又不能不表示敬服。萝石先生所企望的是"何日神京复,威仪见汉官",这种赤心报国的热肠,岂不教在北京迎降的诸臣们羞煞!他在北京的太医院时曾作《客燕》诗云:

鼎鼐攀无及,亲闱并莫依;
岂堪哀子泪,时落使臣衣。
陵树梦犹见,家山魂亦稀;
人间忠孝事,意与鹤同归!

似这种"臣子心中恨,君亲魂未安"的神情,岂是那些如洪承畴、陈名夏之流的奴才坯子所可望其项背?

庭讯的结果,是最悲惨的。《小腆纪年》记叙这段经过,真是有声有色:

> 十四日戊辰,我内院大学士刚林至。戎服佩刀坐堂上,责朝见。懋第欲以客礼,反复折辨,声色俱厉……时我朝初定中原,中朝故事犹未深晰,所往复辨论者,皆诸降臣之指,而懋第慷慨不挠。刚林叹曰:"此中国奇男子也!"厚为客礼待之……

威武不屈,慷慨不挠,这是何等男儿! 反复折辨,声色俱厉,这是何等气节! 而《鹿樵纪闻》记载萝石先生临刑时的光景更为凄惨:

> 懋第惟请速死,王顾廷臣莫为请者,乃挥出斩之。懋第从容至菜市口,顾五人曰:"悔乎?"皆答曰:"求仁得仁,又何悔?"懋第连呼好好,南向四拜,端坐待刃;忽一官飞骑至,呼曰:"降者爵以王。"懋第曰:"宁为南鬼,不为北王!"时正晴明,忽风沙四起,屋瓦皆飞,刽子杨某,涕泣叩头而后行刑,五人皆死……

萝石先生虽慷慨地死义了,但时至二百九十余年后的现在,胶东人提起古代的忠臣孝子来,几乎没有一个人不知道左萝石先生的!

(《宇宙风》乙刊 1941 年第 46 期)

从史诗说到吴梅村

史诗亦称叙事诗（Epic），它在诗中要算是发达最早的一件东西。按 Epic 之意，原从希腊 Epos 一字转来。杂有"神托"的意思，那是与抒情诗相对而称的。史诗的原来，虽然构成历史与神话，但在创作的潮流上，因为神权、君权、民权，时代的进展，却有两种迥乎不同的典型。相对地说来，因为时代的不同，又有个人的与民族的之分。大体上说：中国的抒情诗较早，而故事诗较晚，西洋反之。这种不调合的进展，事变前，我曾在天津某报上提及这个问题。当时有人认为《毛诗·商颂》中的玄鸟，以及《大雅》中的《生民》《公刘》等篇，不都是故事诗么？而密尔顿（John Milton）的《失乐园》（*Paradise Lost*）及但丁（Dante Alighieri）的《神曲》（*Divina Commedia*）不也都是故事么？何以说故事诗在西洋较早，而在中国较晚呢？这种论调不无一部分理由，但我们知道《诗经》中的作品，不过仅是叙事诗的雏形。比之欧洲古代史诗是不能相提并论的。就算那是典型的史诗，《诗经》之作，在纪元前九世纪左右，而《伊利亚特》（*Iliad*）及《奥特赛》（*Odyssey*）之作，却早在纪元前十四世纪末叶，谁早谁晚，不言而喻。

但从史诗的本身看来，中外史诗的变演，却走着一条共同的曲线，那便是渐由飘忽迷离的神话，而走向切于故事的史料。荷马（Homer）的《伊利亚特》，其中所叙述的人物，如 Odysseus, Agamemnon，Hera诸人，他们的行为，多富有神话性的。但这种倾向，一直到纪元前七十年的罗马还保留着，如威直（Vergilius）的《海鸥》（Giris）叙述塞拉（Scylla）化为鸟的故事等，都是极好的例子。这种倾向，一直到纪元前三十九年方告一段落，如娄凯纳斯（Lucanus）的作品，则是以近事制史诗，而完全去掉神话的。

一个谁都不能否认的事实，那便是时代愈近，神话的成分相对地愈少。在中国不消说也走着同样的步骤。中国的叙事诗，随着时代之流，继续地把它的身子增长起来。依照文学批评的眼光来说，中国史诗的进展，大体分为以下几个时期：第一是西周时代的胚胎时期，如《诗经》是也；第二是汉魏时代的萌芽时期，如蔡文姬的《悲愤诗》，左延年的《秦女休行》等是也；第三是李唐时代的成熟时期，如白居易的《长恨歌》是也；第四是五代时代的嬗递时期，如韦庄的《秦妇吟》是也；第五是晚明时代的复兴时期，如吴梅村的《洛阳行》《雁门尚书行》等是也。

伟大的作品，往往寄托于伟大的时代。文学是社会的表现，梅村之所以伟大，便是他的诗里，已代表了明末的社会现实。从他的诗里，我们可以得到一个晚明社会的缩影。由诗的材料上看来，我们可以回味到社会的变乱，是羼杂着外来的因素，以及内部的矛盾。梅村用一支生动的笔，刻画出纪元后1573至1644年这个阶段中一个社会治安整个被搅乱的局面。社会下层基础的整个动摇，于是在生活上便掀起了流浪与饥饿的旋涡。在吴诗里所表现的，有内讧，即所谓"楼船诸将碧油幢，一片降旗出九江"是也（《口占赠苏昆生》）。有外患，即所谓"十三万兵同日死，浑河流血增奔湍"是也（《松山哀》）。有武将的跋扈，即所谓"忆昔将军正全盛，江楼高会夸名胜"是也(《楚两生行》)。有民生的凋敝,即所谓"闻说朝廷罢上都,中原民困尚难苏"是也(《杂感一》)。于是接踵而来的,便是征服者大肆屠杀,所谓"或云江州下,不比扬州屠"是也(《攀清湖》)。再接踵而来的,便是兵变,所谓"晓起哗兵至,戈船泊市桥"是也(《避乱》)。随后便有横征暴敛了,如"官军昔催租,下令严秋毫"是也。以后便有人民的避乱了,如"骤得江头信,龙关已不守,由来嗤早计,此日尽狂走"是也。紧接着便是百姓的逃亡和失散了,如"老稚争渡头,篙师露两肘……失散追寻间,啼呼挽两手"是也。

在明末的当儿,因为社会的极度不安,所以一切史料的搜集,以及真确性都很成问题。梅村生长在这个时代,字里行间,透露出许多珍贵的史迹。研究历史的人,为了偿补史料的不足,及枉伪起见,对梅村的诗,是可以充分参照的。虽说其中亦间有模糊影响之词,这正因为它是一部史诗而不是一部《明史》呢!

1940 年春

(《燕京新闻》1940 年 2 月 17 日)

又是叙事诗的问题
——汪水云和吴梅村

> 雁门尚书受专征,登坛顾盼三军惊。
> 身长八尺左右射,坐上咄叱风云生。
> 家居绝塞爱死士,一日费尽千黄金。
> 读书致身取将相,关西鼠子方纵横。
> ……

上边是吴梅村《雁门尚书行》的第一段。我每想到这首诗时,我便忆及叙事诗这个问题。而想到叙事诗又不由得不记起顾羡季先生的话来。他说:"中国因为和西洋的文化型不同,所以很少有像外国那样的史诗。"(大意如此)我并不否认他的见解。不过我却觉得有几个问题我们必须注意。第一,什么是叙事诗?第二,叙事诗的特质是什么?明白了这些问题,方可以继续谈下面的问题。

普通认为叙事诗有广狭的两意义。广义地说,凡把人生的经验用客观的方法来叙述的,都可称之为叙事诗。但狭义地说则是说,不独有了客观的叙述方法而还要有了最重要的形式。

底下我们便谈到叙事诗的性质,王希和先生谈到叙事诗的性质时,这样说:

> 叙事诗所采用的方法是客观的,诗人自身的情感虽不能说没有,然极有限。此种诗所要描述的只是一种动作和行为全集

中于英雄美人的逸事,有时也涉及神怪或宗教。一则因为这些都是当时民族所崇信的;又因为英雄神怪等事,能使诗篇更有浓厚的精彩,更为完美。总之叙事诗的性质是在乎崇伟的风格,超卓的事实,更纬以离奇的动作,所以才能在古代盛行,得了最大的成功。

黑格尔(Hegel)却这样说:

Lts basis and form are determined, by, totolit of the beliefs and ideas of plople.

他的意思认为叙事诗的基础与形式是建树在一个民族的思想与信仰的总体之上的。这种说法,自然也有他的毛病。因为最古的叙事诗或者完全着重于这一方面,因为叙事诗在古代不是文人的专利品,而是被一般游行的歌者所歌唱出来的。如西洋后代的史诗,如按照这样的标准去划分,恐怕很少有几首是道地的史诗了。

一个不能否认的事实,那便是:中国的史诗在形式上与西洋的史诗有着极不同的分野,它常在较短小的形式上存在着。这种倾向直至现在还没有改变。为什么中国没有像西洋那样滔滔万言的史诗——不独古代现在仍然这样——我个人的意见认为有下列几个原因:

(1)中国古诗的发源地是在北方。但直鲁一带地瘠民穷,人为生活所束缚,不易有精神的产品。

(2)中国在封建制度之下,人民的思想多为帝室所左右,偶有一二长篇之佳,亦易于散失。

(3)北方民气多尚质朴,虚字之用少,其为文多实而不华,不适于回环往复之冗长作品。

有了以上几种原因,中国史诗在古代不易产生冗长之作品,这不能够产生像希腊的《伊利亚特》(Iliad)一类的作品是很自然的事情了。

我以前曾经提到过中国不是没有史诗,不过表现的形式是像西洋的歌谣(Ballad)或滑稽诗(Mock epic)一类的东西。它们也是继续地在时代齿轮下找到它们的地位。在《诗经》中不少极佳的作品。

有一件使我特别注意的便是在五代十国以前虽然也有极好的史诗,但却不少杂有神怪的成分。而自宋以后因为语言文字的进步以及国家民族的残痛衰亡,却训练成许多最成功的史诗作家。其中,如宋朝末年的汪元量(水云)便是一个例子,他的作品搜集在《水云集》及《湖山类稿》中的差不多首首都是史诗的佳作。如《湖州歌》九十八首,《越州歌》《醉歌》《杭州杂诗和林石田》《浮丘道人招魂歌》《夷山醉歌》《钱塘歌》等皆是极真切的历史记载。不信我们抄几首看看:

北师驻皋亭山(一首)

钱塘江上雨初干,风入端门阵阵酸。

万马乱嘶临警跸,三宫垂泪湿铃鸾。

童儿空想追徐福,厉鬼终朝灭贺兰。

苦议和亲休练卒,婵娟剩遣嫁呼韩。

——《水云集》页 14

送琴师毛敏仲北行

西塞山前日落处,北关门外雨来天。

南人堕泪北人笑,臣甫低头拜杜鹃。

——《湖山类稿》卷一

这是多么感人的作品!除了汪水云以外,在明末也有一个伟大的史诗作家出现,就是我方才提出的《雁门尚书行》的作者吴梅村

先生。他身经国家之破灭,因此有好些作品都是有时代的意义,他虽像汪水云先生"以琴事谢后",他却有咏田贵妃的名诗:

> 扬州明月杜陵花,夹道香尘迎丽华。
> 旧宅江都飞燕井,新侯关内武安家。
> 雅步纤腰初召入,钿合金钗定情日。
> 丰容盛鬋固无双,蹴鞠弹棋复第一。
> ……
> 君王内顾恤倾城,故剑还存敝体恩。
> 手诏玉人蒙诘问,自来阶下拭啼痕。
> ……
> 从此君王惨不乐,丛台置酒风萧索。
> 已报河南失数州,况经少子伤零落。
> ……
> 头白宫娥暗颦蹙,庸知朝露非为福。
> 宫草明年战血腥,当时莫向西陵哭。
> 穷泉相见痛仓皇,还向官家问永王。
> 幸免玉环逢丧乱,不须铜雀怨兴亡。

(《梅村集》卷四《永和宫词》)

其余如《松山哀》《银泉山》《田家铁狮歌》《圆圆曲》《楚两生行》《洛阳行》《后东皋草堂歌》,也都是极好的史料。而《雁门尚书行》更是我们要重新提到的,因为他可以给我们作一个例子。本是描写孙传庭之死的,他的结尾却以这样的局面出现:

> 回首潼关废垒高,知公于此葬蓬蒿。沙沉白骨魂应在,雨洗金疮恨未消。渭水无情自东去,残鸦落日蓝田树。青史谁人

哭藓碑，赤眉铜马知何处。呜呼！材官铁骑看如云，不降即走徒纷纷。尚书养士三十载，一时同死何无人，至今唯说乔参军。

末节也或者有人认为是不合于史诗的原则，因为他已改变了客观的态度而模糊地加入了一部分作者的情感。于是大家会提出这个理由：如果承认法国的 the Song of Roland、英国的 Beowulf、德国的 Nie be lungentied、爱尔兰的 Kalevala、西班牙的 Cid 等是史诗，则如《雁门尚书行》等不是用完全客观的态度写成的。这种看法不无道理。但是仍不失为是《梅村集》中一首极好的史诗。这话怎讲？因为这并不妨碍史诗的原理。假设西洋的作品中没有这种特质，我们不敢替中国的史诗家来作辩证，不幸西洋的作品中也有诗人自身的情感加入在作品中的时候，不过也是模糊而迷离的，这我们可以从歌德的《浮士德》及斯宾塞的 the Facrie Queene 中看出这种痕迹，而近代诗人中如渥茨华士及拜伦等的作品中更多是以叙事的体裁而夹杂了作者少许的情绪而把诗写成功的。自然，若说这是史诗的末路亦未尝不可。

以上仅将我国宋明的两个大史诗作者略微提出，证明中国的史诗因为中外民族的不同，所以在诗的构造上也发生了不同的逻辑。我们并不能因此而证明中国没有史诗。不独不能说没有史诗，还不应当说现在没有史诗。

附记：这篇文章实在没有发表的价值。文苑社的朋友们急需我写一点东西，于是我草草地写下这点。说是漫谈尚可，说是什么论见还不够的！谨对读者编者致歉。珩附志于平西海甸。

(《辅仁文苑》1941年第6辑)

明清之际几出爱情上的悲剧

  谈到诗,我是个外行;实在知道的太少了!好在关于梅村诗的介绍文字,在目前还不算太多。本刊的朋友们要我写一点东西,惭愧我一时又缴不上卷;太硬性的作品,像过去在各杂志上所发表过的,又不甚合于本刊的性质。因此只好拉杂写成这点东西。好在这题目不是很带有学术气的。因目的既在好玩,故即便为害也不甚大,何况这样近于套裤式的东西,根本就值不了几文钱呢!

——作者附记

  前几天在朋友家中见到一本《疢斋杂剧》,因此把我读旧诗的嗜好又引起来了。《梅村集》中除了有关明清之际的史诗以外,还有几首是有关时代所造成的几出爱情上的悲剧,都是值得后人们来玩味的。清兵入关,明末的士子,大多数被赶逐到江南去了。那些孤臣遗民,有的还继续着抗清的运动,但有的却把这热情升华到其他一个方向去了。于是便产生了许多风流韵事。其中最著名的如冒辟疆和董小宛,朱保国和寇白门,杨世功和黄媛介,吴梅村和卞玉京。

（一）冒辟疆和董小宛

明末清初时，南京秦淮河畔是名士美人聚散的地方。钱牧斋诗："凤箫声里秦淮月，偏照唐家紫绮裘。"颇能写尽当时之盛。关于董、冒两人的记载非常多。我们且看吴梅村的。

第一首与第二首仅述董白的名字，第三首便写董由西湖远游黄山白岳归来时的情况。

钿毂春郊斗画裙，卷帘都道不如君。

白门移得丝丝柳，黄海归来步步云。（其三）

接着，他又述写观竞渡于江山胜处的情形。

京江话旧木兰舟，忆得郎来系紫骝。

残酒未醒惊睡起，曲阑无语笑凝眸。（其四）

她不独喜欢旅行，有时也喜欢音乐：

念家山破定风波，郎按新词妾唱歌。

恨杀南朝阮司马，累侬夫婿病愁多。（其六）

在董姬想来，阮大铖是该死的。人家夫唱妇随满好的家庭，竟为阮圆海给破坏了，真是"城门失火，殃及池鱼"！

乱梳云髻下妆楼，尽室仓皇过渡头。

钿合金钗浑抛却，高家兵马在扬州。

高杰称兵作乱的事，也在梅村的笔下轻轻扫过了。

董白生于1624年金陵之桃叶渡，有人说她和辟疆相识在金陵，但吴圆次《董君哀辞》里却说在苏州。可是由梅村诗中我们知道是经过多少次邂逅，方成就这段姻缘的。据《系年要录》所记，冒、董相遇当在1639年,后来因负累镠镣,事情几乎决裂了,这时幸亏钱谦益拿出了三千金,才把这件事情了结。

一般人对于小宛的生平有一种误解,说是她为豫王多铎携来北方嫁与清世祖。是的,在《清凉山赞佛诗》中,我们可以找出一个董鄂贵妃。这倒难怪,过去研究历史者多在统治者身上用功夫,所以一部正史几乎可称为皇家家谱。认为人生仅有这些可以解释,因此非其类者,乃屏诸门墙之外。打开一部《明史》,在列传《烈女传》中仅见到"义姑某氏"或"某氏乃节妇"一类美的名词,若说小宛是找不到的,因此对于这风云人物均会发生许多误会。殊不知董鄂妃乃旗人,父鄂硕,封三等伯。董妃死于顺治十七年,进封孝献皇后,和小宛一点不发生关系。而且多铎去江南是在顺治二年,五月把福王赶走了,十月重新来到北京,但辟疆和小宛同居九年,若按《影梅庵忆语》对照来看,董嫁冒是在崇祯十六年,若加九年,则是死于顺治八年,前后相差六年。且董死后,诔词很多,(《结邻集》载有龚芝麓之唁书一封)都可以供给我们考证。若硬说,五台山下高僧们设的那座道场是为数年前在京江"曲阑无语笑凝眸"的美人而准备,那不是白日见鬼!

(二)朱保国和寇白门

《板桥杂记》记寇白门的事迹是这么说的:

寇湄字白门……娟娟静美,跌宕风流,能度曲,善画兰,粗知拈韵,能吟诗,然滑易不能竟学。十八九时为保国公购之,贮以金屋,如李掌武之谢秋娘也。甲申三月,京师陷,保国公生降,家口没入官,白门以千金予保国赎身,匹马短衣从一婢而归,归为女侠。筑园亭,结宾客,日与文人骚客相往还。酒酣耳热或歌或哭,亦自叹美人之迟暮,嗟红豆之飘零也。

寇白门为秦淮名妓,与郑妥娘、李香儿齐名。当时李嫁侯方域,郑亦有归宿,只有她潦倒终身,名妓忆当年车马,真是不堪回首的一件事情。无怪乎她酒酣耳热或歌或哭了。

梅村写诗照例先把一个亡国后的阴影烘托出来。看他怎样烘托南京失守后的荒凉状况:

南内无人吹洞箫,莫愁湖畔马蹄骄。

殿前伐尽灵和柳,谁与萧娘斗舞腰。(《赠寇白门》)

一切问题都是整个中的单个,满人的铁马既然蹴破了秦淮明月,那只好"佩玉鸣鸾罢歌舞",而让他各自风流云散了。

其二和其三都是描写她随朱北上,朱因经济压迫愿卖掉她,于是她复陷身北里。

朱公转徙致千金,一舸西施计自深。

今日只因勾践死,难将红粉结同心。(其二)

以国弼的卑污人格,实不能与范蠡相比,而醉生梦死之福世子又岂是勾践之俦? 不必说世子已死,即便尚存,能否为同心恐始终尚有问题。

自从太祖定鼎金陵后,南京曾一度繁华,以后因政治中心迁移,乃渐形萧条了,但仍是陪都,及福王定都南京后,知识分子南下,顿然打破了过去的沉寂,聚宝门内,秦淮河边,又"廛闬扑地,歌吹沸天"了。

有人说她不该再来秦淮,陷身平康,这是扣盘扪烛的看法。

我们知道,在明末时,一般名士们皆会集到这地方,明吴应箕说得很好:"京师为五方所聚,要皆贸易迁徙之民,及在监游学之士而已。"可见那时的南京,已呈人口过剩现象了。加以福王的挥霍,南京更形繁华,大江南北交通往还,向日人们语言之隔阂也易于打破了。而婚姻已互相聘订。寇湄既是人类之一分子,自然有共同的喜好哀乐,而胜不过生活鞭子的抽打,乃把伊携入金陵。

　　同时姊妹入奚官,捆酒黄羊去住难。

　　细马驮来纱罩眼,鲈鱼时节到长干。(其三)

当时同伴的姐妹多收没入官,或屈为人婢,只有白门重操旧业到金陵,可是当她再到天台去的时节,以气节自持的白门是不好意思通过大功坊的,回忆当年,不觉黯然!

梅村在他的诗内,处处讽刺朱国弼,实在说来,既有今日,何必当初!究竟所得不过百金,其爱白门的真情可知。后来白门嫁给扬州某少廉,不甚得意,又重回金陵操起"莫愁艇子载琵琶"的旧生涯,这倒是谁的过错呢?白门的一生是可泣可哀,可是如朱谦这样卖掉爱情的人还多着呢!

(三)杨世功和黄媛介

明末,所谓美人名士相聚的场合有几:江北扬州的瘦西湖,江南南京城内秦淮河畔的桃叶渡,水西门外的莫愁湖,吴县的虎丘,和现在要提到的嘉兴南湖。

梅村诗中说:

　　鸳鸯湖畔草黏天,二月春深好放船。

柳叶乱飘千尺雨,桃花斜带一溪烟。

烟雨迷离不知处,旧堤却认门前树。

树上流莺三两声,十年此地扁舟住。(《鸳湖曲》)

不要说还有锦筵,还有笑语,但就这自然的风景已够使人陶醉了。

此处所指的鸳鸯湖便是南湖,当时的文人几乎都麇集这里,钱牧斋不必说了,其他如吴梅村、徐弘祖、黄道周、张西铭、侯方域,以及诗林擅名的毛子晋,效命东林的吴昌时没有不涉足此地的。其他如浪迹三十年之苏昆生、柳敬亭等更不成问题了。

多次人战证明明兵战斗力的优越,自多尔衮与史可法交涉破裂后,清兵在南朝正在内讧时,占领徐州,接着北上,把刘泽清的队伍在临淮击溃,于是扬州被围,史可法死难。当败兵还没越过瓜州时,多铎的精兵早已兵临江宁了。福王逃走,马士英到浙江,鲁王的军队完全因指挥不统一失败。而清兵的屠杀却在人类文明进化史中染上最大的污点。江宁被焚,嘉定三屠,人民所遭痛苦非笔墨所能形容,鸳鸯湖自然不能例外,于是诗人对于这个旧地不得不有所惋伤,不由得歌出"风流顿尽溪山改,富贵何尝箫管哀"了。

自从鸳湖感旧写出,一般文人对于此歌舞之地颇露悲观,不想吴来之虽去,黄皆令又来,于是鸳鸯湖上别添一段韵事了。

看他在《题鸳湖闺咏》中怎么来装饰这才女吧。

石州螺黛点新妆,小拂乌丝字几行。

粉本留香泥蛱蝶,锦囊添线绣鸳鸯。

秋风捣素描长卷,春日鸣筝制短章。

江夏只今标艺苑,无双才子扫眉娘。(其一)

媛介本嘉兴儒家女,能诗善画,丈夫杨世功因家贫不能娶她,因此使她流落在苏州卖文为生,王贻上有《观黄皆令书扇》诗"归来堂里罢秋妆,离隐歌成泪数行",也叹息红颜之多薄命了。

梅村对于媛介深表同情,他吟道:

休言金屋贮神仙,独掩罗裙泪泫然。

栗里纵无归隐计,鹿门尤有卖文钱。

女儿浦口堪同住,新妇矶头拟种田。

夫婿长杨须执戟,不知世有杜樊川。

这是由黄之家世想起金屋藏娇的故事。我们再看皆令自己的心愿吧:

罢吟纨扇礼金仙,欲洗尘根返自然。

风扫桃花余白石,波呈荷叶露青钱。

山中自获烧丹井,世上谁耕种玉田。

磊磊明珠天外落,独吟遥对月平川。

她自己却不如梅村那样怨天尤人,只是愿出家,能够有了烧丹,解决生命问题,再自己种田,解决吃饭问题。这样生活就会美满了。

"绛云楼阁敞空虚"。这一首是叙述媛介寄居柳如是绛云楼的故事。诗中所说之学士,便是指钱牧斋。"学士每传青鸟使,萧娘同步紫鸾车。新词折柳还应就,旧事焚鱼总不如。"是说闺阁唱和之乐。在以前冒与董快要离异的时候,是牧斋解囊把问题处置了,现在黄皆令又到这里来,"女伴相依共索居",钱老确是大好人!

皆令后来是否能嫁世功,那尚是考据家的一段公案。后来黄又和石城才女卞元文相识了。元文母吴严子也是诗文的圣手。这时元文尚未出嫁,这两位女子在一块互相酬唱,自然非常快意,我们看梅村的诗句吧：

> 谁吟纨扇继词坛，白下相逢吴彩鸾。
> 才比左芬年更少，婿求韩重遇应难。
> 玉颜屡见莺花度，翠袖须愁烟雨寒。
> 往事只看予薄命，致书知己到长干。

"婿求韩重遇应难"，这真是千古才子佳人所同慨，在现代婚姻制度下，固不需要才子佳人的生活，但思想与意志的契合，仍是组织良好家庭的必需条件。梅村"玉颜屡见莺花度"，正可和李良年"年年相对是天涯"互相辉映，假设社会的现状能合理，早无这事之发生了。

（四）吴梅村和卞玉京

我附带要说的是吴梅村的恋爱史。他最先认识的便是卞玉京，这一段姻缘也最使他不能忘情。

玉京是什么地方人？在《玉京道人传》中也没有记载。她最先遇见梅村时是要以身相许的。可是"落花有意，流水无情"，虽则梅村没有说明她年少为什么要出家，但以"吾身负负可奈何"寥寥七字中，也可透露几分消息了。

在琴河她为什么不愿见梅村，梅村自己说得明白：

> 油壁迎来是旧游，尊前不出背花愁。
> 缘知薄幸逢应恨，恰便多情唤却羞。
> 故向闲人偷玉箸，浪传好语到银钩。
> 五陵年少催归去，隔断红墙十二楼。（《琴河感旧》其二）

即在初见,便以身相许,但梅村薄幸,终成"从此萧郎是路人",这岂不是使梅村回忆忏悔么?

休将消息恨层城,犹有罗敷未嫁情。
车过卷帘劳怅望,梦来携袖费逢迎。
青山憔悴卿怜我,红粉飘零我忆卿。
记得横塘秋夜好,玉钗恩重是前生。(其三)

以前是犊车迎来,迁延不出;以后便青山憔悴,红粉飘零。梅村写美人迟暮凄凉处比义山更为深刻几分。他能把自然而然为苍白的感情所锻炼所濡浸的思想,用一支犀利的笔一一表达出来,说他饱经沧桑,略带殉情的成分,那是恰当的。

除了四首《琴河感旧》以外,还有《听女道士卞玉京弹琴歌》,也是一首关于卞玉京的,不过最使他销魂的是在卞死后他走过她的墓地锦树林的时节。他伤感地写道:

……
乌桕霜来映夕曛,锦城如锦葬文君。
红楼历乱燕支雨,绣岭迷离石镜云。
绛树草埋铜雀砚,绿翘泥涴郁金裙。
……
相逢尽说东风柳,燕子楼高人在否?
枉抛心力付蛾眉,身去相随复何有?
独有潇湘九畹兰,幽香妙结同心友。
……
良常高馆隔云山,记得斑骓嫁阿环。
薄命只应同入道,伤心少妇出萧关。

>紫台一去魂何在,青鸟孤飞信不还。
>
>莫唱当时渡江曲,桃根桃叶向谁攀。(《过锦树林玉京道人墓》)

第二个爱人是一个对梅村发生单恋的虞山瞿氏女子,梅村拒绝了她的爱,并写无题诗四首以与之。

>到处莺花画舫轻,相逢只作看山行。
>
>镜因砚近螺频换,书为香多蠹不成。
>
>愧我白头无冶习,让君红粉有诗名。
>
>飞琼漫道人间识,一夜天风返碧城。(《无题》)

第三首中"错认微之共牧之"是以微之与牧之比喻自己。"误他举举与师师"是用来比喻对方的。这是梅村的自首。"疏狂诗酒随同伴,细腻风光异旧时。"张生和杜生虽然疏狂如昨,但想起误他白头的事情却由不得我们的诗人不感慨系之了。但才女的一片真心,却也着实令他可敬。于是风流倜傥的梅村只好以绿杨赠别、红豆寄思了。

梅村的第四首是这样:

>钿雀金蝉笼臂纱,闹妆初不斗铅华。
>
>藏钩酒向刘郎赌,刻烛诗从谢女夸。
>
>天上异香须有种,春来飞絮恨无家。
>
>东风燕子知多少,珍重雕阑白玉花。

后来听说女子归石学士仲,这一段风流佳话便终于应了那"天涯却有黄姑恨,吹入萧郎此夜吟"的诗谶了。

(《辅仁文苑》1941年第8辑)

汤若望和吴梅村

去年来津门,徐君保和、刘君乃义两位司铎常向我谈到汤若望的一切。当我在北京的时候,也曾去西什库的教堂望过复活节的弥撒,这是使我留心汤若望史实的第一个动机。后来我在女青年会讲演,不知怎的又想起这位著名的司铎来,以及他和诗人吴梅村的邂逅,便想以此为题,随意谈谈。关于汤若望(R. P. Joannes Adam Schall)的作品,在工商学院里保存有他的名著《中华帝国纯正信仰之发生与进步的史的关系》(*Historica Relatio De Ortu et Progressu Fidei Orthodoxae in Regno Chinensi per Missionarios Societatis Iesu*)。不过一个不娴于拉丁文的我,对于此书终究是引为遗憾的。所幸我这里讨论的还不是他个人的思想问题,而是关于一些零星事件。今年春天我细读杨丙辰氏所译德人魏特著《汤若望传》(共十四章四十余万言),其中所引汤若望回忆顺治朝的逸事甚多,不过在这里我们还是不涉及其政治思想,而引《北游录》等书随意谈谈的。

一个有名的宗教家喜欢和一位诗人来往,似乎是极神秘的事情,而又是极自然的。

在没有说到吴梅村和汤道未以前,先说一般人和汤若望的关系。

在明清之际,一般士大夫及一般文人们很喜欢和宗教家们来往,因为像汤若望那样的人，无论学识和眼光都有常人赶不上的地方。

当时的一般士大夫喜欢和汤若望来往不必说了，就连当时的顺治皇帝都是极尊崇这位神父的。汤若望和顺治的友谊关系，却是中国历史上的一种新纪录，当时顺治对汤若望神父的优待，如尊称玛法，免除跪拜，亲临馆舍等，都是很惹人们注意的。

汤若望在明清之际的历法上是贡献最大的一个人。明朝初年所用的《大统历》，是刘基所进的。后来也曾一度用西域人来推算，置回回司天监。到了神宗年间，意大利人利玛窦（Matte Ricci）来到中国，著有《乾坤体仪》及《天学初函》等书。可是汤若望在明末清初贡献也是很大的。彭孙贻《客舍偶闻》云：

> 玛窦精天文律历诸法……以西洋历法论改历事，著书未竟而死，若望等续成之，名《崇祯历书》。历未成而鼎革。世祖定北京，遂用之，名《时宪历》。……赐若望号通元[玄]国师，赐一品服。

吴梅村到北京来做国子监祭酒的时候，常常去看他。汤若望似乎也很喜欢这位诗人。有一次，他拿出龙腹竹来给吴梅村看，我们这位诗人还写了一首《通玄老人龙腹竹歌》。所说的通玄老人就是汤若望了，那是皇帝的赐号。《畴人传》做敕赐通微教师，是完全没有根据的说法。

《通玄老人龙腹竹歌》写得极悲哀缠绵，使人伤心，读之泪下，首段云：

> 通玄老人来何方，碧胪颊面拳毛苍。
> 手披地图向我说，指点西极天微茫。
> 视彼万里若咫尺，使我不得悲他乡。

> 京师公卿谁旧识，与君异国同周行。
>
> 九州丧乱朋友尽，此道不绝留扶桑。

所谓异国同周行，颇是文人本色，也是作诗原意！

中段因汤若望司铎的龙腹竹，想起人生的问题，又是诗的主眼：

> 我欲裁之作龙笛，水底老蛟吟不得。
>
> 纵使长房投葛陂，此龙僵卧难扶策。
>
> 可是天教产竹郎，八荒奇事谁能识？
>
> 一从海上西南来，中原筱簜多良材。
>
> 淇园已竭苍生痛，会稽正采征夫哀。
>
> 天留异质在无用，任将抛掷生尘埃。

黄钟毁弃，瓦缶雷鸣，千古如斯，然一经梅村道破，则觉倍样亲切。正如他的《通天台》："难道我的眼呵，盼不到石头车驾；我的泪呵，洒不上修陵松槚，只是年年秋月听悲笳。"这哪是汤道未和吴梅村在看龙腹竹，是他们借他人酒杯浇自己块垒了！

不独吴梅村常和汤若望来往，吴梅村的好朋友们像谈孺木等，也和汤若望发生很深关系。谈迁《北游录》云：

> 入宣武门稍左天主堂，访西人汤道未（若望），大西洋欧罗巴国人，去中国二万里。万历戊午……从江浙入燕。故相上海钱文定（龙锡）以治历焉。今汤官太常寺卿，领钦天监事，敕封通玄教师。年六十有三，霜髯拂领。

可想他们见面的时候，汤道未司铎已经是一位白发婆娑的老人了。

（《公教学生》1943 年第 3 卷第 4 期）

哭闻一多先生

……煌煌张夫子，斯文绍濂洛；五经叩钟镛，百家垂矩矱。海内走其门，鞍马填城郭；云间数陈夏，余子多磊落。反骚拟三湘，作赋夸五柞；君也游其间，才大资磨斫。诗篇口自哦，书记手频削；冠盖倾东南，虚怀事酬酢。射策长安城，骢马黄金络；年少交公卿，才智森喷薄……我谋适不用，岷峨气萧索；黑山起张燕，青城突庄蹻。积甲峨眉平，饮马瞿塘涸；生民为菹醢，丑类恣啖嚼；徒行值虎豹，同事皆燕雀……

——吴梅村《哭志衍》

岁暮天寒，我僻居蓉西之草堂寺，重温吴梅村诗，忽然忆起死去的闻一多先生。回忆旧京云烟，什刹海子，在东安市场上一家旧书店里最末次见到那彗星一样光亮的闻先生，光阴匆匆已是十年有余，谁思一见，竟成永别。而今滇池魂断，碧鸡梦冷，又使我们到哪儿去，找寻我们的闻先生呢？

闻先生是一个彻头彻尾的诗人。不，我们还不如说，他的生活就是一首诗，一首美丽而庄严的诗。但是他的这首诗，是针对着大众来写的。自然在这样昏天黑地的年月，黑暗代替了光明，暗杀代替了法律，迫害代替了真理，就让这首诗，真是一首美的一首庄严的诗，在这闷沉沉的夜里，又有谁肯忽略了现实的利害而来欣赏？

我们说一多先生的生活是一首诗,也并不等于说他的生活是感情的,虽然我们在他的生命里发现了许多热情的暗示,但在另一方面,一种真理的追求却迫使一多先生的热情冷静下来,像他治《诗经》和《楚辞》一样,把生活和酷爱正义的灵魂一齐融和了起来。他的一生的事迹,便是一首史诗的发展。

清华和燕京的朋友们,都有一种特别的气息。我记得当日北京有一个谚语是:"北大老,师大穷,燕京清华可通融。"这句话差不多住在北京的人都听惯了的。但是一般人仅把这句话引申到女学生在大学生中寻找爱侣的对象。我的看法则不然,燕京、清华的学生有一种别的大学没有的气息,那就是:爱好自由的精神,认识真理以服务的精神,科学方法整理学术以创造自己的精神!闻先生在清华和燕大都任过课,所以这种精神是充溢着的。而这种精神可以从他生平的许多事件中都得到一个注脚:思想,言语,行动,以至治学方法,处世接物,一向是这种精神在支配着他那伟大的行动。

可是不幸,永远是不幸,这社会是在黑暗里行走。没有人肯把光明透露给大众,更不敢正视现实。朱自清先生说到闻先生时也曾说过:"他个人在诗的方面,是为人生的,他的生活与文学见解是一贯的。"但可惜他竟在这"一贯"二字下牺牲了。他的死,也毋宁说是替一般如张邦昌、洪承畴之流张目!

一多先生在外国是专攻艺术的。回国以后,创作过不少的新诗。现在在诗坛上负有一些盛名的如臧克家、陈梦家等都经过一多先生的提拔。如《死水》等诗朵在诗坛上都有不可磨灭的价值。他的诗很讲格律,很重韵脚,我们读到他的《你指着太阳起誓》:

你指着太阳起誓,叫天边的凫雁

说你的忠贞。好了,我完全相信你,
甚至热情开出泪花,我也不诧异。
只是你要说什么海枯,什么石烂……
…………

唉,我们的诗人,又有谁来"叫天边的凫雁/说你的忠贞"呢?

闻先生对于旧诗的研究也很深刻。他早年在燕大、清华都开过《诗经》一类的课,叫座力极强,但他却是在理论方面作研究功夫,很少看见他的旧诗。老舍到昆明,曾与罗莘田等相互唱和,联大的同学们开欢迎会时闻先生便即席表示了对此有不同意的意思。也可见他在某些场合还是一副书生的面孔。

"反骚拟三湘,作赋夸五柞",这在一多先生看来也未必是件怎样了不起的事。他在理论的研究上实在开辟了一条新的道路。在中国诗中,杜甫是他很看得起的诗人。《少陵先生年谱会笺》是他最早期的精心作品。他认为《诗经》、乐府,都是民间的作品,是最有原始价值的健康的作品,民族文学的最高结晶的表现。他常说一句话:"《诗经》中女人的爱是赤裸裸的,绝不像后代那样扭扭捏捏。"可见他是怎样推崇《毛诗》这部作品了!

说到唐人的诗,闻先生很有一些偏见。他很推崇唐朝的几个诗人如陈子昂、杜甫等。他不喜欢六朝,他认为是靡靡之音,所以就很轻视晚唐的作家,所以连"西昆""台阁"都在被攻击之列。他不喜欢词曲,很少讲,他的理由是那些东西不够真率,不够原始,不够健康……论及古代的许多神话,如《穆天子传》《博物志》等书,他很想用荷马写《伊利亚特》《奥德赛》的手段把许多故事诗意地写出来。他还想给中国找寻出已经失传了的许多史诗的元素。

他在燕大、清华讲《楚辞》,很受学生的欢迎,正如听梅兰芳的戏,堂堂满座!他讲《楚辞》,讲得有声有色,有时从英文中找比喻,有时从法文中找比喻,他把屈原的人格简单化了,给屈原估计了一个新的地位。讲到《易经》,他用文字训诂来从这部书里找到了一些新的社会经济史料,关于当时人民的衣食住行都可以从闻先生的口中得到新的解释。他虽挂着一个诗人的头衔,但他治学的态度和方法,都是非常科学而谨严的。他在燕大、清华时,很勤于读书和抄写(稿本都是蝇头小楷,一字不苟)。每天常工作到十小时以上,夜里十二时才睡,因此在各方面都有极大的成就。近几年来他又研究庄子,他还是有很大的心得。他要从原始道教中,发现庄子与当时政治不合作的方法,发现庄子对当时政治不满的表现。他在治学方面虽然谨严,但仍抱着一种不薄今人爱古人的态度。

闻先生以一个诗人的资格被暴徒刺死在光天化日之下,从我们整个诗坛来说,是一个不可偿补的损失。但是一个诗人,就说因为谈政治而被迫害,那么我们的政治也可想而知了!闻先生抗战前在北平的时候,从来对时局不发表任何意见。可是那时基于一种正义感,基于一种责任心,基于他那远大深厚的观察,更基于对我们政府没有完全绝望,所以就把一腔热血埋到学术的研究方面去了。1936年的暑假,他到河南的安阳去调查甲骨发掘的情形,那时燕大、清华都在发动爱国运动(正是一二•九运动的后年),他回北平时还说:"当然中国只有抗日才有出路,同学们的抗日是无可责备的。但我这次路经洛阳时,才觉得在那里政府是有一点准备,和在北平所见的不同,因此我们不能对政府完全失望……"这也可见他对政府希望之殷。

七七事变以后,闻先生随校南迁。我们后走的人,还暂留北平,就听说他在昆明生活极苦,但同时又有许多不经的谣言传到北方,我在燕大董璠(鲁安)先生家一个文学座谈会上就听说他被飞机轰炸死的消息。不久又有被捕的消息,传说的人,还说得千真万确。谁想我们的诗人并没有死于敌人的轰炸,而是死于国人的毒手!

一个人肉体的生死,并不足以表现其精神的生死。有些人虽然死了,但一切还活在人心里;有些人虽然活着,但永远被大家把名字忘记。闻先生的精神,是光明,也是磊落的;是诗人的,也是学者的;是国家的,也是民族的。西南联大由湘迁滇,沿途非常困难,但闻先生舍去了乘车坐船的机会随同学步行入滇。这是王阳明"知行合一"的精神,不像一般人都是"天桥的把式",只说不练的!沿途上他还为联大的学生解说古迹民情社会风俗,三个多月,毫无倦容。他到昆明以后留下长的胡须,抗战时期,皆不剃除,有人问他,他说:"国家民族都在羞辱之中,我们还修什么门面!"唉,这是何等精神!

在昆明时,他每次谈起在北平附逆的文人来,便大骂不绝:"比之刘豫,比之秦桧,比之张邦昌,比之洪承畴,还赶不上!"可见他是如何痛绝。联大学生调充任译员等事,闻先生认为实在是一件不得已的事情。他虽然逢事都面对现实,但有些时候,他还是过分高估着学术研究的工作,这也就是我们的诗人之所以伟大的地方。如果不对现实完全失望,他是不会那么热烈地参与的。这也就是他之所以为"诗人"的地方!

今年八月,我到灌县的灵岩书院去讲学,在那里遇见朱佩弦(自清)先生,我们谈起一多先生的死来,他认为不独是西南联大的损失,也是整个中国学术界的损失。我想起他那从清华园到燕京去,走在路上的背影,以及那富有沉思的灵魂,我又想起他对一般青年人所发出的热诚,我不觉流泪了!

而今胜利虽已到手,但大江南北,烽火连天。过去是军调部代表,想忙忙不成,闲得发慌,现在是国军与共军,打得头晕眼花。虽然说"徒行值虎豹,同事皆燕雀",那伴着李公朴一同死去那美丽的灵魂,就算都是燕雀,在这样年月,是这样死法;那么我们诗人的死对这社会是愤怒还是讽刺?

(《宇宙风》第 150 期)

哭朱自清先生

写下了这个题目,自己也不免犹豫起来,我能说些什么呢?对于朱先生我算是和他认识较晚之一个,而且我又自知还不够懂得他,加以臆揣,也许会失去故人的面目,加之,和佩弦先生交往甚密的不知道有多少,在这一两天内,在北平、天津、上海、南京,不知会有多少追悼他的文字与著作,那我这一个渺乎其小的文艺从事者,正可不必马上去铺张那些我与佩弦的关系,因为我就是写百万、千万字的文章,也不足以道尽佩弦在文学界的贡献。而于我自己无成就,反更是多一个证明,可是缄默着呢,又似骨鲠在喉,一吐为快。那么,我索性吐一下罢。

我认识朱先生,还是在十年以前,大概是在琉璃厂一个旧书店里,留在我脑子里的第一印象,是矮矮的个儿,打着浓重的扬州口音,说起话来,面孔始终是带着微笑的。可是,这微笑恐怕再也看不到!想起来,使人真觉得是做了一场噩梦!他,竟因患胃溃疡在八月十二日的故都逝世了,以五十岁之年龄,并不算大,将在文化上的贡献,正堪期待的时候,竟老成凋谢,这不能不算是中国文化界之一大损失。

朱先生生长在江苏扬州的邵伯镇,那是临近邵伯湖的一个镇店。朱佩弦的父亲,曾在邵伯担任过邵伯司,就在那任上生下佩弦先生和他的弟弟朱物华先生(佩弦少名朱自华)。朱先生是扬州省立八中的高才生,后来就读于北大哲学系,他的文章能够写得很清楚而有条理,未始不是在北大念哲学打下的基础。

佩弦先生在北大念书时确乎有些落落寡合的样子。因为他娴于旧学,所以常常赖写稿来解决他经济上的困难。佩弦先生虽是娴于旧学,但却不求自我表现,证据之一是他爱写极浅显而清新的白话文,证据之二是从来不在自己的文章里抄古书。这好比他弄了多年辩证法,却不生吞活剥,在字纸堆里翻筋斗,或如一般浅见的某些批评家之流,替自己贴上沾沾自喜的封条。

毕业后,他回扬州任扬中教务主任。在此期间,他的写作依然很勤,对于《说文》等书几无一不读。后来经友人介绍到永嘉教书,暇中还是不断写些散文在报端发表,后来还一度到宁波白马湖春晖中学教书,这时他的文章的趋势,多半已启示了精练的一路,他用笔的轻快,运思的隽永,已引起一般读者的注意。同时,因为他和郭绍虞、俞平伯、叶绍钧等组织了文学研究会,又由郑振铎主办《小说月报》,为经常发表文章的地方,所以文名随之大噪。

陈子昂《感遇诗》云:"兰若生春夏,芊蔚何青青。幽独空林色,朱蕤冒紫茎。迟迟白日晚,袅袅秋风生。岁华尽摇落,芳意竟何成。"是感于心,困于遇,但在佩弦先生言,却非"岁华尽摇落,芳意竟何成",而是"青春始萌达,朱火已满盈"。他若不遇见胡适之,也许就空怀"草木本有心,何求美人折"之恨,他能到清华预科担任国文系教授,一方面也得于引荐得时。

佩弦成功,得力于他原配夫人的帮助极大。太太从未有过一句怨言,而今他原配夫人坟上的草已是青青了,生下的两个孩子,都很能干,一个任职海南岛港政局(长子),一个任职中央日报。据佩弦先生对我说,他的老二能继承他的遗志。

佩弦续娶的太太是四川名门之女,学艺术的。有两儿一女,生活极恬淡,就住在成都望江楼附近的一座庙里。那时佩弦先生在昆明联大任教,虽生活清苦,但将所有薪水扫数寄给夫人,自己在中学兼课以维持生活。这是何等精神!

佩弦先生也曾向我谈及诸家的文体,他一致推崇明末小品,尤其袁氏三郎。对于他自己的作品呢?他并不满意。对于早年的著作如《背影》《踪迹》,一点也不觉得怎样,他曾对我说:"这些文章如上高山,那是最低的山脚,也是起码的功夫。"

他平素还有点饮酒的嗜好。喝上口酒,脸上便红红的,看起来有点像孙伏园,不过鼻子没有那么红就是了。他得点小病,不喜就医:"不服药,过两天就好了!"可是,他的《欧游杂记》及《伦敦杂记》等都是他在努力及疾病中写的,而且校样都是自己亲自看。

一般地说来,佩弦先生的散文似乎比他的批评文章写得好些。他的散文正如他的字"佩弦"一样柔弱,这种精神用在批评上,显得薄弱,所以《新诗杂话》《诗言志辨》等书,虽有推陈出新之意,但比起他的散文的成就,略差一筹。这话,后来在成都青城山的天师洞饭桌上,我和他谈起,他也点头承认。

前年夏天,那时我正任教国立四川大学,友人李源澄先生在灌县的灵岩山办了一个书院,约我们去讲学,我也滥竽充数,侥幸被请在里面。在我讲完学后的第三天,朱先生便领着他的男孩子上山来耍,李先生约他讲的题目是"近代的散文",那时他的胃溃疡还不算十分严重。年前的八月十二日是我和他一同逛青城山的初日,今年的八月十一日却是他的死日,也是我游华岳下山之日。人生原是一场梦，可是想不到梦得如此迷离，如此感伤！现在，佩弦先生遗体已于十五日在北平广济寺火葬，我不敢联想当年和我在青城山一块玩耍的那个乖乖的小弟弟，而今会哭成个什么样子？

西北大学，九，十二

（《万里新闻》1948年第5期）

我所知道的吴雷川先生

现在社会上流行着两种典型极不相同的人物。一种是仅读了几本中国线装书便开口"孔孟"闭口"国故",根本不把现代的青年放在眼里,以为他们完全不懂得什么;说得严重些,简直是不堪造就。第二种便是吃过洋饭读过洋书的人,便认为中国的东西,一切都是扯烂污的,骂这个守旧,骂那个顽固,几乎没有一件东西能够比得上西洋。因为预先有了这两种偏见,于是产生了社会上种种精神不调协的现象。结果造成各自为政,你好是你好,我好是我好,既然冰炭不相容,更谈不到提携与合作了。现在我便要介绍一位精神上伟大的人物给大家作一个榜样——那便是燕大前任校长吴雷川先生。

1938年的夏天,我到燕大读书。一天在国文班上,郭绍虞先生对我们说:"这门功课本来不应当我来教的。因为吴老先生身体不好,所以暂且由我代庖。"这话给我的反应是:"吴老先生是谁?"在当时我虽然初入燕大,但燕大的教授中,差不多有十分之七八我都认识的。但独这位老先生,我却稀于听到提讲过。这事过去不久,我去辅仁大学,在一个文艺研究会上,有位朋友问我说:"秦先生,你们燕大的前任校长吴雷川先生到底是一个怎样的人物?"这话却使我极为狼狈,因为我说不甚清楚,但那位在文坛上极知名的朋友却始终不肯相信。他并带着开玩笑的口吻向我说:"难道你会不认识此人?"我却心中回答:"我去燕大始终没有见过,难道还能杜撰不成?"

这两件事情督促我认识"吴雷川"的力量极大。在平日我有一个爱好自然的习惯,每逢功课闲暇的时候,很喜欢到清闲的地方去玩玩。晨曦里去朗润园散步,这几乎又是我每日的工作。我清楚地记得,一天时候还极早,我照旧跑到朗润园去,想在那里随便走走,不想当我转过那座直通园门的石桥时,远远地在西面的小桥旁,便看见一位白发的老人在那里打拳。(是否打拳还是练八段锦一类的动作,我始终没有好意思问过吴老先生!)当时我很奇怪,这老先生起来得特早,这大年纪,还喜欢动作!

以后,我时常在这园里走走,差不多每天都会看见他在那里表演。但我始终是离开练习的地方远些去走,因为没有勇气去打扰他老人家,所以一直没有认识的机会。但我的的确确知道我们课堂的卷子,都是由这位老先生替我们改的,这是郭先生在班上亲口告诉我们的。

直到过了几个月后,一天,我忽然接到一个请帖,地址是朗润园十二号,我再看下面的署名时:"吴雷川"。我当时还想:"这或许就是那头发雪白的打拳人吧!真是一个难得认识的机会。"我脑子里反复这样想,不想当我的两只手搭着他那两扇红色的板门时,一位老人的面影使我立刻地证实了:"在湖滨打拳的人不是吴老先生是谁?"

以后不独间接地在旁人口里知道关于他的为人,而且时常有见面的机会。我知道他是杭州人,他有一个孙子,也和他住在一块。他为人自持很清苦,他在校中极有声誉,燕大所以能够维持到现在,从远说,从近说,都是因为他卖过很多力量。但他却不愿把功绩拉到自己身上来,事是他做的,功要人家有,这是他安心愿意这样做的。不然,当年他很有做教育次长的机会,但他却不去做,甘心来燕大,教一点钟,拿一点钟的钱!

谈起他怎样来燕大时,那更像一个很神秘的故事。提到这里,他会引着嗓子告诉你说:"是的,那真是一个奇遇呢!一年夏天,那时我在北京的教育部里做事,我去卧佛寺演讲,当时司徒校长也在座;当演讲完毕以后,司徒氏便近前来和我认识。不想我回去,还没有几天,便接到燕大的聘函。要我来这里做事。"随后我们又谈到他的住处,似乎房间不够用的,阳光也不甚充足。这却引起他一个意外的答复:"谁说?屋子满够用的!我一个人还要住多少。留得大一些的房子,给家眷多的同事们住!"

他的为人是这样:和蔼而非虚伪,简朴而非吝啬。每逢有穷苦的学生到他家中求他帮忙时,仅要说出了自己的生活环境如何的苦,他便会接着说:"那么学费还差多少,是不是有我为你补足的必要?"你仅要点一下头,他便可以把自己省下的钱从口袋里掏出来借给你花。他的诚恳的态度,有时使你会忘了他是一位当年曾在政治舞台上极活动的人物,更使你不会想到他又是前任的燕大校长!

他平日读书极勤苦,无时无刻休闲着。他虽然是前清的翰林,但他喜欢谈谈现代的社会学、经济学。宗教学、心理学尤其是他平日最喜欢读的书籍。他虽然是一位上了七十岁的人,但他的思想是十七八岁青年的思想。他爱和一般的青年们接近,谈谈政治上法西斯和德谟克拉西的问题,谈谈经济上如何施行制裁侵略者的问题,谈谈二十世纪新小说的动向,谈谈德国的降落伞部队如何想在伦敦近郊出现。

一二年来,老先生因为国事的蜩螗,自己来得越发清苦了。燕大礼堂无论有什么娱乐的聚会,很少见到他老人家的足迹。然而他所教的班上,却是准时到课的。

去年我还在报端上见到他讲的"利与命"的问题,那实是他的人生观的表现,这文字使我一读再读,不忍释手。同时因为老先生的年来多病,也就使我打扰他的机会越来越少了!

(《燕京新闻》1940年11月26日)

忆吴雷川先生

在故都与雷川师作别,转瞬四年。在这四年中,我流离迁徙,迄无宁日,回首故都,千山万水,而雷川师作古已一年以上了!

教育家是一个民族或一个社会阶层的感觉器官,是用精神来守卫民族或社会阶层的忠实兵士。教育是一种神圣的事业。雷川师终身尽瘁于教育事业,志不旁骛。尤其自七七事变以来,在那样恶劣的环境中,处处使人窒息,处处使人苦闷。当时一般恶化分子,奉张邦昌、洪承畴做榜样,尽皆袍笏登场,而雷川师视利禄如敝屣,高卧海甸,一尘不染。方期严冬过去,在春暖花开的时候,重听他的教诲,谁料他竟与世长辞了。有一个英国人曾说过:"宁可失去一个印度,却不愿失去一个莎士比亚。"在抗战艰苦的八年岁月中,我们宁可丧失了其他一切,却不愿失掉我们民族的精神堡垒。而雷川师正是我们民族的精神堡垒啊!时代的每一阶段,都有那一时代的人物,出来替国家找出路,替民族争光荣。也有些时代,有一代之才而不克尽一代之用。那是不能使人才与时代要求相配合的缘故,在个人说是一种不幸,在整个社会说也是一种损失。雷川师的学问、道德、经验、能力……从任何方面看,我们说他是一代之才,实在并非过分。但是他,具有一代之才的人,却不会尽一代之用。尤其在事变以后,他甘受穷困,宁处孤寂,住在北海的松坡图书馆里,以至于死,真令人在钦仰无极之余,不胜怀道不行之痛!

我跟雷川师读过好几年书,我读书的兴味和方法,可说是他引起我、教给我的;而他的思想和人格更给我很大的影响。他对子学特别有研究;在宗教方面,也有很多的贡献。我读过他的许多著作,虽不能完全了解,但我这六七年来,无论在治学或做人方面,都是他的精神在领导着我。

我最初认识雷川师是在 1937 年的秋天,在燕京大学的穆楼。我跟他念过好几个课程。大学本科的国文,有一组便是他担任的。他教课很认真,从不缺课;每一份的作文卷子,他都批阅得极其详尽,几乎一笔不苟。他讲书的声音不大,但极清晰;他讲话的态度极自然,但不随便。以后,他因为身体有病,由国文系主任郭绍虞先生来代课,但是作文卷子上依旧落着他的笔迹,他并不因病而放弃了他的责任。

以后我还跟他念了"公文程式"的课程。教"公文程式",在燕大他总算第一手了。他教了这课程多年,但一些也不随便,也可以见出他的治学态度。张东荪先生在他七十岁的寿辰时曾经说过,前辈们的治学是谨严的。(大意如此)

雷川师在燕大住在朗润园,隔桥便是郭绍虞先生的家。国文学系的文学系会常常轮流在他们两家开。我除听他的专题讲演之外,有时还受他特别的指导。有一次会还没有开,我就到了,便在他书房里翻书,见到了不少极有价值的好书。他从来不吝惜任何秘本。后来我努力于明代经济史的研究,他对我的帮助很大。他不仅介绍《西园闻见录》等书,供给我珍贵的史料,并且告诉我他的主张,经济史应该与经济地理合流。他不把地理看成历史的附庸,他说地理该是治历史学的工具,必要的工具。这对我是一个很重要的启发。

他极鼓励我用西洋经济史的方法来治中国经济史。他答应我在书作成时，一定为我作序。现在书尚未印，序尚未写，而他已逝世了。

雷川师的日常生活极严肃。每日起来很早。对于任何同事及同学都很诚恳。除了他很忙，信件永远不隔宿，有时还怕他的用人把回信送错，会亲自送到你的宿舍。对于青年学子提携尤力。所谓提携，包括精神和物质两方面。他不愿在学校多拿一文薪津，"教一点钟拿一点钟的钱！"这是他自己的话。但他却替一群穷苦学生缴了不少的学费。有一位朋友告诉我说，吴先生吃穿都极节俭，唯有一件事不节俭，就是替学生缴学费！说到他的诲人不倦，也令人敬畏，对于任何学生，都诱导着向学问方面走。他把他所藏的善本书，一无隐匿地公开给他的学生们。国文系的学生得他的助力尤多。他没有一点秘密，没有一点保留，更不愿"留下一手"，他照人的光芒实在太热了。有人会问他：为什么教育部的次长都辞去了，而来燕大国文系教穷书？他很坦白地说："我并没有感到穷啊！我觉得每个文人应当咬菜根，尤其在这风雨如晦的时代，应该做些事情为社会的表率。教学生就好比栽花，有时浇浇水，看着他开了，心中便快乐，我也并没有想到替我结果子吃啊！"这话是我亲自听他说的。

凡是和雷川师商量什么事情，需要他一些助力的时候，他总是热诚地给你许多鼓励与帮忙。他的同情又总是站在弱者一方面。七七事变以后，他对于那群文化汉奸恨之刺骨，而对于有志南来的青年则极力设法帮忙。当我要离开那罪恶的天津，去北平辞别的时候，他在抽屉中拿出一本小册子来，上面满录着南方许多校友们的住址。他一一念给我听，最后并用热烈的目光向我道别，那目光中好像在说："祝你一路平安，而此处的一切也请放心。"谁知此后竟成永别!

　　后来我到了洛阳,他给我信说,正努力于墨子的研究,我便很担心他的健康。不久,我到成都华西大学教书,就听说他身体多病,并听友人说他又有回到故乡杭州的打算。这话引起了我的一种十分奇异的联想,这种联想使我很恐惧。果然,不久之后,我到光华大学来教书,就接到他去世的消息,这消息使我难过了许多天!

　　东方之狼的日本刚刚毁灭,全民族在外力压迫之下,刚要出头,而我们的思想界和精神界的勇猛奋进的导师忽然撒手去了——去了,永远不再回来了!

于成都杜工部草堂

(《国文月刊》1946 年第 50 期)

忆陆志韦先生

现在有一般的中国学者,犯着两个大毛病。一是过分中国化,非线装书不读的人。一是过分洋化,离开西洋东西便完全不谈的人。其实,中国旧诗的作者,应该知道一些关于丁尼生、勃朗宁等人的诗句,即研究西洋十八世纪诗的人,也无妨多读几本《杜诗镜铨》《吴诗集览》一类的书。

陆志韦先生在许多学者中是我很敬佩的一位。我所以敬佩他,还不是像一种所谓捧角式的,表示有什么目的。而是真正对于他的思想、学问和人格,能够相当了解的缘故。

陆先生在中国,甚至在西洋的心理学界,他所占的地位,自有公论,不必我来画蛇添足。我所要谈及的——因为我是一个一点都不懂得心理学的人——是我所能了解的一部分,以及一些零碎的事情。

对于诗学,他很有研究。事变后,他在《燕园集》上所发表的论著,都是极精到的。他所主张的五拍诗,在我看来,将来在中国的白话诗坛上总有一条出路,一个位置。因为五拍子很适于语言及歌唱,拍子太多或太少都不太好。虽然有人不免要说"诗和歌谣并不相同",但究竟都是有韵律,有节奏,情之所至,不能不发的一种东西。近几年来,他用英文写成的《中国诗五首》,曾送我一本,其中对义山之诗,颇多新鲜看法,以节奏、韵律解诗,除心史以外,当推其为第一人。

不过,有些时候,学者难免都要有些偏见。他喜欢勃朗宁之诗。实则其诗过深,有如读义山《无题》,虽脍炙于承学者之口,然终嫌其在"解与不可解"之间也,所谓"诗家总爱西昆好,独恨无人作郑笺"。但如拜伦之十四行,一往情深,余深喜之,而陆先生则厌其过火,如百川汇海,一泻无余,有时不免有风光狼藉之感。此评虽系较苛刻,但亦颇能抓到痒处。

说到音韵的研究,这几年来他很费一些工夫。对于广韵及平水韵,他都有新的发现。他从《说文》中,找到许多有力的材料。他用西洋音韵学的方法,来研究中国音韵学。他很看不起日本学者们作的《古纽》一类的书,骂他们是野狐禅,说他们太缺乏科学方法。他很喜欢晚近方出版的《隶前考声定韵》一书,有一次在饭桌上,和我提起这本书来,要我写信给作者,送他一部。烽火连天,我奔走南北,迄无宁日,我的信又不知能寄达苏州否。

关于音韵的研究,他近几年来在《燕京学报》上发表的几篇文章,都是精心之作。说是不朽之作,虽似过于夸耀,但说贡献极大,则我颇可断言。

陆先生日常为人极平易,不摆架子,不打官腔。平日喜集邮票,爱好字画,凡是北京东安市场以及天津天祥市场的邮票商人,没有一个不晓得他的大名的。事变后,他不肯作事,卖了不少以贴补家用;关于字画,他藏的更多,有一次,有一幅吴梅村的册页,我还记得写的是《红豆山房》的诗句,贾人索价二百元,他打电话给我,劝我买下,当时我因空囊如洗,终究辜负他那番盛意,及今思之,尚引为遗憾。

燕大被日寇封闭后，他很替中国人争面子。日本人把他逮捕了去，因为他是燕大校长，要他写一篇关于鸦片战争英人祸国的文章，登在汉奸报上。他出乎敌人意料之外，真的写了一篇。他先写鸦片战争如何不对，如何可恶，如何具有侵略意义，日本人看到这里，真是开心极了，可是他又写："英人《江宁条约》固然不平等，但又何若日人之残酷？夺我台湾，占我琉球，出兵东三省，袭取热绥察。还要挟平津，窥取华北，九一八之不足，而又有七七之变……"日人看了后恨他极了，给他撕掉。告他既然不写文章，仅填一张悔过书好了。他将悔过书翻过来，在上面疾书"无过可悔"四个大字！诸如此类的措置，当然要更增加他在狱中的痛苦了……

我们痛定思痛，为陆先生惜，又为民族幸。"松柏后凋于岁寒，鸡鸣不已于风雨"，他的气节实可为青年之模范。北平沦陷后，那些大汉奸们如张邦昌、刘豫之流，不值我们提了，而那些无耻的文人，狐假虎威，助桀为虐，说天地间最好听的话，做天地间最恶劣的事，有如王崐绳所谓"朝乞食墦间，暮杀越人于货，而掇拾程朱绪论，猖猖焉詟阳明于五达之衢"者，和陆先生比起来，又将作何种感想呢？

我最后一次离开北平的前一天，曾去看过他，并曾把我写的几本小说送给他留作纪念。在吃饭的时候，我偷偷看了他一眼，他是果然老了：头发疏散着，额上已长满了皱纹，牙齿脱掉了好几个。可是想到他那一句话也不说，伏在案上静静写作的样子来，风采仍似未减当年！

(《读书通讯》1944年第94期)

司徒先生回忆琐记

闻道长安似弈棋,百年世事不胜悲。
王侯宅第皆新主,文武衣冠异昔时。
直北关山金鼓振,征西车马羽书迟。
鱼龙寂寞秋江冷,故国平居有所思。

——杜甫《秋兴》

司徒先生出任中国大使,参加"和平谈判"已快半年以上了。岁末天寒,红叶萧索,我在灯下重温工部的《秋兴》,蓦然想起曾经不遗余力,为团结奔走,"鞠躬尽瘁死而后已"的司徒老先生来。

我离开故都快到五年以上了。现在教书的大学是当日杜子美的工部草堂旧址,而目下所处的环境,又是一个迁徙流亡的局面。想起"闻道长安似弈棋",旧京的烟云,依然浮荡在我的面前,而现在的新贵比起汝阳王琎、郑驸马潜曜来也不相上下;虽然没有诸蕃将之封王,但这系统那派别也还是衣冠衮衮;抗战虽然胜利了,但大江南北,依然烽火连天,实在是令人有"直北关山金鼓振,征西车马羽书迟"的感觉。一家兄弟打架,让外人来调解,拉来拉去,谁都不肯让步。宁愿为口气,打破了饭碗,使大家都吃不成。在这年月,凡是有真心为中国的人,而能不回忆故国而追念平居,何况穷老荒江了无所施其归化飞腾之术?

回忆我离开故都,屈指算来将近五年以上,在这一串串痛苦而冗长的日子里,在珍珠港急速带来一阵火药的气息时,我正在天津一家法国人立的大学里教书,我正缅怀那雪满勺园的母校、那位司徒校长,不知怎样热闹着庆祝圣诞的时候,谁想风云变幻,他竟被敌逮捕在一个没有人知道的地方,从此,我对于这位老人的怀念,就一变而为一种痛苦的牵挂!

司徒先生他虽然是美籍,但因诞生在杭州,所以他非常爱中国,也常向人说他是中国人,同时他承认浙江是他的故乡。他在1907年任金陵大学神学院教授,充任燕大校长是1918年的事情。距今快已三十年了。司徒先生诞生在杭州天汉州桥的耶稣堂(今改为中山北路),那是1876年,差不多是70年前,他父亲司徒·约翰(John L. Stuard)是一位对于神学很有研究的教士,可是真正知道司徒先生家世的人都常愿把司徒先生的一生成就的功绩落在他的母亲身上,那就是那位司徒·哈同·玛利(Mary Harton Stuard)小姐。司徒大使在1892年进弗基利阿的哈姆普顿西德尼大学(Hampden-sydney university),念得很有成绩,到了1904年与罗安琳(Aeiue Rodd)小姐结婚,以后回杭州,大部分的时间都消磨在宗教与教育事业里去了,燕京大学便是他一手造成的。

司徒先生虽然已经是七十多岁的人了,但他的精神和身体都极好。当年在燕大的时候,在公务之暇还喜欢骑马爬山,射箭游泳,凡是年青人喜欢的,他没有一样不喜欢。去年冬天他到成都来,住在商业街的励志社,我一早去看他,五点钟就起床了,差不多七年不见,但是他的体格强健,精神奕奕,风度依然未减当年!

人类所以能够称为人类,主要的是有责任心和正义感。这话对司徒先生说至少不错的。我们由他的风度和谈话上,都可以觉察出一种特别的气息,他说话时常带有温文尔雅的味道,在教会大学中,他总算是杰出的一位,他谈话时常喜欢引证《论语》,在讲演时,最爱引用"孔子曰……"一类的句子……不知道这次充任"和平谈判"的主角,见到了周恩来和张岳军等也还如往日那样爱引经据典否?

1928、1929年以后,那时北伐刚成功,美国政府对于我国政府,有好些措施,常常因误会而不谅解,但司徒先生则大声替中国人呼吁,致意美人应对新兴的少年中国给予重新的估价。虽然他的呼吁曾一度得到美国国内某报纸的警告,但为了新生的中国,他仍然终日奔走于两国友谊的促进。

我们极不容易找出几个适当的名词来形容这位老先生的伟大的精神。他的志向像铁铸的,他的办教育的精神像热火似的。他为了发展北平的燕大,曾亲身跑到陕西去见陈督军树藩,乘过开始兴修的陇海路,坐过河南的架子车,爬过潼关的耸峰峻壑,住过灵宝的窑洞,还乘过黄河的羊皮筏子……

我们想起冬天的太阳便立刻联想起他平日待人的温暖。他好像是生就了的一副和蔼严肃的面孔。他对于教育,那才是真正的"有教""有育"。对于同学的意见,在可能范围内,无不肯尽量帮忙,尽量地容纳,学费拿起来有困难的同学,他替想办法,家庭有问题的人,他替解决,甚至同学的婚姻问题他都愿做月下老人,因此,他对同学的信仰是很高的。"九一八"以后,因为日本人的节节进逼,北平掀起了各大学的爱国运动的热潮,那时各大学当局往往利用高压政策来制止学生的活动,对参加运动的学生轻则记过重则开除,还有用水龙,用刀刺……只剩下没有利用过去韩复榘把山东学生用铁甲车拉回家去的喜剧。但司徒先生始终处于辅导的地位。学校闹得不可开交的时候,新旧同学会双方打得不开交的时候,他老人家一篇演讲,什么事也都烟消云散了。

这次他出来担任大使,实在是吃力不讨好的事情。最早是军调部代表,想忙忙不成,闲得发慌,他们组织足球队,终日比赛,而我们的司徒先生则终日席不暇暖,最近又因北平的美军强奸女生案,也深感头痛。自从马歇尔元帅下台以后,我想不久也或者这位老人要重返燕大,不再去做"和事佬"了!

1947 年 2 月在四川大学

(《人物季刊》1947 年 1 卷 1 期)

怀郭绍虞先生

春暖花开,风和日丽。我僻居蓉西草堂寺。执教之暇,不禁怀念起旧日的师友,第一,我就想起了郭绍虞先生。

四五年前的冬天,我还在天津一个大学里教着一门经济史的功课,那时敌人虽已强占了我们的故都,但在英美的旗帜下,日寇仍然没有全盘拉下他们那副最狰狞的面孔。"虽值山河改,仍未辍管弦",那时郭先生也正在燕大担任国文系主任之职,我想起了我在燕大读书时,他那在课堂上讲到"知我者谓我心忧,不知我者谓我何求"时的狂哭情形。我正缅怀着在那"玉泉山色圆明柳"的天地里,他正作些什么以影响华北数千万知识分子的时候,忽然风云变幻,"太子号"在珍珠港丢弃了它的生命,燕大竟像一头牵去刑场的牛,临死前未及发出一声凄切的哀鸣,而我对于郭先生的怀念也一变而为一种痛苦的牵挂。

我虽然认识郭先生最晚,但相知则最深。1936年的夏,我还记得我访他在燕大的朗润园,那时他是以极诚恳的态度和后辈们讨论着学术上的一种问题。他虽然是新文化运动的先锋,所著书籍、文章影响着当时文化者甚巨,但他从未以前辈自居,平易近人,拓落大方,俨然有羽化登仙之概。

事虽隔七八年了,但一切都还像是昨日。我还记得他住的房间,四壁厢都放满了图书。我们从吴梅村诗的作风问题谈到王若虚的文学批评，又谈到宋人的诗话。正谈到这里，忽然闪进我的眼帘里，一本《宋诗话辑佚》，因为当时我正研究宋人的诗，要寻取此书作个参考，这时候我便示意先生，他很爽快地说："容易，我就送你一本罢！"

以后，我因在天津几个大学去教书，也就很少有见面的机会，但我知郭先生是一位极有气节的人，当时朋友中对他有许多谣言。但尽管我们相隔着千山万水，尽管得不到他的一丝消息，我知他是"松柏后凋于严寒"的，因为远在七年前，他已向我有了极沉重的许诺，他不像一般的人，说天地间最好听的话，做天地间最恶劣的事。日本人组织伪北大，几次敦请，他几次拒绝。有一次他写信给我说："富与贵如可求也，虽执鞭之士吾亦为之，如不可求，富贵于我如浮云，但须精神有所寄托足矣……"

抗战以来，一般人都苦，而文人尤苦，朋友们有的不能克制自己，都一天天在变，有些人变得都有问题了，从"文人学者"到袍笏登场（自然不问登的是什么场，是张宗昌还是洪承畴），从"宗兆、布衣"到"教育督办"的有，从"东方文化"到"中日提携"的有；口头上高谈苏武、李陵，佯言"正在翘首以待学长之命"，甚至言"候命南归无觍颜东渡之意"，而实则加入东亚文化协会，东渡"去找出日本民族代表的贤哲来，听听同为人类同为东洋人的悲哀"的也大有人在；国家养士三四十年，文化分子尽皆若此，"良心"何在？

郭先生从文学立场看，因受旧文学的影响极深，但从律己的功夫上看，颇受固有道德的影响。他曾向我说过："我们做人态度，至低应该在一个水平之上。当然，不爱惜羽毛，也原是个人的自由。但一旦不加检点，在此抗战时期，我们国家没有工夫来铸像留为后人纪念,也没有许多之铁也!"

前年我在洛阳银行里服务,一天在洛都饭店吃饭,座上一位新从北方来的朋友告诉我说,郭先生已离开北平回苏州的故乡去了。他的一个女儿把一只眼弄瞎了,郭太太有时也闹点病,又不能出来做事,总之是过着极清苦的日子。虽然在抗战期中商业的投机与屯积正普遍地侵蚀着人们的心,而文艺这个部门,并不是急于可以脱售东西,尤其是一般自爱的文人,那种屈原式的人生观,已很显明是不能与这动乱的社会相配合,在目前这变动的局面中,现实定会呈现着万花缭乱的变革,一般的人都转落在现实生活的后面,又何况我们的郭先生?

当然,郭先生和我们都是些乐观的自爱的人,对抗战胜利的自信没有消失。我们依然确信"大地"必然"回春",轩辕的子孙,不会被大和民族的余孽打下擂台,虽然我们现在度着漫长的夜,但终究会见着黎明,文化人便是耐寒的松柏,与恶寒作最后的坚持,一粒种子,撒在地下,总会有发芽的时期,不是么?……

但这种由我们所受高度的文化而积累下来的思想,有时也会带给我们一些情感的悲剧,而这痛苦又是那样顽强,那样固执,我记得雪莱早期的一首短诗有一节是这样:

　　寒冷的大地酣眠在下面,
　　上面是寒冷高天辉映,
　　四周围,从水的洞穴,
　　死一样的夜的气息,
　　带着一种寒战的声音,
　　流亡在正沉的月的底下。

在这时代谁没有受到寒冷,谁便不配做轩辕的子孙,谁没有看到雪的田野,谁便不是中国的青年,夜的气息终会在月落的时候散去的,谁不应该分担这民族的忧患呢?

我忽然想起另外一件事。五年前一个初春,也是旧历年刚过,在北京仍然是严冬。我因为不久就去洛阳,特意去北京看他,那时他闲住在北京西郊成府赵家胡同一号,我还清楚地记得在门口有一棵极老的大树。为了我去看他,他预备了一桌极丰富的菜,(我知他的经济情况十分窘迫,但待人却一向宽厚!)同时并打发人去喊还在碾米的以宁小姐(他们没有下人,几个孩子轮流去清华园碾米)。那时候环境虽然恶劣,生活虽然清苦,但他依然是一种淡泊宁静的态度,君子不患贫,而患德之不立,不是么?

那次吃饭以后,我们一块从成府走到清华园去赶火车。我想起他那步态,象征他那不屈不挠的精神,我的眼泪不觉地流了下来,因为他的行动,便代表了我们这个民族的灵魂!

到今日,我从洛阳来蓉城已经快要两年了。在叶圣陶先生家里我已得知他已在开明服务的消息,听说正努力一本丛书的编纂,我想起他在燕园是救国捐最多的一个,我便忧虑着他目前的经济环境;我想起他那埋头于中国文学批评史研究的精神,我便担心着他身体的健康。我的心永远是沉重的,我们何时能再聚于北平西郊,看青的柳色,绿的湖光,满园落着霏霏的春雨?……

(成都潮灯月刊社《潮灯月刊》第4期)

怀周太玄先生

（一）
孤兰生幽园，众草共芜没。虽照阳春晖，复悲高秋月。
飞霜早淅沥，绿艳恐休歇。若无清风吹，香气为谁发。

（二）
摇裔双白鸥，鸣飞沧江流。宜与海人狎，岂伊云鹤俦。
寄影宿沙月，沿芳戏春洲。吾亦洗心者，忘机从尔游。

——李太白《古风》

两年前，我在成都受四川大学之约，教授经济名著的课程。在教员休息室，我常常遇见一位中等个子"书生气息"极浓厚的人物，面孔长得瘦瘦的，说起话来极斯文，有的朋友就对我说，他就是周太玄先生：在生物学方面极有贡献，同时又是在文学和哲学方面造诣很深的学者。

以后，又是半年，成都光华大学分部约请冷海法师讲哲学，在校长办公室里，我由于他的弟弟周孝和先生的介绍，这位两次同事而不获一谈的人物，才算结了初次因缘。

孝和兄和我是多年同事，平日也情投意合。他在西洋文学方面造诣极深，晚年丧子，由悲观消极，而颇有出世之感。由是之故，周氏昆仲都喜谈佛，太玄先生在暑假中当我去峨眉山避暑的时候，他就去彭县听经去了。差不多他一生的精力,有二分之一是放在佛学的研究之上的。

太玄先生和我是"道义之交",也是"文学之交"。唯是,了解也很深。我们常常在陈筑山先生家里碰面,因为陈先生主办《民友》,所以更增加了我们相互了解的程度,他的平易近人,使我们感到"如坐春风"。

"孤兰生幽园,众草共芜没。"每逢到川大他的住处时,我便有这种感想。太玄先生昆仲间的感情极笃,他们住在一块儿。太玄先生在成大任教务长,我也劝他搬到成大去住。现在我已经离开成大将近半年了,未知我们的太玄先生还是住在望江楼的故居,与枇杷门巷的薛涛故里,相互掩映否?

大抵在爱情上极笃的人品格都很高。太玄中年丧妻,未续弦,把毕生精力,用在写作方面。他所主编的《大公报·现代思潮》每一篇稿子都经他仔细看过,又要上课,又要办行政,他的忙碌也可想见一斑了。

岁暮天寒,我忽然想起这位名闻中国的学者。他现任成大教务长,从道义上说,我应该在成大帮忙,但我又因要到北方来看我的孀嫂和侄儿,不得不离开成都,所以对于不能在成大教书,我始终引为遗憾。我想他一定能原谅我的苦衷。我在万里外遥祝这位好友的健康与平安。

(《正报》1947 年 12 月 31 日)

第三辑

叙事之什

《春蚕集》（成都更生书局1945年）

李 家 桥

苦！苦！旧年鬻牛犁,今年典妻子,屋里无人泪！

——邵长蘅

1932 年的兵燹,乌烟瘴气的传布到 M 省,李家桥当然不能例外。

你未踏进了李家桥时,一眼会望见村前的菜圃,一望无涯的,高的,映杂着低的,像江南稻田一样的多,青青的竦菜,嫩嫩的萝卜,密匝匝的排满了菜畦,而最买得邻村人的美感的,要算白菜,在老大的菜市里,你总会听见这样说:"李家桥的?！称上二斤吧！"

自从兵燹之后,李家桥的幸运,走上了舛运,一天坏似一天,又加上旱灾、水灾、蝗虫灾,村子倒塌的房屋和垣墙,一间间的露着青天,一列列的和成了泥,默默的,浸在晨曦里,没有人来过问。听说那家的人被水冲了三口去,剩下的人,跑到关外去了。垣门的山墙,成了鸡埘和狗窦,你不时听见鸡在那里拉起了嗓子,咕咕地叫,门上虽然还照常地贴了一副地利人和的对联,但号令已久不行于诸侯,海晏河清的横匾,糊得看不清楚,颜色惨淡得可怕,几棵枯瘪色的古槐,脱掉了衣服,赤裸裸地在北风里战栗着,作最后的挣扎,好像在哀示它那生命的凄凉,和人事的沧桑！

李家桥是沉沦在一个恐怖的月夜里。……

月亮像一颗月饼似的,由青磁盘里托出,光辉斜射到大地上,墙缝里都充满了光辉,鸟儿像下了戒严令,一声也不唱;疏星排列得像棋子似的,和李家桥的灯火相映照着。距李家桥三里路的光景,有一个秃头的山坡,传说凤凰曾落在那里几次,以后那山坡就神秘了许多。在那山坡上,有一条斜的荒径,伸入到李家桥来,在这荒径上慢慢地踱着几个行人,他们一步一步地行走着,走过松林时,就看不见了,连带着,马蹄的声音,每当马蹄踏到的地方,无疑义的有几个小鸟会啾啾地飞起,翱翔到远远松林里去。马蹄的铁碰到了石子,哗啦哗啦地作去泼水似的声音,与他们的嚷声相混杂,虽然是一个隆冬的深夜,但他们似乎没觉得什么,一个正用嘴学着王殿玉的慢三弦,一侧正喊着马连良的《空城计》,一会儿村内狗汪汪地朝北方的山坡下咬去……

"一马离了……西凉……界……"小沁扯起他那粗而哑的嗓子喊了这一声《武家坡》,头还在摇着。

"呀!老乡,冷不冷?……"一个穿了黑衣服的年轻人这样问。

"青是山……绿是水……花花……世……界……"小沁继续着唱。

"那家伙!话都听不见了!只顾唱,掏根哈德门抽抽?老乡?……"

"抽头不小!"他听说问他要烟,停了嗓子急急地回答。一边说,手内掏出了一颗烟,递给了他。

"自两根!"

"两根还少!不给你一根哪里来!哈哈!老张!话是这样说!实说来俺小沁这烟但抽不花钱!"

"那是么说法？……"他急忙地问他，又好像等待回米的样子。

"怎样说法？反正……哈哈……没花老子钱，就是了！……不要说烟！……哪个花老子一钱来……"

"……"穿黑衣的静静地听。

"年头是这样！……什么仁义礼智信！讲道理，日本占不了东三省！妈的！中华民族论什么家长里短！二斤半腰里一藏，现打不赊的给他个样瞧！庄稼孙？……那怕他拿不出银脑袋来！……"

小沁的话中止了，他很轻便地跳上了马，比前威风了许多，轻轻地举起手中的马鞭，在马的背上，拍拍连打了两下，马耳朵直竖起来，登上了村北的桥，转过了关帝庙，沿着篱笆，踏进了这座孤村。

组团长脸上贴了一贴膏药，据说这膏药是仙草熬成的，贴时还三拜九叩，他穿了一身织公呢，明亮得耀人的腿，头上戴着一顶三大扇的帽子，听说是因为他说票有功，人们赠送给他的。他倒在一个破旧的床上，一动时候，床总要作响，头侧着面向着一盏烟灯，一会儿像有所思似的眼睛老看着烟灯，小沁在旁边十二分的伺候，聚精会神地伺候着组团长，一会儿过来给他扶着烟枪，穷穷的声音完毕，气炮都化成白烟，从组团长鼻孔里逃出，怪香的，轻轻地飘浮在屋内。他抽了一口，慢慢地转过脸来，面向着一个穿着粗布小袄的老头，那老头也不过五十岁的光景，满脸愁纹，牙上黄得难看，嘴上的须向下长着，几乎要到嘴里去似的，他站在那里不作一声，眼中只流着泪，在荧荧的灯光下泪珠像珍珠似的落在地上。"你为什么不说话？……哑巴么？……"他深深地吸了一口后抬起头来这样说。

"团长，我不哑啊！"

"不哑巴为什么不说话！"

"我没的说！团长,我实在没的说！"

"妈！怎样没的话！没的说就省下么？"

"团长,我并不是有心……实在是没的拿！倒是种了个一亩八分,但是年成不好,虫灾旱涝,地三十元钱没人要,又加上这捐那税,你算剩下什么？……临年隔近,饥饥慌慌！前天扛了一布袋豆子到市上去粜,一元钱一斗没人招声！团长？哪里来钱！"

"哼！我不管你什么粜豆子粜麦子,你给我拿钱就是了！钱出急家门,害病有工夫！"

"团长！我实在没钱,我打了一辈子辘轳,没见三千元一回！"

"不必啰唆！你既不想拿,人说你家窝藏土匪,是要犯抄,县官不如现管！兄弟们绑他起来！"

他的话还没有说完,声音早已变了,残酷里夹杂着恶狠的成分,团丁像豺狼似的咆哮着跳过来,那老翁昏倒在地上！……

一轮皎洁的明月,斜挂在万里无云的碧空,光芒平洒在茅檐上,窗棂上透过来的树影摇摇不定的,扫着老翁的头颅,象征他死期的降临！院内的白杨被风吹得飕飕地作响,怪凄凉的,家家的门户,关得紧紧的,唯恐这灾殃传了进来！远远汶水的流声潺潺的,作出不平的哀鸣,好像评论着极激昂的声调,和漫唱着极惨的哀歌！马蹄的声音渐渐地听不见了……

1934 年 12 月 16 日夜

(《育英半月刊》1935 年第 3 卷第 4 期)

榴花再开的时候

时代的齿轮,旋转得像流水一样的容易,榴花终于再开了!

故都道上,反覆旧年尘影,不自主地重新掀起结余了的泪债!

月光泻遍了一座荒凉的渔村,黄昏来的微风,甜眠在沉寂里,有时狂吻着鹊巢,久已坍塌的庭阶,平铺了一片碧色如茵的苔衣,一缕缕的青烟从茅檐下偷偷地溜出,消逝到苍穹里。

榴枝微拂着她的蓬勃的发,她望着我作出极不自然的苦笑,嗫嚅,相视无言的,被离恨烧毁了的心灵,密匝匝飘浮起点点的阴郁,小狗一阵狂吠起来,打破穷巷的静穆……

而今,古城花开,鼓楼雁掠,蔚秀的景山,细雨冷亭,在崎岖的砖径上,已觅不见她的芳踪,明媚旖旎的北海,清煞海水,又怎能泡浸出一副桃红似的面庞呢?……

遥念故乡夜月,光芒再掩映着稚枝,疏影爬上废栏时,情景未卜还似去年一样风骚不?而天街深凉,萤火乱飞,她悄悄地踏上楼头,不知又会思及她这狼狈天涯、惆怅北国的昕弟否?

又是一年,"五月榴花照眼明"的时候!

(《大公报》1935年6月29日,署名莫问)

忆

青州，那是一个多么令人怀念的地方！

像花一样艳，像水一样清。自那年，我与母亲被悍匪驱到青州城去，流水，落月，一头驴子，短短的篱笆，白云里的山峰，一切的一切……遂在我的童年史上烫上一个深刻的烙印！

那古香古色的青州，它的面庞是那样玲珑可爱，云门山的葱郁，顺河楼的倒影，冷冷清清的法庆寺，涛涛滚滚的瀑水泉……

西皇城边，有着新起的朱楼，有着垒垒的荒冢，有着那些"秋风鬼哭胭脂井"的诗句，有着那些"春雨人耕翡翠楼"的传说！

在那古老的城边，蕴藏着，我那童年的爱，吞噬了我那慈母的笑。那里有我牵引风筝线的地方，那里埋葬着我，一去不返的青春！

有人说：青州终会有被狂涛卷去的一天。不错，青州有娟好明媚的易河！

夏夜里，一朵朵飘浮在天空的浮云，有时掠过了我那故乡青州，而飞翔到这长天寥廓的北国来，我悄悄地问它说：

"你能告诉我关于青州的些许底蕴否？……"

(《益世报》北京版，1936 年 5 月 18 日)

闵 子 墓

> 闵子骞墓在县东五里,墓前有祠,宋熙宁七年建,有苏辙碑记。
> ——《山东通志》卷三十四页六

每逢有人谈到济南风光的时候,便会油然使我记起这座有二千余年历史的古墓。

闵子墓在济南城东南大约有五里多路的光景,它是济南十大古迹之一。虽然没有趵突泉、千佛山那样的煊赫,可是在历史的过程上,它有永垂不朽的价值。在济南的古迹中,我最爱它,在那里,我不知静静地打发走了多少夕阳烟柳的冷落黄昏。

墓的前面萦带着的便是有名的千佛山。每逢日暖风和的日子,到这里凭吊的人很多。在这古香古色的原野里,突然立起这样一座巍峨瑰丽的坟墓来,看到"渔笛烟村晚,青山起暮云"一样的风景,准会使你缅怀到鞭打芦花的故事。

古墓的周围环绕着的是像猪血一般红的垣墙,墓址占的地面很大,前面有祭堂,有禅房,有龙钟的古松,有风蚀的残碑……还有一口石棺,据说是从他地移来时,替换下来的。可是到底从什么地方迁到此处来的,既没有书卷记载,又缺少碑碣可考,却使凭吊的人,难以妄加猜测了!

闵墓的庭园,极为广阔。可惜因为年久失修的缘故,几间禅房,也都坍塌得乱草丛生了。以孝为圣人所称赞的闵子骞氏，千载以后，林墓却落得这般模样，假设闵子死而有知，又不知作何感想？

五年前，为了家境的困难，我像一个流浪的孩子一样，被家庭送到离这古墓不远的洪家楼去读书，因此这座古墓便在我那脆弱的心灵上，遗留下一只沉重而深长的影子。环境的黑手，更会把一把痛苦的种子撒在我那静谧而没落的心田上。每当夕阳挂在柳梢头，暮色遮满天边的时候，我便独自跑到这个人迹罕到的墓旁来徘徊，踏着满布着青苔的瓦砾，有时还在草地上或古松旁冷清地低吟着碑上那"南望怪林应不远"的诗句……

我还清楚地记得那位寄居那里的老僧的面貌。从他的口里，我可听到许多关于闵子的事情。他对我说闵子的后裔，住在济南东关的很多；他并说闵墓在从前"前清时候"还不至这样零落，在从前，每逢县知事到任的时候，照常要有一次隆重的典礼在那里举行，平时香火也很大，可是现在不行了。

五年光阴，容易的过去，而今我已来故都读书。与闵墓相见的机会，像云烟一样的消逝了。可是每逢在夜深人静的时候，在我那空漠而凄凉的心田上，时常会浮起一座乱草丛生的古墓，和一位青灯黄卷的老僧……

1937 年春于北平

（《大公报》上海版，1937 年 6 月 30 日第 9 版《大公园地》）

山中杂记

白发相士

黑老鸦在晴空里打着盘旋,溪流仍在呜呜地唱着,那深长而悠扬的调子,有时竟像泼水似的声音。

我踏在一条黄土重卷着的古道上了。

在通衢的岔路上,我目数着进香的行人,生的流,使我感到疲乏,我诅咒人生,当我的心神,坠入白云的浪花中时,我悄悄地想:"人生终究是一出悲剧,偶尔有些快乐的成分,也是那巍大的神把命运改造了的!"

当我在一所碎石堆成的桥上,望到远处的驼群时,我想到这许多人生的积累,没有肉峰,没有水囊,但这辽远的行程,和这琐碎的负担,终竟还要应承下来的。

完结吧,完结了热情的债。

毁灭吧,毁灭了世间的罪恶。

在人海中,我终于听到一声叹息了。

"唉,先生抽抽签吧,或是测测八字!"

我的耳音,轻浮在喧嚣山中了。我沉醉于那测字的相士,以及一口走遍江湖的行话:

"唉,先生,我那苦涩的命运,怎能值得占算呢?"

"可是,既然来到这深山的古佛寺旁,就得占卜占卜……"

"相士,那是值不得来寻这个飘扬的梦,自己的一切,已经染了黄色,生命已像灰色的日历叶,一张张走到零落的途径上去了。"

说着我离开这位白发的相士,远望秋凉的山中——远天贴着暮云,像一只正在甜睡的羊;脚下的草丛中,跳起几只碧眼小虫,在左右东西地乱撞,有时碰在路上,时作着清细的回响,像琴的悠扬。

唉,你饥饿里的相士啊!

唉,你挣扎着的小虫啊!

唉,我悲凄的命运啊!

光明之猎取

湖水又在歌唱呢?

我曾经梦想过雨后的虹。因为那颜色是鲜艳得动人的。可是当这幻想的泡影毁灭时,我却爱那深山燎原的火,因为那里我可寻到光明。

一天,夜里,我为了寻找黎明,在凋残的梦中,我踏着夜波走近一个寂静的所在。

扁平的道路旁,一条细小的溪流,从山涧里流出,环绕在青山的脚下。

蟋蟀像九月里的寒蝉。凄切,惨淡,奏起艳丽的曲子,有时仿佛特意令人听不见似的,有时又像细软的曼多琳的合奏。斜过这条清响着的溪流,隔岸是一片葱郁的松林,夜莺伸长了它的喉咙,歌声从林内呼喊出来,在树林的旁边一块岩石上坐着一个端淑的少女。

她用手撕着河岸上的芦花,静静地望着东去的水流,似在那波纹里运回一个悲哀的记忆。她不顾那寒冷的夜,在那里沉默地等待着。

宇宙像是一所古墓,月照着她那苍白的脸,微风在她的发上吹动。她的眼泪不觉掉下来。眼前升起一个白发的老人,憔悴的面孔,印着许多条平板的横纹,他用手拨开纷乱的芦苇,慢慢地踱了出来:

"孩子,你在这里?天色已经晚了,你可以回去了。"

"不,你看月亮这样好看呢!我要在此等待那光明的到来。"

老人越发走近前来,他的嘴唇,轻微地颤动着,似乎是着急,又像表示那多年积累在心坎上的烦乱。

"孩子,光明是不会到来了。"

"我的神,我愿耐心地等待着。"

"不要痴心了,我的孩子,过去我虽然曾经这样说过:'兴起,发光,因为你的光已经来到,耶和华的荣耀发现,照耀你,看哪!黑暗遮盖大地,幽暗遮盖万民,耶和华却要显现照耀你……'但,我的孩子,你记着那已是过去的话了,已被这罪孽的世界凌迟了。"

"但,我的神,我永不能打掉这寻找光明的念头,我想在你心灵上,种起花来。我想把我那不平的遭遇,告诉给溪水知道。"

"知道,又有什么用呢?我的忠心的孩子,世界永远没有真理,那真理已经灭亡了。那公平的机器,是再不会转回来。"

"我想那重山外的天涯,或许能找到些许像宝石那样的光芒。在那里会许有真理的花,结满青青的果子。"

"可是,孩子,我愿那生命的巨浪,不要把你吞了去。"

老人说完,便在纷乱的芦丛里消逝了。无声的夜,唯伴着岸上那位仍在等待着的女郎。

附记:1932年秋天,我寄居在山东济南佛峪附近的一个山村里,当时,日子过得极平凡,省下来的工夫便写成许多零星的散乱的作品。姑题为《山中杂记》。其中《榴花再开的时候》,已登载在《大公报·小公园》上,《墓志铭》一篇,登载在《文苑》杂志第一期。还剩下七八篇留在我的书箱里。《枫岛》编辑预备出一个散文特刊,催我写点东西。日子过得忙,一时写不出来,只得偷懒将这剩下的不成样的旧东西重新拣抄两段给他。我知道,已是早已不合读者的口味了!

(《燕京新闻》1939年10月21日《枫岛》)

种花的天使

暮霭在山中时常迎接着我这疲倦的游客。每当绿树吞尽夕阳的时候,杜鹃叫唤,又会像暮霭一样给我一种寂寞的感觉。

远树像迷惑在静的山色里,群柏遮断了曲曲折折的下山去的路。当我从山脚下散步回来的时候,我看见铺了绿色被褥的草地上,爬着四个小孩子,他们用悦耳的声音彼此低低地啼唤着:

"丽丽!这里来!"

"瑶华,俺这里才有好的花草呢!"

这种呼唤不知为什么使我有些惆怅,又忽然使我记起一位诗人在他的作品里描写的流浪者的故事:

"中夜苏鲁支取道岛上的山岭,期于侵晨,达到岛那边的海边。他要在海边搭搭船。因为那里有个很好的泊岸,外来的船只皆要抛锚的:这些船多载客人,欲离开幸福群岛渡过海去者。当苏鲁支这么走上山岭,中途想起从少年时代到如今的许多寂寞的流浪,自己已经走过许多山脉岗岭与峰巅了。"

唉!我正想效那流浪的游山人,想离开这幸福之岛,取道山巅到海边。因为我载不起这许多内心的创痛,这快乐的山岛上充满着的尽是些庸庸碌碌生活。

半个月以后,遮着青松的小房子前,我又见了这四位小天使。这时太阳已经没了,天空一风寂净,山巅的塔上,飘着钟声,悠悠地与我的脚步引起回响。我微笑着走近他们前面,几乎想这样说了:"在这孤寂的山径上,有些什么花可以种起来呢?"但我却是这样说的:"孩子们,你又来这里玩了!"

这声音给予那有着黑色装束的女郎们一种惊讶。由于道旁的玫瑰花香和晚归的群鸟,孩子们的回声,却完全与牧童们的鞭喝相糅合了……

山岛上的暮色,落得仿佛较早。一会儿暗影遮满山径。我远望着远处的河流,结成一条灰色的带子。闪着灯光的一列火车,从遥远的桥上驰过,这种情况又唤回我那逝去的烦忧。人生被怀疑惊恐所踩躏着。孩子们:设若你们真的是一群天使,还不知怎样用神灵来洗涤我那心田上的伤痕呢!

"暮霭!暮霭!要在山岛上的暮霭里种起花来!"轻唱着,我走近他们面前,他们一壁种花也一壁唱。我真不能描出他们心田上的快愉,即使有一支开花的笔……

慢慢地,夜浓了。天边亮起很好的月色,草地上四位天使还不住地在那里做他们的工作。他们蹲伏着,歌唱着,墨黑的衣裾在晚风中飘动,似海岸上拉起几只海帆。我不禁失望于一片少年的烦忧与思恋。是缺乏么,但我压根儿就不知道什么是满足。

——孩子们,这样多雨的季节怎样能种起花来呢?

——我们不会怕雨,因我们数次种的俱是铁花。

暴风雨之夜

雨天有时令我喜欢。我爱如注的雨,我爱蒙蒙的细雨,但我更爱夜来的雨,因为它能在黑暗里给我一条光痕。

一天,夜里,在暴风雨中我披了蓑衣特意去拜访一位深夜打坐的女尼。十二点已经打过了,我带着满身的水横过了酸枣林,吹着口哨向着山脚下一座山门走去,脚步的回声从峭壁上滑下,夜凉躲在山中,一任我的脚和着雨水行走。当我走近两扇半掩的柴扉时,杏花片片,落在墙外,虽然是夜半寂然无鸟声,细石路旁却杂着风雨有几滴虫鸣。

不久,法堂内灯光亮了。木鱼声,小尼们的诵经声,被夜风一会儿带到东边,现在又将被他拖到耳际来。我不禁感慨于我的生活:有时为一些琐碎的事情,向人作着无味的辩论。爱情,终究是一个极易变动的东西,为了爱,充分丧失了一切。及至辩论终结,却又不肯沉思,去放弃自己的成见……

"我的朋友,五更天还到这里来!"芳子说。

"可惜我没有想到天是五更。"我回答。

"那么,不怕暴风雨?"说时我看她的脸上浮起一片玫瑰色的笑窝。

风雨依然怒吼着。我们正在谈话的时候,小尼姑走了进来。她向我说:"×先生,天这晚才来,也不知这里有什么好处,会把他吸引得这样!"她又说:"你的鞋子湿得像沉入海底的船,衣服又淋得这样。是不是需要晾干起来?"我的朋友却嫌她有些多嘴,把她骂了出去。当我经过床边时,看看她床边摆着许多线装的诗集。其中有一本却一瞧便使我注意了:《梅村诗集笺注》,还是一个编年体的本子。

我们一壁吃着茶,一壁谈诗。屋中寂静,没有一丝音响,唯听见时钟,De-Da-De-Da……规律的响声。一会儿她又端茶给我,拿糖问我喜欢不喜欢,一会儿又送过一碟子点心来。样子非常和蔼。陪着我们读了一首《永和宫词》,这明明给她一种大的喜欢,她说她在十三四岁的时候,并没有出家的念头,那时她还是在中学里念书,是极喜欢读梅村诗的。她还说白居易的《长恨歌》像"孤灯挑尽未成眠"一类的句子哪儿是描画皇家的生活,简直是在嘲笑一位古城落魄的穷酸举子。但是梅村的诗却没有这个。"没有这种地方!"她郑重地又说了一句。

后来她又重叙身世,父亲,一位没落的贵族,他的少年的黄金时代是大半在一匹猎马一支猎枪里度过去了。母亲是一位笃信佛经的人,为了父亲的荒唐终日用泪水洗着脸面。但她这种行为终不能回转父亲的心。"你就是念一百遍经,我也得去桃花林里打猎",每逢母亲劝告时,父亲照旧是这样回答。

以后父亲愈来愈厉害了:终日接送着宾客;大烟熏着床,烟头,啤酒摞成山,毛氍桌上,灿亮的电灯下响的是麻将牌。这种奢侈的生活,对于芳子的前途是一个大的刺激,她还没有初中毕业,家业便变卖净尽了。后来,她也忘了,不知为什么便被送到这深山里,过起古佛青灯的生活……

她的话正像泉水一样流下去,我却说:"喂,停止吧!"

"你怕暴风雨,还是正在咆哮的雷?"说着一面便想用手去紧关起窗子,但小尼却从中插嘴:

"不是,我想,东方已亮了!"

说这话时,她用尖嫩的手指着窗棂放出白光的部分。……

盲 目 人

黑老鸦在晴空里打着盘旋,溪流歌唱着,深长而悠扬的调子,有时竟像泼水的声音。

我踏在一条黄土重卷的山道上了。

在通衢的岔道上,我目数着进香的行人,生之流,使我感到疲乏;我诅咒人生,当我的心神坠入白云的浪花中时,命运的神在我心田上撒下这样的种子:人生是一幕悲剧,那些快乐的、惊讶的扮演不过仅是为将来博得观众们眼泪的一种凭借。但,我却分明想起这样一段话:

"对完全不奋斗的人,一切都没有价值;对只从事观察的人,一切就无所谓善恶。"

什么场合使我记起这早已腐烂了的话呢?我回头:两个衣衫褴褛的盲目人。

他们手持着一条三四尺长的竿子,小心地摸索着向前行进。一会儿他们仰仰头似在玄想,那是他们获取消息的机会。不然,是推测哪里是人生真正应走的道路。这情况使我怜惜,使我凄凉。

唉,可怜的人类,谁会知道,人生的真正意义和价值。正像过去诗人们所说的:"我觉得批评人生的一切高度都全靠奋斗的高度和力量为转移,这就是说,第一步看目的,第二步看向着目的努力前进的程度。"

我们对山径上的这两位来客应该同情么,是否愿得我们的同情,他们的努力胜过我们十倍,说到认识谁又不是盲目呢?人类知识,像长在远山中的玫瑰、香草一类的东西,复杂而受到许多限制。远方看去是一片迷人的景色,对盲人固是看不见现象,但我们又何尝知道它的本体?

风吹过来,我又重复看见他们两人的身影。脸上的表情是紧张的,眼眉锁成两条山峰,但一种苦笑却在他们唇边继续着,一会儿又停了步抬起头来,望着山畔全被积雪笼罩着的地方。谁想到这条崎岖的山路会使他们在每分钟必须打一个逗留。

一会儿,镗锣子在他们手中响了,告诉我们那是生的挣扎,抑是苦闷的象征?

夜色昏然了,山树迷失在黑暗里,村落也在黑的气氛里战抖。我的脚踢开缠绕在路径上的紫藤、牵牛一类的东西,虽然用力很小,但却使我感到生存的可怕了。山路像一条蜿蜒的蛇,把那两位盲目的朋友吞食了,啮在我的心坎上的,是新奇与恐怖;但我想这条蛇的毒液,正如人们所说的,也或者还不足将我毒死,假设我能惊醒得早。

我也是一位明眼的盲人么,但哪儿是我前途的指竿?

1940年秋,海甸

(《辅仁文苑》1940年第5辑)

看 坟 人

坐了两个钟头的马车,穿过了一座古香古色的城门,便一直到达满布着青草的墓地。

太阳灼热地挂在高空,一只苍鹰渐渐出现在白云浮起的地方,恰像山岩上垂下一株龙钟的古松。

下车后,便远远望见那片荒凉的墓地。我,一个惯于都市生活的人,终日忙迫的生活送走了自己的幸福的日子。如今尝到乡村的风味,大自然,如我怀念的人,澄清我的记忆,过去的岁月不禁使我悲哀了。

墓地前,是一座金碧辉煌的庙宇。后面有几株萧萧的白杨正在哭着自己的命运。丛草,在西风里翻着银色的叶子,路畔的高粱海波似的起伏着。田塍上堆满了被过去日月遗留下的垒垒青冢,再望过去便是处处青山下的羊群在夕阳下错错落落,恰似皇陵庙的翁仲,有高的,低的,显的,隐的……

一进村子,便望见看坟人的住宅了。是几间旧的草房,在那刷了石灰粉的墙壁上,涂着许多乱七八糟的字迹,以及如"大学眼药""若素"等的广告。

住宅的前面是两间马棚,棚顶上堆满了许多柴草一类的东西,后面旷场上是成千万泥起的粪堆,并不时发出阵阵恶臭的气息。

据说看坟人的妻子,若不是注定了一个有大烟瘾的人做她的丈夫,怕是早已有一个小康的家庭了。我便慢慢走近那破旧的门前,带着一番往日不曾有过如此奇怪的心情去叩门:

"这里是看坟人××的家么?"

随着门开,一个中年妇人走出来:

"你们是张家打发来的人么?"

"是的。"我们说。

朋友里面,最熟的是吴贲,就是大家叫他"混天王"的汉子,他却抢着开嘴了:

"你们这里有没有鸡子?"

"先生们,没有!"

"是的,鸡子早已被抽进烟枪里去了!"老吴讽刺地说。

正谈话间,她的丈夫回家了。那是一个短个子的人,脸长得瘦瘦的,略有几个麻子似的。眼呈三角形,鼻子快要塌进嘴里去的样子。

提起这个人来,一般人都说他是最先不是给人家看坟的。当年,他的父亲送他到一所商店里学徒,因为他脾气有点别扭,于是一种不能忍耐伙计们终日吵闹的结果,曾赌气把他送到军队里去。但是终究因为他那好抽一口烟的毛病,在军队里屈忍了五年,从排长的生活又一变而为农民,转回故乡来了。回家后父亲死去了,哥哥流亡在关东。他虽然娶了老婆,但他从没有过一天正经的日子,不是嫖野鸡,便是烧掉乡家的柴草。族人们终究怕他惹祸,于是经过一番长久的计议,结果把他荐到这义地来做看坟的工作。

"既然没有鸡子,那么就随便烧点茶喝喝吧!"

"可是,也没处买……"

既是没有地方买茶,只好求他仅仅帮一点忙,料理一些供香及烧纸一类的事情。他虽然没有口头上拒绝,但看他那横鼻竖脸的样子,很明显的露着不快的神色。

过了公事的第三天,我又跑进城去看望我那方死掉母亲的朋友,他家是住在东城一个极繁华的地方,但院落里却收拾得极干净。屋子的四周,围着树木;有假山,有鱼池,当我走进他的家门时,一眼便望见那位看坟人了。他正在向着朋友的父亲作揖,同时伸出一只肮脏的手:

"老爷,近来雨水灌了坟地,挖沟用了六元,石灰用了八元,砖用了十元,共用了二十四元……"

"你自己的工钱还没有计算在内吧!"朋友的父亲似乎没好气地这样说了,一旁掏出来几块钱递给了他。

当我走出朋友家的胡同口时,我远远瞧他又携了方才要来的钱喜气洋洋地踱进一家土膏店了。

野　　祭

"你又来到这里了。"

"是,我又来到这里了。"

"你在这里追念些什么呢?"

"是的,我在这里追念些什么呢?"

人类,有时不能用理智遏止狂奔的感情。我低下头来,心像静海的夜波,听着蟋蟀的哀唱,我的心落在丛草中了。

希望永远从厌世人的手里滑下,带走了黄金色的青春。看见墓地里逐渐展开的雾气,一个凄凉的故事使我温暖,使我在爱抚的手里合上我的眼睛。

我不能忍向死者诉说我那苦恼。为了消除我心灵上的淤塞,我把呈献的礼品轻轻地放在墓石上。

我低头静望着苔草上许多青色的小虫,在与一只螳螂作着顽强的抵抗。呀,你劳碌的小生命啊!

远望着白云的变幻,我像拜祷于深山的香客,疲乏地坐到墓前了。

细数着台阶上飘零的红叶,我凄然落泪了。

读到碑上的镌文,仿佛记起这样的诗句:

  In secret we met——

  In silence I grieve,

  That thy heart could forget,

  Thy spirit deceive.

  If I should meet thee

  After long years,

  How should I greet thee?

  With silence and tears.

唉,这首诗,是在你生前我们唱惯了的呢?让我在你的灵前高歌,失落了的句子,再抬起来,你不曾为那伟大的英伦诗人的辛酸的故事而悲哀?

看天上的星星,如你那晶莹的眼睛。我坐在墓石上,望着山边的一颗星光堕落。

唉!昔日的一切,犹缭绕在我的眼前:影子,留在我的心上;声音,像羊颈上的一颗铃子……

(《燕京文学》第 2 卷第 3 期,1941 年 4 月 15 日,署名"莫问")

山水人物忆洛阳

和北平不同,洛阳是更会给你许多深刻的印象的。至少,在几个古代的都城中,它有着更丰的遗产:你想到南北朝时的一个繁华都市"招提栉比,宝塔骈罗",你会不向往于"寺观灰烬,庙塔丘墟"的境界？你想到当年洛阳的名园,像《洛阳名园记》里所记载的,富丽的花园以及……你想到当日的司马光的花园,也许你幻想往日他在洛阳修《资治通鉴》时陈列了满屋的草稿。那么,你会兴麦秀之感,还是黍离之悲？

每从报上看到敌人在豫南猖獗的消息,我总是怀念到洛阳。洛阳沦陷已经一年了,我离开洛阳也已经一年了;自从1942年夏天我去洛阳,在北方一直过了两年。两年如同在梦中,只一个短时间流浪在豫南,所谓"越过宝丰穿伊水,不堪再上洛阳桥",在山中过了两个春,一个夏。从徐州到宝鸡东西两千余里,长江到黄河南北二千余里,在这大片土地上,我走到了不少县城,可是,没有一个能如洛阳,差不多天天都在我的怀念中。

想到洛阳,大家都不会忘记城南的龙门,是六朝的圣迹,那里伊洛合流,风景幽美,杜工部有《游龙门奉先寺》的诗说:

已从招提游,更宿招提境。

阴壑生虚籁,月林散清影。

天阙象纬逼，云卧衣裳冷。

欲觉闻晨钟，令人发深省。

自然，现在我们已经找不到伊阙古奉先寺的遗迹。可是，我们踏在中正桥上，仍然可以听到远处送来的"令人发深省"的钟声。想起两年前一个洛阳好的秋日，那时洛阳还没有陷入敌人之手，我也曾到伊阙去巡礼两千年前我们祖宗们留下的遗产。在通向龙门的道上，又大又红的柿子，摆满了路旁，在阳光下挤着眼，山畔的红叶，使你想起古人"霜叶红于二月花"的诗句。

你要买其他好吃的水果，有从灵宝来的像美国种的苹果，有从孟津贩来的梨。散散落落山前山后的花，像出落得伶伶俐俐女孩儿的面庞，那刻得大大小小不同的佛像，伴着山寺的古松，寂静地，使你想起古代帝王家永巷长跽的美人。

如果你从龙门坐一只帆船东去，大约有十几里的光景，洛水北岸便是抗战的纪念地，河北省府的所在——沙湾。在黄色的一长条河岸上，整排竖着的几排草房，便是河北省流亡省政府的办公处，教育厅以及财政厅都设在这里。

说到河北省的教育厅，我便想起贺厅长仲壁来。自然，那时候，日人要袭取洛阳的风声，已经很大了，我们全体的流亡民众，也正在一个绝大的危难底下抖擞，在这伟大的民众受难期间，贺先生领导着千万河北流亡的青年为我们的祖国奋斗，并辛苦地支持着坚苦的几乎可以说是"山穷水尽"的河北省教育厅……

和贺先生第一次见面，忘记是在哪一年，哪一月，哪一日，但地方清楚地记得是在沙湾一条胡同一所坐南朝北的小四合房子里。因为记得那天天气已经相当热了，所以好像是我到洛阳的一个初夏,时间仿佛是在上午十一点左右,因为我还记得好像是在他家吃的午饭,包子是贺太太亲自蒸的。那时候同座吃饭的还有王佑民先生,他是我在天津工商学院时最好的一位朋友。

贺先生是一位有学者风度的人物,面庞瘦瘦的,胡子没有留下,身上穿的是一套藏青色的哔叽中山服。我们初次见面时谈的话,我已记不起来了,只记得谈了些沦陷区的奴化教育一类的事。他平日很喜欢古董,当我偶然和他谈到《金石索》和《金石录》几本书的版本时,一丝微笑陡然在他脸上浮了起来,立刻指给我放在门边的一个大砖说:"秦先生,你看,这是我收藏的,一个汉代的砖!"但由于那花纹的关系,我却认为是六朝的居多。

那时候,财政厅是和教育厅邻近一块的。朋友赵宗乾便在财政厅里,他是燕大国文系的高材生,文学革命的急先锋郭绍虞教授的高足。当时河北省财政厅王厅长的左右手,财政厅的主任秘书。每次我出城去拜访他,我总见他披着一身破烂的军服,手不停挥地在办公室里草公文,据一般朋友的看法,认为他是太苦了,但他却对我说:"在这样抗战时期,我已十分心满意足,就说是苦,也得我们共同分担这民族的命运,为了祖国明日的新生!"

一位初到洛阳的朋友对我说:"从洛阳的北大街一直走到车站,一直通到北邙山,除了跪在十字路口上的汪精卫的铁像以外,没有一处不使你伤感到匀称、调协……"因此,我就想起了北城的许多风物来。

北大街却也是洛阳最繁华的所在。大同日报社以及大捷日报馆都在这条街上,《大同日报》的后台是张荫梧等人,《大捷日报》则是汤恩伯将军的系统。这条街上饭馆子特别多,雪白的馒头两块钱一个,黄河的鲤鱼卖得也很便宜。澡堂子足有四五家,差不多是和饭店开在一块的。当时洗一次澡不过几十块钱,河北省银行的同事,每到晚间总愿意拉着我去,有时我们在澡堂子里随便吃些东西,柚子和蜜柑,五块钱一个。红枣,甘蔗,烤白薯,大花生,香得叫人想起古老的北平。

说到河北省银行,使我想起王德乾先生来。王先生是河北省财政厅长兼河北省银行的经理,个子高高的,说话声音很宏亮。几年抗战的"流浪"与"苦干"的生活,奠定了他在河北省的政治地位。不错,按理说,一个过了四十岁的人,不该是勇敢的,前进的,冒险的,改革的,但是他身体健,精力过人,无日不急于想得新的智识。罗素曾经说过:"良好的人生,就是受热情所激动,并受理智指导的人生。"的确,我们从王先生日常的生活看来,他是充满了人生活动的热力,他既赞颂情绪,但也并不贬抑理智。他在洛阳住的是爽明街,那是宋朝赵匡胤的故里,传说当赵匡胤下生的那天,邻居看到满街火光,所以又称"火街"。王先生每天照例起得很早,不必说八点钟一打,银行办公室里已早看见他的踪影了,而每一个星期一,沙湾财政厅所做的纪念周,他也是准时出席的。

如果,我们拿王先生比作一面镜子,那么住东华行洛海关对面的刘启民先生便是一颗明星。他是河南省党部的委员,可是他没有一点官架子。何思源先生那时来来往往都是住在他家里。当时山东流亡青年的救济,刘先生曾尽过最大的努力。我每于中夜被雁声唤醒时,偶忆陆放翁"新雁南来片影孤,冷云深处宿菰芦。不知湘水巴陵路,曾记渔阳上谷无?"的诗句,十载失家,辗转流亡,而自北国仅存的一个重镇洛阳于去年落于敌手以后,再不闻刘先生的消息,想起我在洛阳与我琪弟"失之交臂"的悲剧,想起刘先生那种对人诚恳的态度,几时再能回到"铜驼巷""问礼碑"的中京,去重睹一些北国的熟悉的风物?

洛阳有迷人的风景,更有增人幽怀的古寺……

想起来,真像风一般的遭遇,也许我的天性不喜欢刻板的银行生活,就在洛阳将弃守的前两个月,我的心特别黯淡,不知怎样在一个礼拜天的早晨我又忽然想去白马寺玩了。想不到那次白马寺的凭吊,竟是最后一次的凭吊!

白马寺是汉代摄摩腾和竺法兰两个名僧埋骨的地方。至今他们的坟墓还静静地躺在寺的东南、西南两个角落的乱草中。《洛阳伽蓝记》载:"白马寺,汉明帝所立也,佛入中国之始,寺在西阳门外三里御道南。"当我在洛阳银行里做事的时候,我很喜欢和一般比丘们来往的。十五年前我第一次去洛阳的时候,那时名僧德浩大法师尚在,从《金刚经》谈到《楞严经》,又从《楞严经》谈到《法华经》,学问之博,实在少有。及至我来成都华西大学教书,暇中偶然和祥瑞法师谈起他来,祥瑞法师也是不胜叹息老成之凋谢!前年,我再去洛阳,他的弟子真廓,依然还有些先师的胸襟、风度,也还不是对于一二佛经的名词,偶有所得便沾沾自喜的人!

什么都在变,随了抗战变,跟着这艰难的时代蜕变,白马寺也变成了某某战区的伤兵医院。寺前是德浩和尚圆寂的地方,我曾在他的墓石上躺了半点钟的工夫,眼望着大道旁一望无涯的阵亡将士的公墓,草色青青,公墓匾额上的题字已为风雨所侵毁,这些民族英雄埋骨的地方,恐怕正是北魏时著名的奈林葡萄园,所以杨衒之有"浮图前奈林葡萄异于余处,枝叶繁衍,子实甚大……帝至熟时常诣取之,或复赐宫人"的记载。唉!为国牺牲的好男儿啊!你们的血会换来比奈林葡萄更珍贵的东西!我想起一句诗:"此树自有开花时!"

如果你从白马寺回来,一进东关(沿道都是尘氛),快走进爽明街的时候,路西有一片高房,周围都是杨柳、槐花、女贞、合欢、六月桃、冬青树之类,这就是前河北省主席马法五先生的私邸,原是汉才子贾长沙的故里,所以附近人都称作贾谊祠。前面是孔子问礼于老子的地方,后面是铜驼巷及九龙台。

其实,照常情讲,我该每日有和马先生晤谈的机会。从关系说,我所服务的机关(河北省银行)便是由河北省筹资开办的。他和王经理的关系又极深;再从住处来说,我们同住在一个院内。马太太住在我的隔壁,四十军秘书长宋曦峰将军又住在马太太的隔壁。连马太太晚上起来喂小孩我都听得很清楚,而我常常坐在宋曦峰先生室里,高谈阔论些天上地下的事情,他们也会听得很清楚。但很奇怪的是,我始终没有和马太太谈过一句话。而我亦仅有一次和马先生碰过头,还是在洛都饭店一个宴会上!

"天涯相遇痛仓皇,还将国防问北邙。"这是我临别宋曦峰先生时赠诗中的两句,我们的宋将军与日寇转战于太行、中条山前后数百战,曾数次受伤,堪称为中国的新军人魂。可是,这种人才实在太少了,我们的古老的北邙山,已挡不住敌寇,我们用司马懿坟做成的高射炮阵地,也失去了效用。同时,我们的老百姓的腿也永远赶不上跋扈投机军人的"运货车"!

北邙山在两汉六朝隋唐,都是文人们歌咏的地方。如今都陷在敌人之手。我还记得北邙山前的洛阳西站,我还记得北邙山前的飞机场,我还记得北邙山前我们的华中及华北的军事重地西工某某战区长官司令部,我更熟悉于蒋鼎文先生的风度。

想到这,我不免回想起当日在西工长官部的许多朋友来。他们住的是那样破旧的大营房,吃的是每天不到廿块菜钱一桌的伙食,穿的长年不换的洛阳土布中山服。但他们还是不断地努力,目的在于救亡。在一个恶劣的环境中,由于一般人训练得不够,由于一般人的民族思想欠缺,由于……想建树些什么,并不是一件容易的事情,公平地说,蒋鼎文氏可说在这方面也曾费过不少的心血。我也曾在西工长官部的一些集会上和他碰过几次头,也曾用同情和崇敬的心情跟随着一个伟大心情的发展。可是,谁能够一把火焚掉那些由人类的偏见所生出的不合作的障碍,谁能够用皮鞭抽打掉由于贪婪而生的一种责任心的放弃。去了,一切都去了,人类对于一个风云人物往往最不易找到谅解,遗留下的只是些讽刺和谴责……

(《宇宙风》,1946 年第 141 期)

古刹说法记灵岩

我不愿为奴隶,亦不愿学奴隶主。

——林肯

在成都住了两年,我的心情变得极沉闷。自从去年有朋友约我在华西大学教书,以至我现在到光华大学来,我一直在寂寞与烦闷里过着日子,今年暑假,我本来打算北归,去看看我那些在北方冰冻了十年的老朋友们,到底是不是还保留着幸福和健康在人间。不想在我看完许多垒叠得如山的试卷后,我的朋友,也是我的前辈,谢文炳先生忽然从灌县的灵岩寺寄来两封信,那末封信是这样的开端:

××:昨天给你一信,不会令你满意,这封信给你带来了好消息。此地灵岩书院院长李源澄先生是我的同事,昨晚和他忽然谈起你来,他很诚恳地请你来书院讲学数星期,膳宿皆由院方供给,听说你专长中国经济史,他很高兴;又听说你是作家,他更高兴,他的意思,就请你讲中国古代经济史,因为我正在讲中国古代学术,彼此正好发挥,我大约也免不了要替他讲两三次关于文学方面的。我盼望你接到信后便动身,据我看,你至少可以住到八月底……

谢先生是文学界的前辈,五年前也曾署名"问笔"给《宇宙风》写文章,他写给我的这封信却使我踌躇,问题,有两个可能:如果去灌县的话,恐怕北方之行,又作罢论,在成都一住又是一年。如果不去灌县呢,一方面浪费了谢先生这份好意,另一方面对不起那位苦心孤诣办学的李先生,再说如果这次不去灌县,则青城灵岩之游,又不知何年何月,经过很久的考虑后,我还是,决定去讲学,哪怕就是再在成都多留一年!

主意既经拿定,我便决定起身去灌县。事情真也凑巧,一位我多年不见的学生,他从前跟我在天津的工商学院念过经济史的,他也来成都,并要去灌县玩耍,当我在耀华茶座向他提起我要去灵岩讲学时,他当场要我和他一路去,他并说:"有一部小汽车可以把我们送到灌县。"

九十里的旅程,从成都到灌县,使我们并不感到怎样劳顿。在灌县的南门下车,休息一些儿,跑到一家中国杂碎馆吃午饭,认识了另一位朋友,原来也是我多年前的学生,他殷切极了,挽留我在他家住下,带我入酒店,一再请我在他家吃晚饭,还预约我明天为我而召集的,天津工商学院校友会的盛大招待,但是我都谢绝了,原因是我急于要到山上去看望谢先生,我怕他等得发急了,因为我接到他的信后,没有回信给他,既已应命来了,就应该急忙见见他,也算完了一桩心事,到山上把事情安排好了以后,再下山来玩玩也不为迟。

…………

我雇了一个滑竿绕着灌县蜿蜒如蛇般的城墙,顺着崎岖的山道,一直走上去。灵岩山比起北平的香山来要高些,山路也陡些,风景也比香山来得幽美些。行至半山,见曲径通幽,青苔滑腻,渐入佳境。过一土地庙后,山多沙石杂草,路至难行,蜿蜒而上,渐入云里,再往下面看去,浅碧浓翠,一片绿海,使我回忆到儿时在青岛海边灯塔上望渔舟的光景。光阴忽忽已二十年,而东夷犯境,家室荡然,鲁豫晋皖,流徙迄今,当日与我共同登临之诸兄弟而今安在哉?

快到达山顶时,舆夫已口渴,唯不能寻水。后来看到路旁有清泉,水极清莹,舆夫便到泉旁,捧水狂饮,喝完了,便坐在柳树底下一面呼"凉快",一面大唱其"秋歌",看样子好像是喝到了琼浆,进入冰室,南面王也不易的!

滑竿抬进第二座山门时,便有两个青年学生迎了上来。

"你是×先生么?"

"是的!"我点头。

"谢先生早已说你要来了。"

于是他们把我领进了大雄宝殿,谢先生听见是我的口音,连忙从僧房里跑了下来。在山上好像特别寂静,每逢来一个客人,大家都要来看看。在这山上避暑的,有许多太太们:有面慈心软的向传义太太,有疏财好客的吴景伯太太,有酷好佛学的张仲鸣太太,还有善于词令的余中英太太,她们待我都很好,殷勤地招待,并请我吃面。这让我实在不好意思,我上山本是应李先生的约,反而把住在山上的太太们打搅不堪,我内心中实在过意不去。晚饭时,除了几位太太和谢先生以外,同座,还有先我而来此讲学的,川大外文系主任罗念生先生,他以讲希腊悲剧而驰名,我们都愿他能剩出较多的时间,来把肿足王(Oidipos)以及阿加米农(Agamenon)重讲一遍,在我来以前,他已讲过两次,很受听众的欢迎。可是,事实最为残酷,他因为忙着川大的入学考试,是再也不能在山上多耽误,第二天便下山去了。

…………

林肯曾说过："我不愿为奴隶,亦不愿学奴隶主。"在这山上,便住着一位既不愿做奴隶,亦不愿学奴隶主的伟大的人物,那就是我要介绍的李源澄先生。他是现任灵岩书院的院长,过去他曾在浙大、川大等校任过教授,但是他一发现了他所目对着的大学教育不是他所理想的大学教育时,他悲哀了,他毅然离开了社会而来这深山里办了这个灵岩书院。经过谢先生的介绍后,我不但清楚了李先生的身世,我还笔直地打入他的崇高思想的殿堂,那就是:一般人知道物质的可享受,所以时时在放浪自己中消逝自己;李先生知道物质的可珍惜,所以时时在约制自己中发现自己。

　　李先生是四川犍为人。胖胖的面孔,个子长得矮矮的,喜欢吃一口旱烟。按常情,我是不会抽烟的,不能够在某些场合拿洋火来结识朋友。但是,不然,其实不然,经过谢文炳先生的一番极短浅的介绍后,我们竟像多年相识的老朋友一样了。

　　看看横在面前的涪江,看看耸在面前的青城,再遥望着像一幅南宋墨迹的大雪山峨眉山……我们谈话的声浪由低沉到高昂,而谈话的范围也几乎是无所不包了,几乎上下古今,无所不谈,由于他是一个治国学的人,我是一个治中国经济史的人,所以大多数还是谈些文史及经济方面的人物,自然这些人物也大多是我们的"同行",或至低是"准同行"。我们谈到身在北国的近代史权威齐思和先生,我们又谈到宋代史的专家聂崇岐先生,我们还谈到国学家蒙文通先生,我们更谈到社会史家姜蕴刚先生,最后我们还谈到史学界的先进洪煨莲和顾颉刚先生以及中国经济思想史的权威唐庆增和彭迪先生。从个性到为人,再从思想到作品,几乎无一不谈,也几乎无一不批评,自然那是偏于善意一方面的。

到山上来讲学的很多,都是应李先生暑期讲习班而来的,在李先生的热烈招待下,在我以前来讲学的如蒙文通、钱宾四、谢文炳等,听说不久姜蕴刚、魏时珍等也要上山来了。这都是李先生平日待人诚恳的结果。

…………

第二天我起得特别早,山上的雾是很重的。远望山下的灌县城堞,都隐隐约约地看不清楚,松树上一群群的不知名的山鸟在歌唱。我一起身,便有开江的一位王英伟同学着人打了洗脸水来,招待得极殷勤,使我很不安心。王君是武汉大学法律系的高材生,也慕李先生的大名上山来求道的,他导着我几乎游遍了灵岩山每一个名胜。

我们先从第二个庙门前游起,上面题着"灵岩古刹",有一副对联,对得还自然:

岩何以灵,到处皆慈云法雨

刹而日古,此中有舜日尧天

我们以后便参观接引殿,我才知道这座刹也确实不算不古。按灵岩灯火乃唐开元四年印度僧阿世多尊所创,也算称得起是古了。灵宝泉在寺后,又名白龙池,相传在此地见有白龙升天故名,泉清见底,寺里的人拿来煮茶,味极清香,比之北平玉泉山的水,有过之无不及。

看罢白龙池后,我们又到藏经洞(在白龙泉之北)参观了一下,据王君对我说,这洞很深,可以通到灌县,真实与否不得而知。千佛塔在寺的东北方,地势极高,因为岗上塑有千佛故名。我们爬上去以后,在佛像下有两个年龄极轻的小和尚正在下象棋,这使我陡然幻想起故事中传说的赵匡胤和陈抟老祖下棋,输给陈抟一座华山的故事。看了好半天,我觉得他们对于象棋的训练虽然比不上什么国手,但就他们的年龄来说,硬是要得!

九点钟我讲了一个关于中国经济史的题目,此间有许多位同学是从各大学的经济系来的,所以倒还发生兴趣。晚上我去灵岩寺的住持传西法师那里摆龙门阵,他预备好了上等的雨前,精美的点心。传西是研究心理学的,对于佛学,修养亦好,他是反对大乘的。他听我谈到文学方面的问题非常发生兴趣,当我向他提到从古碑中可以考察并探掘古代的物价时,他的眼神陡然焕发起来,并从床下取出一块唐碑送我,说:"这是唐代的物品,被青城山的人偷了去,我又设法追回来的!"我承他的情,把那块字体娟秀的欧体唐碑收了起来。

我到灵岩的第五天,朱自清先生也上山来了,他领着他的一位男公子来的。当天下午谢先生领着他参观各处,我又随着他们,像小孩子数玩具一样地把山上的名胜又重数了一遍。

朱自清先生是文学界的前辈,个子长得矮矮的,面孔长得胖胖的,说起话来十分斯文的人。闻一多先生在昆明遇难后,西南联大国文系主任的担子,很自然地挑到他的肩上来了。朱先生和我的老师郭绍虞先生的交情很深,当我在北平的时候郭先生常向我提到他,这次如果没有谢先生替我们介绍,几乎失之交臂,当我向他提及了郭绍虞先生到上海开明编《国文月刊》时,从他那流着热光的眼里,我可以知道他是对于郭先生寄着极深的关怀!

次日,是我要下山的日子,也是朱先生开讲的日子,他的题目是《现代散文之发展》,我很抱歉,我已经把行程安排好了,是非下山不可了,而且是非走灌县不可。因为我打算去青城山一趟,而且还要顺便到灌县城里替朋友办一点事,这样我便失去了一个几乎不能偿补的机会,就是:没有见到鼎鼎大名的朱先生的现身说法。

1946年秋于光华大学

(《宇宙风》,1946年第144、145期合刊)

岷山夜雨忆江原

庄生晓梦迷蝴蝶,望帝春心托杜鹃。

——李商隐《无题》

这是痛苦的,沉思的,一个灵魂的叹息,哲人光辉的懿智的最高的表现。深邃而淳朴,清新而隽颖,人生原是一场梦,死去的古老年代的望帝也只有把哀怨托诸杜鹃,不过经过我们的诗人,则一切历史的堆累,便精致得像一块宝石。因为流亡的关系,日本人的铁鞭子把我抽打着来到蜀西,并能一度跋涉到望帝的故都,那唐代诗人歌咏的典故的根源地。

因流亡能得见蜀西风物,真是名不虚传,的确伟大,自然这伟大是要透过一切基本的知识和训练的。我踏在草堂寺的锦江岸上看滚滚江水,沙鸥阵阵飞起,水阔竹青,烟影人瘦,就景生情,仿佛恍惚之间,把江上的秋水,和北地的烽火联成一个复杂的印象;是兴奋,是感触,是悲痛,是流亡,是失望,是伤心,一点都分不清楚。

秋天的一个美丽的黄昏,我踏着落英似的雨走过一条安谧的街道,桐叶落下,叹息似的打着石阶,看尘封了的大学宿舍的后门,心里浮上一重萧疏的感觉。我本想约一个友人,在黄昏的雨中散一回步,我的朋友过苏坡桥上灯时分到了,便自走回康斋,一本《生活》杂志和一张晚报。

雨声,像一把钥匙,打开了我的记忆之海。

…………

今年暑天,我刚从青城山回来不久,便接到崇庆县的同学们的来信,约我到那里去耍。一个富有沉思的刘援同学,他的来信使我十分感动。我一定要到崇庆州去,也就是那江原故郡。并且由于萧钦文同学的约请,要我在他家住宿,他的家就住在崇庆县的杨宫保府,清代名将杨遇春的故里。

我很怀念那些真挚的友情,当我到达江原的第二天,凡是住在崇庆的同学他们发起一个盛大的欢迎会。那欢迎会就设在宫保府。

所谓宫保府,就是杨遇春的宅第,宫保即太子少保。杨遇春字时斋,是清乾隆间的武举。因为从征甘肃、台湾、廓尔喀,都有功绩;又平贵州苗、川、楚教匪,及叛回张格尔,皆有功绩,所以官运亨通,官至陕甘总督,封一等昭勇侯,卒谥忠武。

他们的筵席就设在宫保府的大廊上。为了招待我,陈廷辉、何玉涵、周一开、张维德诸同学在大热的天气忙着张罗,跑得满头是汗,使我实在过意不去。饭后大家讲些故事,有好几位同学都能够说得很动听。先从杨宫保说起。

"为什么杨宫保称为福将呢?"一位同学引高了嗓子问我。

"杨宫保自结发从戎,大小数百战,屡次陷阵都没有受过伤,所以称为福将。"我回答。

"他们打仗时打的是什么旗呢?"是另一位同学的声音。

"据修《清史稿》的人说,每战必张黑旗,时称为杨家军。"我又回答。

以后大家的谈锋转变到鬼的故事上去了。朱世荣同学的口才确实不错,她的谈话很使人感动;缄默寡言的余德玄、王汝彬同学,端庄尔雅的袁学如、宋玉芬同学,都听得极生兴趣。

第二天,我们约着去逛川西第一大桥——西江桥。

吴梅村的《田家铁狮歌》有云:"芦沟城雉对西山,桥上征人竟不还。枉刻蹲狮七十二,桑干流水自潺潺。"想起这些诗句,我想起那伟大的西江长桥,从建筑方面来看,很有像那宛平的卢沟桥,不过那桥栏上是那佛像来代替那石狮子的。现在桥下都干了,仅有一孔桥还流着水,在淤起的土岗上已经搭起了茅舍,种起了田禾,这使人想起"西江夜渡客八千"的谚语,古人所谓沧海桑田,原是此意。人生原是一刹那,谁能够把握住青春的长在?谁能够把逝去的光阴捉了回来?五年前,我还不是教月亮做地下的证人,温过了繁重的蔷薇花的香梦,在那宛平县的长桥上遗留下我那青春的甜笑!想到这,我忽然想起四句诗来:

> To see the whole world in a grain of sand,
>
> And beauty in a little flower.
>
> Hold infinity in the palm of hand,
>
> And eternity in an hour.

那么,谁又不是"把永久搁在一小时之中"!

据一同来的游伴告诉我说:在这桥上正中间石块的数目是永远数不清的。他们在每一块石上都撒上一个豆粒,但结果还是数不清,我也曾发一片痴心去仔细数过,结果也是枉然。看那样子,只好让我的华大同事统计学专家杨佑之先生搬个统计机来计算一下了。

桥头上是一个命馆,有红着脸从桥下走过来的中学女孩,把休咎交付给渺茫的命运。一个同学对我说在这桥下住着张姓人家,住在城里的一位某姓的太太曾把张家的女郎作成一本类似"桃花的命运"的小说。我想这算命的女孩子多少也带些波折的命运,但是这命运又几乎是不可抗的。也或许东方的女子(不,男子也有,我就是其中之一!)多少带些神秘的情调。想起柴霍夫的玛霞(《三姊妹》的女主角),她被不幸的命运折磨着,正如她说:"那海湾有棵碧绿的橡树,树上挂着金镰,那碧绿的猫……碧绿的橡树……不幸的人生哟……现在我什么也不要了……"我又想起屠格涅夫的丽沙(《贵族之家》的女主角),把青春交付给渺茫的上帝。我又想起多情而热烈的娜塔莎在魔术的幻镜里看见安德烈郡王受伤的幻影(托尔斯泰《战争与和平》的男女主角)。今天看见了这个中学女孩,我似乎遇见了十九世纪俄罗斯女性的一姊妹。想起这些不幸的灵魂,想起我在迫害里消磨着我的青春,没有个人能够伸出一只同情的手,那么这结果纵然不去问命运又该是怎么呢?

可是我要极力压制这思想的暗流,虽然旧事像一杯古酒,有色有味,有浓香,时时作涨在心岸的旁边,如潮汐,如游云,如坠梦似的一枝烟缕,又如一只翱翔的飞蝶,翻起许多陈年的纸灰,把回忆写上舌尖,但是我要克服它。我要把我的热情沉静下去,且把苛刻我自己的许多条件放在一边。这使我想起八年前我在北平的西郊和凌叔华先生走过圆明园一家葡萄园,园门大开,伙计在瓜田里昼眠,园主正在向一个老年人问卜。也许我的孩子脾气能够引起这位老牌的女作家的喜欢,我要去算卦,她要请园主人帮她整理家中的葡萄。我对她说:"这次先不要提,下次我自来请他,他是我的同乡,他是终日过着海生长起来的,不会太小气。""那么你是想趁着伙计睡了,想到葡萄架上自己摘两串?"她这样说。但是我却向她摇头:"不,我想算算命运,你不是说,谁没有在深夜流过眼泪,谁就不了解人生!"自然,我虽然勉强掩饰了我那在葡萄架上顺手牵羊的意思,但我也笑出了眼泪,这个记忆至今我想起来还是极新鲜的……

....

我现在虽然在光华村,但我的思想仍然飞渡过三都水,到了崇庆州的罨画池。我还清楚地记起那像杭州湖心亭差不多的一个所在,那里供奉着宋代名吏赵抃和诗人陆放翁的神位。这两位先生总算走红运了。但生在江原本地的常璩则没有他们两人运气好,时至我写这篇文章的今天,还没有得祠人间的香火,不但这样,就连有胡子的老年人,当我打听起常道将时,他们只是摇摇头。两个外来人很威风地坐在罨画池的大廊上,一个本地人,没有人会提起他来,这不是喧宾夺主?而这样一代大师竟被那些修史的御用学者,驱逐出了儒林和文苑二传,更是千载不平之事!

常璩是成汉江原人,字道将,李势时官至散骑常侍,他的《华阳国志》是我最崇拜的一本书。在中世纪时就有这样一部大书存在,实在是我们的光荣。《华阳国志》是方志之祖,其书有义法并有条贯,卓然是著作之林。从前在天津一个朋友家我见到明刻本,但是缺两卷。其他刻本虽然补足了,像志古堂据武陵山人遗书本重镌之金山顾尚之辑本,又如汉魏丛书本,都是讹伪不可读,实在要不得。有一次,林志钧教授在天津和我谈起两晋南北朝的经济史料来,我对他谈起这部书,他却很称赏。嘉庆间廖氏刻本,也就是顾涧蘋据宋元丰吕氏、嘉泰李氏两本精校的本子。

我也曾一度被人们认为像一条非常弱质的蚂蚁似的虫,它向着蚁阵群中整齐步调爬过去了。我虽然弱质但我想在心灵的智慧上建起一座庙堂,脆质里求粗壮,绮丽里求硬朗,黑暗里求光明,阻滞里求进步。不是么?

遗憾的是,我仅听到说常璩的墓在城东,但当我问及确切的地方时,则没有人能够说清。我想:决定有机会,天气不冷不热时,我会再卷土重来。

…………

雨,下着……一直把我送过三都水。到了温江,我喘不过气来,我是不能不在这里暂且停留一夜了。

晚上,我走出店门,独上一座酒楼。楼上空得很,只有一个客人。包着头的茶房,打着浓重的温江口音和我讲起温江的土产,酥糖,酱油……送上帕子后,问我要什么酒菜,我随便叫两样菜,看窗外细雨中的景物,一切如画,我颇有些"青衫沦落,红粉飘零"的感触。……想起七年前的夏天,我和一位南国的友人在洛阳北邙山下一个饭店的楼上,大年初一,泡上一壶茶,望着古代帝王的陵墓,看雪花在漫天里飞舞,想起那"洛阳访才子,江岭作流人"的诗句,多少回,为了这流浪生涯,心里浮上一层淡淡的哀愁。但这哀愁,我事后一想,倒觉得是多余的。到处是我的家,"人间无处不青山"!把花明柳暗涌着潮汐的胶东的海滨装点那童年的记忆,然后浪迹江湖,看"天苍苍野茫茫"的风沙塞北,看"五月榴花照眼明"的江南,坐坐黄河里的皮筏子,住住河南的黄土窑洞,像摇着串铃的刘铁云,走遍大江南北。现在却也跑得远了,跑到川西。即使我是一个生活的弱者,那么不还是可以"上友古人",正像刘星垣教授向我说的。

上友古人?我们不就终日在上友古人么?日前和刘星垣教授(一个我所崇拜的伟大的灵魂)经过夏威夷吃饭。他是那样蔼蔼可亲，假设他不在年龄上找些差别，那个性与我是那样不易分辨。他曾向我提及文化的建设问题，在今天，我们是应该吸收西方文化，检讨固有文明的时候了，不必把大家的聪明用在人事上，也不必把光荣建筑在争夺上，在今天我们不是要制造些高等华人，而是要吸收西洋精神为我们治中国学问的工具，刘先生是学术界的老前辈，他的话笔直地打入我的灵魂。我是一个多多少少带些悲观和厌世色彩的人，他的话使我这颗稚弱的心感动，沉甸甸的。"我们不能找到好的朋友，也可以上友古人。"他懂得一个来自渤海岸的寂寞的灵魂，不独他懂得，凡是和他接近的人也都懂得……

那么，造访江原，去寻取祖宗的遗产，也该属于上友古人吧！我记得到达温江的第二天，我在县城的一家旧书肆买到一部《温江县志》，是1920年曾学传修的，本子还好，微有错字。考《温江县志》在清朝有三个本子，即康熙二十五年三韩王明府瑚本，乾隆十一年燕山冯明府中存本，和嘉庆十九年钱塘李明府绍祖本。王瑚和冯中存的本子现在不好找，李绍祖的修本陋略很多，不足以资观感。比起《德州志》（康熙本）、《宁波府志》（乾隆本）、《江宁府志》（乾隆本）实在相差很多，从经济史的观点来看，方志是一种经济史料重要之来源。我们很希望温江县的朋友们来共同再修一下。

温江共有三万多户人家，这是古蜀鱼凫王的旧都，鱼凫城在治北十二里，其遗址乡人称为古城埂，王侃有《凭吊鱼凫王都遗址》的诗：

> 湔水滔滔送远天，鱼凫踪迹久茫然。
> 但闻仙去乘斑虎，不肯魂归作暮鹃。
> 万古衣冠沉土壤，一朝宫殿剩桑田。

欲寻故老谈兴废,大墓山前霭水烟。

此外,离县城不远有炳灵太子读书处,在治东斐竹亭。考炳灵即鼈灵的转音。鼈灵治水有功,所以杜宇王以位禅之,故老们相传炳灵为江渎神,所以炳灵太子就是鼈灵世子,王瑚和冯中存竟认"东岳三子炳灵王读书处",荒诞得令人可笑!

在二十四史中,我最喜欢《明史》,我一气读过三遍。我们想起那温江,有坦荡的原野,馨香的草木,几乎每一个地方都使我回忆起一个人。虽然在情分和兴趣上各有分际,但都给我一番情感的试验。但是那些人物都随着历史消逝了,而一去就永远不再从近人的眼光中发现伟大。但在我,留下的记忆却永远不变,我想起何汉宗和梁万钟这些名字,怀古的幽情有如一杯醇酒,隔岁陈年,更增一种香味。

每个人都该在历史上占个篇幅,至少在何汉宗和梁万钟两个温江人说这话是对的。何是景泰进士,官至广西按察副使,人家称他是铁石心肠,在明代政治上极有贡献,他的坟在县北一里。梁是成化进士,官至两浙盐运使,在仓储制度及赈贷工作上贡献独大。《明史》很称许他。他的墓在治东十四里。

…………

人生原也是一个蝴蝶梦。不独庄生梦见它,我们都可梦见它;人生也不必像那多情的鱼凫后王的杜宇,也就是那把国都迁到郫县的望帝才能感到。我们在不幸的黑暗的迫害中生长着,且任我们在岷山的夜雨里怀念驰骋,借着一番回忆,也能感到一种曾经活过的感觉。它可以赐给我一些温暖,只要我想到:在遥远的不可知的地方,我的记忆和许多深厚的追怀以及友谊同在,和逝者同存,由于他们的温暖的记忆,使我更年青而黾勉向上,因此,我祝福他们,缺乏了这一些过往,我会变成一个渡过了忘川的鬼魂,或是从火星上散失下来的一粒火星……

雨声小了,一片落叶下来,蓦地把我从沉思里惊回,生命的急湍,伴着落叶摇摆不定的,那片红叶,渐渐地梦一样地落在紫骝色的石阶上,仿佛是一声叹息,轻轻地……

于成都四川大学

(《宇宙风》,1947年第147、148期合刊)

夹江心影录

初 到 夹 江

七月二日七点钟上了开往夹江的汽车,同来夹江的有高节、张锦珲和我。车过了武侯祠,沿途冷风凄雨景色宜人,这感觉把我搬回十年前我从北京到张家口时沿途的景况,而我的心便又重复整个游泳在新奇里。

第二天十时半,车到了夹江车站,这是坐落在夹江东门外一条荒凉的街上也就是轰动一时的"王三鸡公"事件的发生地。

车进了城,锦珲小姐回家去了,我便住在高节家里。高节同学是夹江的望族,前几年人口多的时候曾以经营纸业驰名。我们放好行李之后便到民众教育馆散步,在这附近吃茶的人很多,园林好,收费廉,布衣锦服,一起坐下来吃茶,实在使人有些"天地与我并生,万物与我为一"的感觉。

我端起一杯茶,遥望着夹江古老的城墙,那一株株的老松经过多年的风雨,看样子有些苍老而憔悴了。考夹江县这个古城在汉代已经有着悠久的历史。汉置南安县,属犍为郡,夹江即南安旧治。隋开皇十三年分置夹江县,属眉山郡,此县名所始。但是现在的夹江县城已非汉六朝之故址,考县故城在县北,唐徙今治,因两山对峙、一水中流,取名夹江。这样说来,现在的城墙还不到两千年,已不胜岁月的折磨。昔人说:木犹如此,人何以堪!我此刻却有些奇异的联想:在明朝,是夹江出才子最多的时代,可是而今都到哪里去了呢?古人有"年年岁岁花相似,岁岁年年人不同"的诗句,我也像似这园内盘根错节的古柏,也将不胜年年风雨的侵蚀了!

现时的古人:张鸿龄先生

第三天早晨我还没有起身,张锦婵小姐便打发听差,约我到她家吃午饭。锦婵小姐是成都华西大学国文系的高材生,对文学极感兴趣,是一位秉有热诚并富于现代思想的女子,这次同车无意邂逅,为我做夹江漫游之良好向导,在我这次旅行中实是一件极可感的事。

我约同高节和龙徜徉到了张府上时,锦婵小姐的母亲,张老太太早已在门口等待我们了,一面喊锦婵,一面便惊动了张鸿龄先生——他,急忙出来向我把手。

我走进一个清幽的院落,向南面北便是修齐堂,建筑极精致,中间挂着一副对联,上联是"孝友传家宗风远绍",下联是"诗书裕后世泽绵长",两旁还挂着赵熙和刘咸荣等写的字画。赵熙的字在蓉渝一带几乎像华世奎在平津,几乎是家家户户都以挂着他们的字引以为荣,这个推论直至我到了峨眉山上更证实分毫不差。

张鸿龄先生是一位刚介铮铮的人物,热情横溢而谈锋甚健,他过去曾担任防护团团长以及夹江县大队长的职务,他热心桑梓事业达二十年,深为地方父老所爱戴,上次因为王三鸡公的案费了许多精神,还赔了许多金钱,方才把这案件慢慢搁平,在今天一切都是呈现着黑暗与混乱,好人几乎不能站脚,一切都是非颠倒,阴阳错乱,把白的变成黑的,把方的说成圆的,不过问地方事业固然良心过意不去,但过问又岂是一件轻而易举的事?

"难道我们就不过问了么?"张老先生的声音忽然后发起来:"我们还是要过问,只要是对的,千万人吾往也,充其量不过是一死,但真理是存在的。"

我很折服于他那一丝不苟的精神,也就是孟子所谓"威武不能屈"的精神。在今天大家要持公平,伸正义,一切方有希望,方有办法,过去胡适先生曾倡导"好人政治",我们很希望秉理省政的诸位朋友们在这方面多多努力,正人君子不要引退,硬是要出头露面积极过问地方福利,不然尽是些不学无术的坏蛋愈吐气扬眉,"君子道消,小人道长",地方事业也不问可知了!

饭间,张先生向我提起目前的经济问题来,自然这问题的核心是着重在货币的改革方面,张先生对于国学有精深造诣,而对于财政经济亦多超群的见解,他主张在第三次大战前政府或因某种关系暂不作货币的改革,容或有一种过渡的币制出现,这是可能的,但在魏德迈来华后为完成某些任务或有必要的实施(大意如此)。这些意见在我是十分同意的。

青 衣 江 上

由于时间条件的限制,我在到达后的第四天,便决心去逛夹江的第一名胜:千佛岩。

千佛岩在城北五里左右,也就是古时的铁石关。《夹江县志》说：

> 铁石关，县北五里，千佛岩孔道上，巉岩下江潭一径中通，曲折上下，险出天成，真要隘也。明时建有水云阁，后毁于贼，守土者因其地为关，立楼建坊于前，名曰铁石关。至清顺治十七年，逆贼郝承裔复叛于雅安，猝然南下，适侦卒数骑至，探知突御于关上，贼不得度，百姓得奔入深山，赖以保全。

这段文字是我从1934年罗国钧撰修的《夹江县志》上节录下来的，《夹江县志》修得虽然不及章实斋的《□县志》（以文胜）以及康对山的《武功县志》（以简胜），但大体是以段玉裁的《富顺县志》为蓝本的，除微有错字外，各方面都还不错。我们从它的记载里便可以知道千佛岩在历史上的价值了。

临行前，高节和龙徜祥同学原有意约张锦珅和江克勤二位小姐同去，但我则不甚过分主张，原因是：第一，夹江的黄包车，完全是路车，没有拖向千佛岩的街车。第二，天气太热。况且，第三，她们都是方从外面回家，还都没休息过来，爹爹妈妈也许不舍得再跑远路，而且万一累出病来如何是好。有了这几层原因，我便不甚坚决主张约两位小姐同去。

行行重行行，我们在锦色如带的青衣江上漫游，不久便到达了毗卢寺。寺为唐时所建，后来经过张献忠之乱，毁于兵燹，而今斜阳衰草，古道寒蝉，在断楹废墟之中，也正如《桃花扇》上所说的"住几个乞儿饿殍"而已！

毗卢寺不远便是惠灵庵。锦珅以前告诉我一个夹江的谚语："说起惠灵庵，跑得脚板翻；去就挨大雨，转来发皮寒。"我转来是不是一定打一场"摆子"，不得而知。但还没有到惠灵庵，却早已跑得

"脚板翻"了!

神秘的黑虎洞

青衣江上到灵岩附近的生产,从白的石灰到黑的木炭,再到颇有盛名的夹江纸,沿途上都可以呼吸到这些气息。

青衣江上的庙宇比较规模大些的要算禹王宫了。我们回想在四千一百五十年前,那三过其门而不入的大禹,他手足胼胝地一心来治理洪水:疏九河,瀹济漯,决汝汉,排淮泗,在这种条件之下,才安全了四川这个内海,就因此,我们那些唐代的祖先们便在这里立下了这座庙宇。

禹王宫在黑虎山上,所以又称黑虎观,庙的地址很高,踏在上面可以从黑虎山远远望到隔岸的镜钩山,看山上青一片,黄一片,红一片,看山下浪涛如白绵,颇使人有出尘之感……

庙墙的后面是一口古洞,名为黑虎洞。据说洞深可达二十里外,有以前穴居野处或修道自卫之士所居住的石屋存在,岩石的折叠处,都滴着冷水。相传在五胡十六国时,某国王的公主,因为爱上了一个农家的儿子,由于父亲的阻止,她誓言终生不嫁,后来,国王死了,她便离开了宫廷追这位男子到这黑虎山来,可是等她来到这黑虎山下时,那男子也因想念她郁郁而死,所以这公主也就在这洞里了此一生。

感情!感情!困人的感情!万分困人的感情!那多情的粉面公主,为了追逐一个理想,跑到这样一个冷僻的地带,可是赶到她来到这里时,那个理想竟然破灭了,造成这个终古的悲剧;但是这位多情的公主所感觉的深,所吐露的少,所保持的是趣味与贞洁,所抛弃的是金钱与势力,她立意要把这悲剧作品的外貌减到最简单的程度,她放弃了宫廷中那些繁缛的修辞,剧烈的动作,威吓的命令,繁复的生活,来到这青衣江的山涧里,让寂寞与平凡把自己埋掉。她不一定要那农家子弟知道"我是为了你而来的",不过只在她的生活的里程碑上指示出归隐的意向,徐徐渗透出感情增减的起伏,让千年万年的古木与寒石告诉人们悲与欢,爱与恨,凄楚与低徊,微酣与梦想……

千佛岩揽翠

过了禹王宫不远,便是千佛岩了。江水到了此地,恰恰被夹在两座青翠的山峰之中,我们想起"雅河""花溪""柳江"这几个温文尔雅的名词,却也是很值得的。黑虎山和镜钩山并列左右,山上山下,一片绿,一片红,一片紫,脚下冲荡着怒潮的澎湃,看滚滚江水,使人充满了欣快愉悦。

爬上岩时,石壁上满刻着佛像,这使我幻想到已经走入十五世纪意大利画家"飞利波李比"的一间壁画室来。壁上满刻着观音、普贤、文殊、地藏诸菩萨的佛像,有的刻在峭壁上,有的雕在江涯上,每一个佛像都会引起你一种不同的联想:第一个使我想起的,我初次离开我的母亲到济南一个修道院读书时的情形,道院的附近便是有名的千佛山,山上的石刻佛像在山东是很有名的。第二个使我想起的,是在抗战时期,我随着那流亡之群蒙着炮火气息,远到洛阳时的光景,在洛阳的龙门(伊阙),我看到那许多六朝的造像一尊尊高刻在石壁上。

千佛岩的石刻佛像，到底由何人所刻，不得而知，据我私人所想，一部分是由于僧侣们，含有提倡宗教的意味在内，一部分由于平民，大多纪念自己父母或由于许愿等关系，是否如此，这就要待正于夹江的父老们了。

岩下有堤堰修得极好，岩上有石门和石鼓，分峙于江之左右。当地人有一个谚语："石门对石鼓，银子万万五。有人偷得去，成都买到嘉定府。"据说石门已被人发现，唯石鼓还未曾被发掘。下午回来时，天气异常热，一路上汗流浃背，到了住所时，我躺在床上思：幸亏今天张、江两位小姐没去，不然，使我们请下神来，如何安排？

生产·成本·高利贷

夹江纸在四川很有名，在这千佛岩岩下便有几家造纸厂，可惜都停工了。夹江造纸的差不多有一两百家，但就以纸业的大本营北大街和西大街的纸商来说，大都在不景气的状态中窒息着。

谁不愿大量生产？谁不愿由大量生产而换得较多的利润？可惜在今天的中国手工业支持是太困难了！人工吃喝太贵，于是影响了成本，又由成本的高昂而影响了销路，他们所赚的也都是遗留在账本上的许多素朴的会计数字。

就以夹江的纸业而论，我们觉得中国工业问题是太严重了！在恶性循环扩张着的今天，一般需要资本发展纸业的人，大都把一只手伸向高利贷的园地里去，降低劳力的代价似乎成为他们最后的一张王牌。

想建设中国工业,必须打破利用外资的铁幕。富人有钱非出借不可,县里的中下层生活的全是些想借钱的穷人,这不是两相情愿了么?事态的复杂却发生在借贷的对象,以及借贷的方式两个问题上。理想的资本是应该借给被经济威胁的平民,而利率不妨较低,但是在政治不上轨道的今天,金融机关不能与财政机关相互配合,需要钱的不能够借得到,于是一般缺乏金钱的老百姓,也就只好投向高利贷的怀中去了。

"仙房"一日

七月六日的早晨,我应龙徜徉和江克勤小姐之约到南大街的仙房去吃饭。我是绕着西大街去的,沿途我很留意市容,我觉得夹江的生意实在并不算好,即以最繁华的所在北街和西街而论,还不是以"萧条"二字了之? 其余的街道更冷落,南街一带也没有光彩的气象。许多旧式的字号,门前都打扫得极整洁,似乎在千方百计兜揽着顾主,但依然门可罗雀。新开张的几家字号,虽也左右对峙,无论乍看细看,都无兴隆气象。虽说夹江是一个三等县,东西相距不过四十五里,南北不过七十里,但究竟也并非"十室之邑",呈现在我们眼前的现象不值得有心人深思么?

我在仙房略坐了一下,吃了几杯茶,唱了几句京戏,看时间还早,便约同江、张两位小姐去参观青年团和妇女会。一进门,便是阅览室,有几份《夹江导报》放在阅览台上。据说这是夹江唯一报道性质的新闻刊物。我们很希望关心本县教育文化的乡贤们在这方面作更多的努力!

出了妇女会,我们绕道城外去散步。城外的街道上,沿路摆着杂货摊和卖古董的地摊,使我想起北京的厂甸游人的热闹,而街旁许多卖泥人的,又使我回忆童年时跟我母亲在外婆家,每到正月,必到泥人店里看五彩缤纷栩栩欲活的泥人,九天仙女,观音,杨香武盗玉杯,猪八戒背媳妇,美丑判然的印象至今还不曾泯灭。归途中我们踏在桥上,江小姐向我谈家庭关系,张小姐向我谈地方黑暗,我从二十一岁在大学里教书,生活是关在屋里,几乎完全与现实脱节,所以她们的问题都引起我很大的兴趣。

　　饭间,同座的客人很多,有赵聘章、聘瑶昆仲,有萧邦永、邦杰昆仲,以及其他的客人,因为赵聘章先生是在财政方面发展,而萧邦永先生又是办县政的人,所以谈话的材料,大部倾向政治与经济方面,间或也有些本地风光。

　　我因为苦于大场面的应酬,又因为马上便要动身去朝峨眉山,所以五点钟便告辞了。

(《民友》1947 年第 7 期)

坐滑竿上青城

我记得波尼埃（Henri de Bornier）曾说过这样一句骄傲的话："每个人有两个国家，他自己的和法国。"假设这句话用在我们的话，也可以说：每个人有两个名山，他自己的和青城。

朋友，我一点都不敢夸大，我曾在泰山看过日出，我也在华山爬过陡崖，嵩山的夜月，衡山的晚钟，崂山脚下午夜汹涌的潮声，香山顶上幸福而多变幻的白云……这一切给我的印象都似乎很遥远了，可是我的心永远和青城融会在一起，而且是靠得那么近……每一个地方都会让我回忆起一段历史的陈迹，虽然在情分上各有分际，且都很容易给我一番情感的试验，可是，有些也似乎很容易又随着时光溜走，有的甚至消失到了年光的彼岸，但青城却给人一种极深的、遥远的感觉，哀乐俱忘，怀念有如醇酒，隔岸陈年，且增一点苦味……

旅途中的岁月是新奇的，我从灵岩寺下来后，一乘滑竿像翱翔的海燕把我抬到灌县，太阳刚刚升起，两乘滑竿，连人带行李沿着灌县的城西角，一直向青城进发。

我和 M 君都是异地初旅，并且都是初访青城的陌生客。他和我一别就是十年，这次在灌县相遇，并且约定一块作名山之游。躺在滑竿上我问他看出我有什么改变。他笑着说，外表仍然，似乎灵魂上在热情的个性里平添了一层风霜。我想和他谈谈这次访青城的目的。可是为了适应这位朋友的个性,我却提了五年前在北京某个剧院去看《飘》,他不喜欢那个女主郝思嘉,也不喜欢男主角白瑞德。他说:"他们是流氓。"我知道他是同情于卫希礼的。因为他和我在秉性上都带些 Scholar 的气息,而这气息是很不容易被一般俗人所接受的。

滑竿过了上元宫,M君要去造访离此地不远的一位女友,所以只剩我自己了。可是赶越过青山寺时,我在山道上又遇见朱自清先生了。朱先生是文学界的先进,由于谢文炳教授的介绍,我曾到山明水秀的灵岩书院去讲学,在那里就碰见过朱先生,不想我来青城,又和他遇在一块,他这次上山是和他的公子一块来的,一位十二三岁的男孩子,出落得极伶俐。

昨日……今日……以至于来日……由于各方面的烦闷,差不多每个人的忧郁都被写在脸上,勃莱克(Blake)有一句诗:"我所遇到的,每张脸上,都有着弱点和忧郁的标记。"是的,无论是新交旧知,差不多都在心田上埋着深深的忧郁的种子。但这话,都不适应在朱自清先生身上,他永远是一副微笑的面孔,胖胖的。

快到天师洞的时候,因为山路陡峭,再加上一个八月炎热的天气,那热情的老人,走下滑竿来,一直走到天师洞,我们在道士所开的饭园中叫了几个菜,东道是我作的。朱先生觉得这菜的味道还好。饭后我们去看降魔石,降魔石在混元顶的北崖下,形状尖锐,高有数丈,屹立中裂,使我忆及十年前游泰山北丈崖的光景。岩的中间裂开一条通罅,可至涧底,凿石蹬数百级,一直可达峰顶,这就是一般人所称的"上天梯"。当我们往上爬时,朱先生对我说:"治学问正像爬山,越上越吃力,但越吃力方可达到最高峰。我们半途不能停留,停留就有退步的危险。"

逛完天师洞,朱先生要到上清宫去,我因事留在天师洞。在下坡的路上,两个抬滑竿的因为争价钱,吵起架来,于是我逛山的风趣为之大煞。这使我想起一年在万寿山下的昆明湖荡舟,一位朋友忽然要回去,看他的自行车有没有闪失,于是使我一样的不快。"虽然不快乐的种类互异,但总到处和它碰面。"罗素这话真不错!

…… ……

第三天,我去逛天仓峰。峰在延庆观南,即真武宫后峰,连崖隐轸,为三十六峰,各有一洞,前十八叫阳峰,后十八叫阴峰。吕大防诗曰:"天仓三十六,寒拥翠微间。"晁公遡诗曰:"天公夜半剪冰花,三十六峰如玉立。"赵雄的诗说得更好:"三十六峰如不到,青城还似不曾游。"这样说来,青城对我是天大的厚福了。

相传延庆观是玉贞公主修真处。那多情的玉贞公主看破了人间的虚伪,到这山来消磨了她的青春。

虚伪,虚伪,都是虚伪,一切都是虚伪……那多情的粉面公主,抛弃了她的尊位来到这深山里和山花为群,和麋鹿为友,丛竹茂林,灵药异草,一生多么清静。

因为,在这烦嚣的世界,人与人之间都失去了信仰,更无所谓"道德制裁"。每个人都在自私自利,没有想到别人的幸福。正如同有人说的:你的教主踏在我的脚底,我的教主踏在他的脚底,就是自己的教主,也不过是一时的工具,只要有十三块钱的好处,也可以随时出卖,鸡叫三更前,三次不敢说认识他。

爱情!什么是爱情?谁配谈爱情?有几个人懂得爱情?据说爱情是神圣的。但在那粉面公主的眼里,或已经打了折扣。这个世界的黄金,更不必说,早已褪了色。真正懂得"爱"的人,也或者觉得"爱"是一场梦。自然历史也是一场梦,一场噩梦。有一位大政治家曾说过:"历史唯一的教训便是唯一无教训。"罗马史家基朋(Gibeon)也曾说:"历史不过记载人类的罪恶、愚蠢和不平等的记录,此外,一无所有!"

青城的游人荟萃之地不在元明宫,不在金鞭崖,而是在上清宫。这个地方是在高台山,地势广坦,廊庑肃静,这地方外观虽不怎样,但颇有来头,在晋朝起朝天宫于丈人祠西侧,唐代玄宗幸蜀造上清宫,以后蜀主王建又造上清宫,列唐十八帝真容,备法驾朝之,就是这个地方。

在上清宫的殿右有鸳鸯井,二池相隔不过数尺,一方一圆,方者水浊,圆者水清,按《十国春秋》本传,徐耕生二女,有国色,蜀主王建俱纳之,次生衍,长生彭。及王衍嗣位,次册为顺圣太后,长为翌圣太妃,她们尝游青城,有"登临游眺,及景兴怀,并记鸳鸯,良有以也"的唱和诗,可想这井在唐末已经有了。

历代游上清宫的诗人很多,而且还有诗句流传下来。范成大谓上清之游极天下之巨观:"来从井络直西路,上到江源第一峰。"岷山数峰,以青城独秀而多宝峰,所以《入蜀记》的作者陆放翁也有"盘蔬采掇多灵药,阁道攀跻出半空"的诗句。

一个美丽的夕阳的傍晚,我独自步上混元顶北的朝阳洞。这里是宁封栖隐的地方,依殿作堂可容百余人,踏在洞前远望山下,白云一片片飞起,满山红紫,气象万千,黄廉访云鹄的《宿朝阳洞晓望》诗云:"平林日射青如黛,大野云铺白似绵。"那忘情于山水的隐者,别去了他的故乡,结茅在小朝阳洞,陪伴他的只是他的两三个学生,他们在用石头砌成的坎坷不平的石室里讲《易》,他们把那些诗句刻在石壁上,这是一种远古的六朝壁画一样朴实的作风……

看了这些石刻,生命里的偶然成分不禁使我震颤起来。一个人的生命的消耗方式,实在不可思议,纯粹是一种机会,不是一种偶然,绝对是一种偶然。黄廉访的生命的消耗使我忽然忆起意大利十五世纪的大画家李比(F. F. Lippi 1406—1469)来,他也因为偶然的机会被送到翡冷翠修道院为僧,从此他把生命就消耗在道院里,从此他就遗留下了那许多摹写,他偶然去到道院,又偶然从事于当马沙西奥(Masacclo)绘制布朗卡蒂礼堂壁画。跟随的摹写,又偶然成为马沙西奥的灵魂与文艺复兴绘画石的奠基者。

我从遥远的东方的海滨,跑到成都的光华大学来教书,再跑到青城山来,又何尝不是偶然?谁又知道,对于我这样一个热情的人,这一个偶然,将来又有怎样偶然的结局?

一星期后,我下山了。路过元明宫的时候,我叫抬滑竿的人暂停一下,我进去买了一些特产的青城菜,石崖参、鹿衔草、灌城藤之类。我看过这些东西,使我蓦地想起当年在燕京大学读书时去逛乡的光景。"玉泉山色圆明柳,应是青青似往年",多年自己写的诗句,又在我心泉上泛滥起来。

在快走出山的路上,遇见 M 君上山来:

"你怎样这早就下来了,再回去共同耍几天。"

我摇摇头没说什么。

"你爱青城么?"

"爱的。"我说。

"那么你为什么这早就下山?"

"也许因为我太爱它,我愿保留些更好的印象。"

…… ……

〔《生活》1948 年 6 期,又名《青城梦痕》

（《中兴日报》,1947 年 6 月 23 日）〕

北国杂感

一、伤心话往事

我是北方人,自从七年前离开了北方,从教授的生活一变银行生活,再变报馆生活,从天津、洛阳而西安,而成都,过着长期的流浪的日子。幸喜还有一颗倔强的心,宁肯闭着眼看"□□乌教",不愿在外□朋友们面前低头。可是十年了,足足的十年了,在这漫长的岁月中,我们已经尽到了"中华民国"国民的一份义务,但反观胜利以后国家成个什么样子?我那美丽的故乡胶东,已作了□□的大本营,已作了千百万老百姓的刑场,已作了白色侵略势力供给兵源的输血管,已作了连同内海以至旅大的国际走廊。

五年前,我和齐思和教授,躺在天津马厂道赵孝章先生家的一间套房里,一谈就是两夜(那时我在工商学院担任中国经济史,齐先生担任现代史)。我们流落在天津的这两位不速之客,满认为大地可以回春,黄花可以重放,黑暗过了,可以引来一阵光明。但正如英伦的少年诗人雪莱所说:"当黎明来时,你以为那些蟾蜍蛇蜥会变成美丽么?"我们从八年的炮火里爬出来后,我们方才感到过去的看法都发生了问题,几乎都是写在纸上的理论,我们没有把握住胜利的机会,我们反做了这个五十年代的绊脚石。

二、写下时代的回忆

失望！失望！失望！极度的失望！我把少年的宝贵生命寄托在国家黑暗的命运里：漯河的轰炸，洛阳的陷落，黄河的牛皮筏子，西安的肮脏□馆，我虽也赞美过"云横秦岭家何在"的那长年积雪、万载不伐的森林，但我也□□□与宝蓉道上那崎岖的山城及防空石洞相交□，我□也□□于美丽的中国河山的命运，但我也饱看了一幕幕讽刺剧的□演：第一幕是闹"劫"收的重庆人，第二幕是闹内战的□□□，第三幕是上海的黄金潮，第四幕是政治协商会议，第五幕是反贪污的台湾人，第六幕是反饥饿的大学生，第七幕是万元大钞和小票的无限发行，第八幕是成都的前无史例的大水，第九幕是西安的面荒，第十幕是副总统竞选时的全武行，以及第十一幕、第十二幕……

峨眉，是一服清凉剂，是□病人已宣告失望的景况下的强心针，是我的安慰的母亲。于是，我想到峨眉恢复我那写作生涯。我想起从前我在《宇宙风》《东方杂志》《国文杂志》的写作时代，现在不知道为什么心情上显得老了。在生活的压榨下，我几乎没有勇气再参加生活这个赌局。去年我去峨眉过了一个夏天，我又从峨眉回到成都。为了怀念我在北方的嫂嫂和侄儿，我便毅然北归。

三、过襄城吊亡兄

襄城的东张寨是先兄埋葬的地方，当汽车路过襄城时，我商同司机看是否在此站停留一日,但"商人重利轻离别",他说:在路上耽误一天要多少汽油钱!于是我失去了在亡兄的坟场培一把土的机会。这使我想起吴梅村的《江上》:"铁马新林战鼓休,十年军府笑谐谋。但虞庄蹯争南郡,不信孙恩到蔡州。江过濡须谁筑垒,潮通沪渎总安流。芦花一夜西风起,两点金焦万里愁。"我读着这首绝句,遥看远处的山色,幻想那张名振为了祖国的恢复,在金、焦遥祭孝陵,在这反反复复的年月,无论是何种因子都可阻碍一个宝贵的机会。我只好也效古人,遥祭亡兄的坟墓。唉!东张寨,有缘会再见吧!

四、神父群

到了西安,遇见不少的老友,看见了万凡楼主教,看见了边奇峰神父,看见了五年不见的裴岳华神父。裴神父是我七年前在天津工商学院教书时的院长,长年不见,我问:你看我变了吗?他答:还是一样青年气,不过略添一些风尘。

五、"你们想念我么?我就在这里!"

伟大的哲学家、诗人维尼曾在他的一首名诗里描写摩伊斯和耶和华在西奈尼泊山巅对面谈话:这位希伯来领袖自从很久以来被选为万能的主宰,感觉有点疲倦,便诉说广大无边的权能使他疲劳,在几句令人叹赏的诗句里他自己描述说:

我命令夜撕破他的幕,

我口中便按名数那些星。

我只要是向天空一指,呼唤他们。

那颗星都会立刻报道说"我在这里"。

我一踏上咸阳的南城楼,远望咸阳古渡,在黄昏的夜幕笼罩下,看空中万颗群星向我挤眼,我们怎能不联想这几句庄严的诗句呢?我还记得一年我独游蜀西,踏上崇庆州西门的西江桥,在夜色里,我俯着桥头细数天上的群星,从默念中寻取文奎星的方位。我不能像十九世纪中叶的青年天文学家柏林加勒,能将乐维叶刚刚宣布的那个星球,计算出在哪个位置出现,但我却能把自己的幻想化为一个星球,告诉崇庆州的朋友们说:"你们想念么?我就在这里!"

六、一个感情融洽的家庭:《正报》社同人

西安的新闻差不多走着同样的路子,几乎有一种完全相同的作风。但是,有三家报纸,风格迥异。一个是《经济快报》,着重报道经济新闻;一个是《华北新闻》,着重描述一般趣味;再就是《正报》,是一个偏于文化、教育、学术研究的日报。

我过去曾主持过几个报纸,但没有一个是像《正报》社的同人这样感情融洽的。真是"经""编"二部,两小无猜!大家都在生活的鞭子下□□,但因为有一个更高的理想□着大家,所以每个人都不会有一句怨言,经理部的同人如江立夫、刘伯祥诸先生,都是些和平正直的人。

七、房仲乔先生：今人的古人

社长房仰龄先生,我说他是今人的古人。热诚,坦荡,义气,爽直,颇有一些古风。我们从他经常好饮酒的脾气上,可以发现他的独来独往的个性;我们从他对于报馆同人的作风上,可以观察出他的磊落的人格。他虽然年近不惑了,但他的精神是属于二十岁人的。

说到亦山兄,更是天字第一号的好人,说起话来带着浓重的江北口音。他有新闻人服务热诚的精神,但没有一般报人往常染着的习气。

我们的编辑同人,孙家箴先生,做事很肯负责任;王子英先生,是新闻界的老手。有了他们,我们一切编辑部的工作都不愁了。

此外,邱德生先生、李子翼先生、蒋崇猷先生、王镜若先生,都是替我们白帮忙的。邱先生是个青年经济学家,对经济问题,颇多著论;李子翼先生行事敏捷,立论稳健;王镜若先生,湖北天门世家,说话略带荆楚口音,待人和善,态度大方;蒋崇猷先生是西大当年经济系的高材生,文笔流畅而富情感。此外,我们最近还灌输了许多新血液。如苗洛轩先生,谢再善先生,他们一个是边疆问题专家,一个是蒙古文字研讨者,都是替我们来唱压轴戏的。

八、西安的杰出人物

西京住着许多杰出的人物,如专研究养蜂的专家贺子固先生,

《红楼梦真谛》的著作者景梅九先生；教政治学、署名"老太婆"、终日写章回小说的许兴凯先生；边疆问题专家黄鑫先生；不怕挨骂、太虚法师的大弟子定悟和尚；有儒将作风而写得一手好字的刘浩先生；半生置身报业而喜作诗的青年诗人金江寒先生；物理学专家岳劼恒先生；教经济学而喜研究古董的田子万先生；文学界的前辈、隐迹埋名的郑伯奇先生。他们与我或为旧雨，或为新交，但都能在思想方面相互沟通。

九、碑林巡礼

一个温暖的春天，我与李增德小姐约定同访碑林。

碑林在文庙西街府学巷的极北端，这里是关中文物陈列的所在地，原隋唐旧国子监。现所存古碑分七室陈列，计有夏禹王衡岳碑、唐玄宗注《孝经》，唐刻"十三经"，明《古柏行》碑等有迹可考。有：秦峄山模本碑（李斯书），隋皇甫府君碑（欧阳询书），隋《真草千字文》（智永书），唐集圣教序（王羲之书），唐大雅碑（王羲之书），孔子家庙碑（虞世南书），唐多宝塔碑（颜真卿书），唐颜氏家庙碑（同上书），唐争座位碑（同上书），唐题名石柱（同上书），唐玄秘塔碑及碑阴（柳公权书），唐冯公神道碑（同上书），唐不空师碑（徐浩书），唐道因师碑（欧阳通书），唐楚金师碑（吴通微书），唐大智师碑及碑阴（史维则书），唐隆阐师碑（怀恽书），唐精舍碑及碑阴（梁昇卿书），唐李氏先茔碑（李阳冰书），唐断《千字文》（张旭书），唐圣母帖（怀素书），唐草《心经》（张旭书），唐肚痛帖（张旭书），唐藏真律公碑（怀素书），唐草书《千字文》（怀素书),唐邠国公碑(杨承和书),唐法琬师碑(刘钦旦书),宋牧爱堂碑(朱文公书),宋石经记碑(安宜之书),宋译圣教序(云胜书),宋劝慎刑碑及慎刑箴(卢经书),宋清净护命碑(庞仁显书),宋摩利经碑(袁正己书),宋阴符经碑(郭忠恕书),宋篆《千字文序》(皇甫俨书),宋篆书《千字文》(梦英书),宋抄高僧传(梦英书),宋偏旁篆碑(梦英书),宋十八体篆(梦英书),宋刻草书碑(彦修书),宋游师雄碑(邵和书),元天冠山诗(赵子昂书),明勒寿萱碑(永寿王书),明淳化阁帖(费甲铸书),明《徐公家训》(董其昌书)等共汉唐宋元明碑一千四百数十方。但其中最名贵的王羲之的《圣教序》《大秦景教流行中国碑》,"十三经"及《淳化阁帖》。我们希望政府多约请一些新手,对于这些文物做一番彻底的整理。

十、不堪回首忆"洪楼"

当我踏进那千万幢琳琅满目的古碑的陈列室时,在许多矗立着的古碑中,我们发现了达摩面壁的画像。那追求真理的达摩,牺牲了他那宝贵的青春,一心一意到嵩山,苦修十年,从沉默里追求"人生"的真理。面壁十年的结果,发现了真理。这张画像,生命的偶然回忆,使我震撼起来。我在十二岁的时候,忽然一心想修道,跑到济南洪家楼一个修道院,苦修四年,念拉丁文,读新旧约,但我不知为什么忽然厌烦了这道院的生活,而跑到北平,去燕京大学读经济,假使我能耐心地抱着出家的思想,现在已能在学术界露头角了。

走出碑林,我和李小姐在西大街一家题名为清雅食堂的饭店吃面。我们顺便谈到碑林中许多伟人的造像,如寇莱公、关云长之流。我说:"一个伟大的人格是牺牲的。像一支烛一样,燃尽了自己,照着别人光亮,不是么?"

德增小姐,点一点头,微笑了。

(《正报》1948 年 7 月 1 日、3 日、4 日、6 日、8 日、10 日)

汨罗屈原遗迹访问记

傍晚,列车到达了湖南汨罗车站。我下了车,第二次来访屈原的旧居和墓冢。

汨罗是一个约有百户人家的村落,是湘阴县东北的著名集镇。它耸立在曲折的汨罗江岸不远的地方。汨罗江的水有许多细微的支流,像人身的微血管一样,纵横在这个集镇的周围。

从汨罗北去,约有四五里便是南渡。在这里可以乘船西下,一直到翁家洲。翁家洲附近的南阳寺就是屈原故宅的遗址。这地方在湘阴县东北,临近清凉山,距城七十五里。从彭家埂和胡家埂隔水相望,就是古罗国旧址。坚强耿介的屈原被流放以后,从鄂渚沿长江西进,穿过洞庭湖,乘船往沅水上流进发,经过辰阳(即今辰溪)到了溆浦。后来他到资水流域,在益阳的花园洞钓鱼台等地都住过。这在有关益阳的地方志中都有记载。屈原又从资水流域到过沅水流域,渡洞庭到了古罗城。古罗国姓熊,与楚为同姓,屈原在抑郁难伸的时候,怀念起他的祖先,他到这儿来,也是很自然的。在春秋时,这个地方尚相当繁华。过去不断在此发现出土的文物,目前湖南省人民委员会很注意搜集文物工作,准备在此发掘。

古罗城旧址,因地势受汨水和罗水的河道的改变,除一部分被河水浸塌外,尚有一部分可以考见。南阳寺附近尚有古樟一株,高插云端,传为屈原故宅物,也就是清朝周韫祥诗中写到的"千寻老树"。本地的农民们都说这是"屈夫子"家宅物,但因年代久远,甚难考究。不过,这倒可说明劳动人民对于这位爱国诗人的爱戴和尊崇。

从古罗城废址西南望,汨水环绕着绵亘的碧油油的眠羊山。向西北望去,有坟山。山头上的许多松杉,像一些棋子散散落落地撒在棋盘上。古罗城南边是沧浪河,隐隐地从远处送来清脆的水声。这是汨水的支流,像一条长蛇盘绕着古罗城。在两千二百多年前,我们伟大的爱国诗人屈原就在四五月间到了这里,并在这里行吟。

南阳寺旧有石刻《九歌图》两种。一是仿宋人李公麟的《九歌图》;一是仿元人张渥、赵孟頫的《九歌图》。据年老的人们告诉我说,两种石刻都在明末焚毁,这是很可惜的。

离南阳寺西北去,就到了清凉山下和汨罗江边。太阳照射着满山遍野的茶树林,野鸡和金丝鸟在树林中穿来穿去,汨罗江两岸发出的艾香,从一眼望不到边的绿色稻田中一阵阵袭来。这些美丽的景色,使我记起屈原的"兰芷变而不芳兮,荃蕙化而为茅"的诗句。

到了何家塘,再顺江西下,江面更宽,支流也愈多。像野鸭一样的一队队的张着白帆的船只,在汨罗江上往来不绝,随着地势的高低忽隐忽显。不久,就到了屈子祠。

屈子祠后依玉笥山(《水经注》记载为玉笥山),前临汨罗江。祠内有关纪念屈子的碑碣极多,大都镶嵌在庙墙中。玉笥山为屈原旧游地,后人为了纪念这位伟大的诗人,在这里写下了不少凭吊玉笥山的诗句。

在两千多年前,屈原曾在屈子祠附近写成了《涉江》和《怀沙》等诗篇。我们站在汨罗江上,回忆起这位热爱祖国的诗人的一些富有斗争性的诗句,像在《国殇》中的"诚既勇兮又以武,终刚强兮不可凌。身既死兮神以灵,魂魄毅兮为鬼雄"。这是多么坚强不屈的爱国品质!屈原的保家卫国的热情是和人民的志愿相符合的,和楚国人民的利益是一致的,所以他永远活在人民心里。

屈子祠的四周丛树茂密,除北面外,尽被水流围绕着。人民政府对这有历史意义的古迹,特别珍爱,并加以修葺。正殿的左廊墙壁内镶满碑碣,正像西安碑林中的碑一样,都被保护得极好。这些碑碣,大都是明朝和清朝的石刻。崇祯六年(1633)余自怡撰的《重修汨罗庙碑记》和乾隆二十一年(1756)陈钟理撰的《重修汨罗三闾大夫祠记》,都详尽地叙述了屈子祠的兴废盛衰,使这座有意义的寺庙的历史得以留传。

玉笥山前,原建有骚坛和汨罗书院,这些建筑早已毁了;在反动政府统治时期,从无人过问,现在只存几棵古松。根据《湘阴县志》,骚坛当在玉笥山屈潭的左边,现在只剩下一些残砖剩瓦,原来的正确方向已不易考查。

汨罗书院,又称清烈书院,这个名字从明朝以后就流传着。当日清烈书院规模极大,墙壁上满绘有萧云从的《离骚图》,虽系摹写,但很逼真,可惜现在已不复存在。从当地人的口中我们可以知道,在当地有许多风气还是清烈书院遗留下来的。当地人把屈原叫作"屈夫子",看得很尊重。地方上的传说,屈原的生日是在农历正月二十一日,直到今天,劳动人民为了热爱我们的爱国诗人,还在每年的正月二十一日在屈子祠举行盛大的典礼,来纪念屈原的诞辰。

从屈子祠沿江西下,就到名山。在广阔的江面上,一半是深碧的波涛,一半是蔚秀的溪谷。夕阳的返顾使汨罗江面起了一层异常鲜艳的颜色,恰像一面橙色的巨镜,放在一张绿色的花毯上。

舟行数里,到了屈原投江的地方——屈潭,也就是《水经注》所说的"罗渊"。驾船的是一位五十多岁的渔民,他抛下锚,挥一把汗,拿起旱烟吸着。我注目岸上的景色,回忆在两千多年前,屈原为了追求真理,眷恋祖国,把他的生命投弃在这苍波白浪中。一种偶然的意识,使我联想起克雷洛夫的《蜜蜂和苍蝇》[①]的寓言诗来。这是关于真正的爱国主义的说明。这种对祖国的眷恋之情,这种真正的爱国心,只有那些把自己的劳力贡献于祖国的人才有。不劳动的,惯于过游荡生活的苍蝇是不可能有真正的爱国心的。屈原是有真正的爱国心的。他的名字就是最伟大、最纯洁的爱国主义精神的同义语。相反的,像靳尚之流,就不可能有真正的爱国心。他们像苍蝇和蛆虫一样地活着。

历代有许多文人都曾到过罗渊,因而纪念和凭吊罗渊的诗文很多。唐朝张翔的"五梦楚兰香易染,一魂湘水渺难招",沉重地反映了诗人悼念屈原的心情。清朝戴文炽的"怅望雄风三户邈,时闻竞渡九歌讴",也写出了他对屈原的敬仰。

越过汨罗车站,直到范家园,再南去,不数里可到达汨罗山上的屈原墓地。山距湘阴县城东北六七十里。汨罗山也叫姊归山,又叫烈女岭。实则万山重叠,面积广大,就地域来说,烈女岭不过是汨罗山较东南的一部分。这里共有屈原疑冢十二个,其中有一个立有碑

[①] 克雷洛夫的《蜜蜂和苍蝇》——好好地为祖国服务的人,决不会轻易离开祖国的。对公众毫无益处的游手好闲的人,也许能在外国找到最大的快乐,因为他不过是一个外国人,自然不大去责备他,如果他整天游手好闲,也就无须理会他了。

文,上书"故楚三闾大夫之墓"。这碑文恐系清朝末年的人所立,碑上文句和《通典》上所载的不一样。《通典》上载的碑文是"楚放臣屈大夫之碑"。

关于屈原的疑冢,传说很多,当地人盛传,屈原沉江死后,他的尸首被打捞起来,停在屈子祠前的绿洲上,大家发现他的尸骸被鱼把头吃掉了,更加伤心,于是用金子镶了个假头,但又怕人因爱金子而把头挖掘盗走,就设下了好几个疑冢。

屈原墓附近原有招屈亭,现在也都不存在了。招屈亭在唐人诗中多已提到过,如刘禹锡就有"招屈亭前水东注"的诗句。亭的旧址在汨罗山。至乾隆二十二年(1757)才被移到玉笥山去。

汨罗山西边有楚塘。这是一个满种荷花,面积约有两百多平方丈的大荷池。传说是由于修筑汨罗山上的屈原冢而掘成的。屈原的女儿,哀悼父亲的死亡,用自己的罗裙来兜土,把掘得的土累积修筑他父亲的坟墓。这传说在汨罗很盛行,几乎是家喻户晓。

站在屈原墓上,远望着高低起伏的山峦,不禁使人又想起祖国这个伟大诗人的一些感人的诗句:"临沅湘之玄渊兮,遂自忍而沉流"。现在,诗人虽已沉江两千二百多年了,但沉没的只是屈原的形骸,不是诗人的精神。他的爱国主义的精神,将永远活在人们的心里。

(《旅行家》1955 年第 6 期)

毛主席故乡访问记

我渴望去韶山巡礼已有两年,但始终抽不出时间。1952年暑天,我决心去韶山访毛主席的故乡。我乘火车从株洲到湘潭,渡过湘江后,住在湘潭车站路的一家旅馆里,准备第二天搭乘开往韶山的汽车。

湘韶线的汽车站,修得很别致,像一个圆形水塔。离车站不远便是唐兴桥,站在桥上远望滔滔的湘水,风帆沙鸟,幽丽如画。离桥不远,绝壁上书"江山胜迹"四字,由此向上,就是晋人陶侃墓,上书"晋都督陶桓公墓",此地俗称石嘴脑,属湘潭十四总。

从湘潭西站到韶山冲共九十余华里,约三小时即可抵达。车出湘潭后历经泉塘子、七里铺二十三里抵史家坳,沿途风景极好,两面诸峰重叠,山峰底下,浮光曜金,一碧万顷。南边就是南床山,峦壑耸翠,引人入胜。

过史家坳不远即为银田寺,寺前有小河一条,水清见底,上有舟子数条,摇曳上下,很像济南的小清河。过银田寺不久,就是狮子山,头南向,尾北向,横卧在湘潭、湘乡、宁乡边境交界的地方。因此,当地农民有狮子山"吃在湘乡,卧在湘潭,便在宁乡"的传说。

中国人民革命的伟大成就,是和毛泽东同志的英明领导分不开的。为了便利各地人民瞻仰毛主席的故里,湘潭县人民政府在韶山设了招待所。此地原为灵官寺旧址,土改后,农民们把山平了,修成招待所,整齐清洁,高耸在韶山冲里。

招待所是两层楼房,布置得很雅致。楼下是接待室,墙上悬挂着毛主席的像,此外还挂着两张苏联的山水画:一张是北方的乌拉尔河,一张是咸海。楼上是办公室,挂着各友好国家的领袖像。此外,还有一些古代艺术作品悬挂在四周。

离招待所一里路的光景,越过山头,就是毛主席的故居。因为要保存原来的样子,所以房子布置得很简单,有八九间的样子。房前有大水塘两个,中有小路可通。塘上有古枫一株,如巨人的手掌一样斜伸进水塘上面,远望如拱门,颇饶情趣。据区委书记毛振甫同志告诉我们说,这水塘,毛主席小时候常喜欢在此游泳。

毛主席住的房子是一座一进两横一进非常朴素的瓦房,中间是堂屋,左边是毛主席的私人住宅。一进门为堂屋,再进是厨房,再左进是毛主席父母寝室,内挂像两幅,一为"毛顺生公遗像",一为"文太夫人遗像"。再进为套间,即毛主席书房,有桌子一张及卧床一张,这间房子就是毛主席常起憩的地方,我有很久的时间,流连徘徊不忍即去。

由厨房右进就是毛泽民同志的寝室,上面挂着遗像一张,英俊有奇气。再进即为猪栏楼、灰屋、牛栏、老仓屋(有仓板二十块),都是原来的。此外尚有碓米石碓三个,过去遗失在外,今已重新寻回。出房即为晒谷坪及菜园一块。房后竹林一片,苍郁幽邃,山风吹下时,有瑟瑟的声音。我忽然想起冰岛访华代表团团长凯德隆的题名《琵琶》的诗:

新中国就像一只巨大的琵琶;

由于期望,由于欢乐,琴弦颤动着,

当韶山农民儿子奇妙的手指拨动它的时候。

我反复吟咏着这些诗句，我更加对毛主席、对祖国生出无限的热爱。若不是他那奇妙的手指，会把解放事业胜利完成，会把亚洲和平来奠定吗？

我两次去访问毛月秋老人，在熊熊的炉火下，谈了很多很多的有关毛主席革命的故事。

韶山源出自宝庆来的龙山脉，不出于南岳山脉。距招待所有四五里路就是韶山主峰仙顶峰，锥立奇拔，远望有如胶东的马耳长山。韶山冲四周皆山，层峦耸翠，丘壑排比，规模有如青城。她东面是象鼻山，西面是虎形山，南方是十八罗汉山，像十八员大将都来拱拜韶峰，北方是峰子山，起伏盘桓，成了韶峰的天然屏障。

从毛主席故居西去，过清溪不远即韶山嘴，旁边即关口桥。有韶麓桥碑，上刻小诗一首，堪称为民间文学，我仅记到几句：

韶山山麓一张砢，

众志经营阔又高，

高车驷马行多便，

题柱吟诗兴倍豪，

……

据《湘潭县志》记载："韶山在县西一百里，连湘乡、宁乡诸山，绵亘百余里，二县水皆出其麓，其山苍翠无际，相传舜南巡经此山作乐……"舜南巡事，传说多附会不可考。历代文人游韶山的多有题诗，元人王文彪有两首绝句，写得还不差：

（一）

潇湘云水梦中来，犹记蓬莱进酒杯。舞罢远游人不见，玉箫吹月过东台。

(二)

昔年辛苦读丹经,梦里瑶台月自明。玉洞桃花今寂寞,风音亭下竹风生。

诗中所说的玉洞桃花及风音亭都在韶山八景以内。

我在韶山住了三天,遍访各地名胜古迹。韶山小学已经有好几所,其中有两所都是借祠堂旧址修葺改造的。离招待所不远的一所小学就是毛主席当年在此发动革命的根据地,也就是湘乡、宁乡、湘潭边区农民协会的总部,当年毛主席曾多次在这里讲过话。在这里,现在已经普遍地开展了速成识字运动,到处都可以看到注音字母。

离开韶山的前一天,我又重访故居一次,又见到了毛月秋老人,他已经七十五岁了。由于一种热烈的情绪,鼓励我再去寻找其父母墓田。沿南崖冲,山道曲折如羊肠,山顶上,杂树生阴,栗树丛生。在山崖的上面因荆棘甚多,不易行走,最后终于到达了墓地。墓外砌有圆石,作拱形,百草丛生,芦苇随风摇曳,触景生情,我不禁流下了热泪……崇高的母亲,你的儿子现已成为亚洲和平的支柱,你安眠吧!

韶山附近,山水最佳的地方在龙头山的滴水洞,是毛主席的祖坟所在地。此地足可一日游,去东茅塘,过龙坝湾,再走五里即可到达最幽静处,其幽深之处很像山东济南的龙洞。站在洞仙桥上远望笔架山,红叶满山,白云杳霭,仿佛置身于北京香山的附近。

在韶山,我确切体会到了翻身人民对祖国的热爱。我也拜访了七十三岁的老人毛宇居(泽启)同志,他是毛主席的本家哥哥,是一位学问很渊博的老人。他对于毛主席的一切,都很清楚,对革命掌故，特别知道得很详细。从他的口中，我们知道毛主席在少年读书时代，就是很有抱负的。

从故居向南三里路的光景即到达塔子坳，左为罗汉山，右为仙顶峰，坳上为庙，已破旧。此地是潭、湘通衢，过此不远即为张公桥，为毛主席的外婆家所在地，文姓。此地离湘乡仅四十里，毛主席的少年时代曾在湘乡读书，就是因为此地离湘乡比离湘潭还近些的缘故。

第三天，我又在招待所前上车，过引风亭，今已改为合作社。路过银田寺时，沿街许多小学生在唱"雄赳赳气昂昂"及"全世界人民心一条""东方红，太阳升，中国出了个毛泽东……"歌声嘹亮，使我的生活充满了年青和希望，给了我高翔大空的翅膀，我感到浑身是力量！

(《旅行杂志》1955年第5期)

嵩山访古

五岳各有特点。泰山以雄伟胜,华山以险峻胜,衡山以祝融峰胜,恒山以悬空寺胜,中岳嵩山,则以史迹众多胜。五岳里面名胜古迹之多,再没有能赶上它的。

豫西山地,西高东低,呈折扇形,由西向东展开。外方山向东北延伸成嵩山,海拔一千四百四十米,峻极于天。徐宏祖对嵩山的描绘,十分形象,他说:"两室相望,如双眉,然少室嶙峋,而太室雄厉称尊。"

从郑州入嵩山必住景店。景店是景日昣的故里。景日昣不独为清初名医,还是一个地志学家。他的《说嵩》一书,时至今天,仍为记载中岳比较详尽的一部地志佳著。

中岳之胜,以中岳庙为首。岳庙建筑辉煌,是过去祀岳圣地。五岳之中,祀地唯北岳有不同说法。顾炎武《北岳辨》讲得很清楚:"五岳之祭,不必皆于山之巅。"中岳就是一例。"东岳泰山于博,中岳泰室于嵩高,南岳灊山于灊,西岳华山于华阴,北岳恒山于上曲阳。"顾炎武所说的嵩高,就是指的此山下的中岳庙,顾亭林曾经到过这里,并做过一些极有价值的考察。

中岳庙古迹很多,如北宋治平元年(1064)铸造的铁人,握拳振臂,怒目挺胸,铸像威严,栩栩如生,是研究北宋冶铸业史的实物资料。《五岳真形之图碑》,见于各地名山。在嵩山的有大小两通。

大碑刻于明万历三十二年(1604)，小些的刻于明万历二年(1574)，内容刻制泰山、华山、衡山、恒山和嵩山的象征性图像。《五岳真形图》多受道家影响。过去作为符箓一类的东西看待，而且用以为佩。这种故事，传说很早。《后汉书·方术传注》就记载有这一类的故事："鲁女生……采药嵩高山，见一女人曰：'我三天太上侍官也，以五岳真形与之。'"事出神话，不可信。仔细考察，此图与地理有关。所绘与山形、道里极相符合。虽不似《华夷图》《禹迹图》那样画有山脉河流等符号，这是由于受到道家思想的影响。但仔细研究，其山貌道路，与实际情况大致相符。

中岳庙内，还有金代庙图碑一块。此碑刻制于金承安五年(1200)，是用透视图的形式和线刻的手法，描绘出中岳庙当时的庙制和建筑布局，这是研究我国古代建筑史的珍贵资料。

中岳庙在黄盖峰下，峰与峻极门、汉阙成一直线。嵩山三阙，为国内仅有的珍贵历史文物。徐霞客游嵩山时，急于欣赏庐岩悬瀑之胜，乃从万岁峰登岳，游真武庙，过无极洞，从法皇寺出山抵嵩阳宫。

嵩阳宫，在登封县北，又称嵩阳书院。院内有汉代三将军柏，汉代所封。古柏之西，旧有殿及石柱，大半已没于土中。宋人题名可辨者仅祖无择、寇武仲、苏才翁等人而已。嵩阳书院尚有唐碑，"裴迥撰文，徐浩八分书也"。在嵩阳书院之东有崇福宫旧址，是宋代宰相提点的地方。又东为启母石，已凋零残破、难于辨识了。

从登封西去三十华里，路过会善寺、永泰寺、竹林寺等，即可到达少林寺。

少林寺在九乳峰下，在少室山之阴。本地人称此峰为御寨。御寨为少室绝顶，高与太室等，峰峦峭拔，有"九鼎莲花"之名。少林寺西为塔林,有各代名塔二百多个,循山路北去即初祖庵,再上为面壁洞,即名僧达摩面壁九年的地方。如从少林越峡谷南去,循山路直上,即二祖庵。上有炼丹台等名胜。详细记载,多见于明人刘思温的《少林古今录》。少林寺内,名碑很多。有唐太宗李世民亲笔签署的唐碑,米芾的"第一山"碑,钟馗石刻。此外,还有达摩影石。此石初供于初祖庵,后移来少林。寺内古碑棋布,目不暇接。少林寺大殿为国民党军队所焚。毗卢殿有壁画,彩色尚艳,但两廊壁画,多已残缺不堪了。

如果说中岳庙是有关寇谦之的传说较多的地方,那么,少林寺则是对于达摩遗闻较集中的处所。达摩是南北朝时的天竺名僧,在梁武帝时,从金陵到北魏,住在嵩山少林寺,为禅宗第一祖。而寇谦之则隐于嵩山的中岳庙,也因道术驰名。道佛两家,各占一山头,可以说是佛与道在意识形态方面展开激烈的思想斗争的一个侧面。

从登封东南行约四十里,即为有名的周公测景台。此台在告成镇,即古阳城。南依箕山,面临颍水。原来的测景台是郭守敬在至元十三年(1276)左右建造的,以后此台又在明代重修。台顶叫作观星台。根据记载,有一室曾设置巨大的漏壶,沿地面还铺有量天尺,在一百二十尺以上。石圭上除有刻度以外,还有平行的水槽两道,两头连通着,形成一个水准器。这一古建筑,早在十七世纪时已引起西方科学家的高度重视。

徐霞客当年来告成时,虽到了告成镇,但对测景台没有描写,仅提到"测景台在其北"一句话。想系要急速赶到岳庙,没有来得及详品细观。

告成东去即为石淙,为唐代三阳宫旧址。山水之胜,甲于箕山之阴。徐霞客极称道此地山水之胜:"一路陂陀屈曲,水皆行地中,至此忽逢怒石,石立崇冈山峡间,有当关扼险之势,水沁入胁下,从此水石融和,绮变万端。绕水之两崖,则为鹄立,为雁行;踞中央者,则为饮咒,为卧虎;低则屿,高则台,愈高,则石之去水也愈远;乃又空其中而为窟,为洞。揆崖之隔以寻尺计,竟水之过以数丈计,水行其中,石峙于上,为态为色,为肤为骨,备极妍丽。"如以庐岩瀑布比之武夷水帘,那么,石淙岩泉堪与漓江石笋媲美了。

嵩阳风景绮丽,阳城(今告成)就是夏禹的都城。夏的都城在阳城的记载,最早见于《国语·周语》,清代洪颐煊的《筠轩文钞》中就有《禹都阳城考》,对此论述甚详。当然,嵩山的山体雄伟,景色壮丽,庙貌巍峨,古迹众多,所有这些,都使嵩山构成了一派丰富多彩的自然景观,把嵩山打扮得更加美丽了。

(《郑州大学报》1979 年 11 月 10 日)

千山寻胜

千山位于辽宁省东南部,是长白山的一个支脉,在鞍山东南,又叫千朵莲花山,海拔八百九十八米,重峦绝壁,风景秀丽。距市中心五十多华里,可以乘公共汽车直达山下。

千山方圆有四十余平方公里,是我国有名的风景区。入山以后,只见峰峦叠翠,白云环绕,松涛林海,千峰斗奇,苍松巨石,古刹相间。全国各地人士和外宾到这里来游览的络绎不绝。

千山的风景区,可分为四大沟,就是北、中、南、西四条大沟。各沟都有许多名胜古迹,风景幽美,建筑古雅。古木参天,浓荫蔽日,即使是在炎夏溽暑,身在这绿树翠竹之中,石涧双流,盈盈清泉,也令人心旷神怡,倍感清凉。

千山的庙宇,有极悠久的历史。始建于唐代,盛建于清代。有名的五大禅林:龙泉寺、中会寺、祖越寺、大安寺、香岩寺,原是唐代建筑。唯早已破败,又经山洪冲毁,唐代原有建筑,多已不存。现存庙宇多为明代重建,位于无量观西阁的下侧,古松蔽天,可想见当年之盛。

除五大禅林外,还有八观、九宫、十二名庵。不过这些多是清代建筑。八观之中,无量观、普安观、慈祥观尤为有名。庙貌巍峨,古树苍劲。工程规模,都极浩大,雕梁画栋的古代建筑艺术,处处都闪耀着历代劳动人民的智慧的光辉。

北沟的龙泉寺和无量观是两处最惹游客注意的地方。巍峨壮丽,千峰耸翠。昔年,我游学东北时,曾在这里流连了几天,写下了这样一首律诗:

炎天凉爽似秋冬,踏遍千山第几重?
细雨微飘龙泉柳,白云环锁无量松。
汝南高士敬徐稚,海上名庵绘蛇龙。
不须踟躇促四化,辉煌战果指顾中。

龙泉寺在北沟的最南端,开始建于唐代,布置极为古雅幽美。现存的是明万历年间所重建。山门高耸,古柏苍翠。整个殿宇都被群峰环抱,气魄雄伟,十分壮观。信步走上层层石阶,正面迎来一座伟大的建筑物,即大雄宝殿。这座建筑是在明以前建筑基址上修建起来的,后来经过几次重修,仍保持了明代的建筑风格。在它旁边的藏经阁建于明万历年间,金碧辉煌,画栋雕梁,不愧为东北的名刹。

龙泉寺附近风景很多,主要有龙泉演梵、屏藩独峙、西阁客灯、鼓楼反照、狮吼钟声、万松主照、风阁凉亭、石瓣石莲、镇山宝杆等。游客多在这里攀登高峰,极目远望,大有"一览众山小"的感觉。有些游客,到了这里,还情不自禁地纷纷挥笔题字。龙泉寺的西边是一高台,台阶都是人工在石上凿成。蜿蜒而上时,必须手拉铁索。下瞰深谷,令人毛骨俱悚。远望五佛顶和仙人台,山势陡峭,高入云端,层峦叠翠,一望无涯,令人心旷神怡。

无量观,在北沟的右侧,也是市级文化保护单位。该观建于清康熙年间,是千山的道观中布局精巧、规模最大的一座,真是"后来居上"。无量观附近的主要名胜古迹有:三官殿、西阁、葛公塔、玲珑塔、顽强松、卧象峰、猪头峰、卧虎峰、振衣岗、八步紧、夹扁石等。无量观极西,拾级而登即为一步登天,再上为天上天,更上为一线天,为北沟无量观极高处。从峰顶俯瞰群峰,犹如一朵盛开的桃花,一线天即为花心之顶。举目远眺,层层山峦,耸翠叠嶂,朵朵浮云,从高空盘旋而起,缥缈变幻,奇妙无比:一会儿变成一只孔雀,展翅欲飞;一会儿变成一条轻纱,轻盈柔美;一会儿变成一朵牡丹,含苞欲放。这种美好的风光,不易找到恰当的词汇来形容。

在下山的路上,清风徐来,泉声清脆。金色的阳光,洒遍了山川大地。千山像一位十八九岁的姑娘,显得更加妖娆艳丽了。

(《今昔谈》1981年第1期)

秦佩珩自传

一、林深曾经宿翡翠，家在沂山汶水间

汶水出自沂山百丈崖的瀑布泉，山陡谷深，激流喷涌，瀑布飞溅，白练腾空。这条奔湍的河水，蜿蜒东流，流经安丘高崖东的李家庄就逐渐驯服下来了。我就是1914年出生在汶河北岸这样一个柳暗花明的村庄里，是安丘县最西边境的一个山村。林深景幽，山青水碧。

我的先祖秦勷，是清朝乾隆二年（1737）第二甲进士，曾在密县和诸暨做过知县。由于性格爽直，不会阿谀奉承，做官不久，就罢官回家。两次丢掉乌纱帽都是为了"为民请命"，详情将于另文记载，兹不赘述。余祖母邢氏，传为邢玠之后，由青州（治益都）迁此，亦有碑文可考。余儿时，父亲经常向我提及此二人，使我受影响极深。

二、青少年时代所受的教育

我六岁时，即从1919年起，即在李家庄开始读私塾，受的是旧式而严格的教育，主要是背诵《四书》。此外，《幼学琼林》《龙文鞭影》之类，都也学过。离开私塾后，就到离家一百多里的青州去第四师范附属小学学习。毕业后，考入青岛汇泉中学，继入济南东鲁中

学,最后,在德州省立第十二中学毕业。念了三年初中,却连续转了好几个中学,这是由于我高小毕业后,家境贫困、又遭家难的缘故。在初中时期,有两位老师给我印象最深,也是我最敬爱的:一是东鲁中学的姜百堂先生,他教历史。我从他身上接受了爱国主义的教育,以后我从事明史和南明史的研究,饮水思源,要归功于他。一是隋星源先生,他任省立第十二中学校长兼教国文。他为人作风正派,对学生热情负责,以后我在天津工商学院任教授时,他仍在天津一个东亚毛织公司的一个附属中学任教,我还去看过他两次。以后我每过济南和德州,就想起这两位。曾写七言律诗一首,其中有"古寺执鞭怀教益,历山笈影笔蹉跎"之句,就是怀念他们而写的。

1934年夏,我在德州十二中学毕业了,从此我离开了德州大佛寺,到北京灯市口的育英中学去读高中。在这里,我附带着说明一下,当时北京有两个中学办得最好,一个是汇文,一个是育英。两个学校分庭抗礼,各霸一方,都是很难考进去的。育英在会考中常常名列前驱,誉满一时,我当时就考进了这所学校。三年毕业后,又由于我的英文较好,又考进了久负盛名的燕京大学。

三、燕园笈影忆行藏

我在燕园读了四年书,可以说是面壁苦读了四年,这四年的勤奋攻读,为我以后在学术方面有些许成就打下了良好的基础。

当时,燕京大学和哈佛大学是挂钩的姊妹学校。我很满意当时施行的学分制。这样可以尽量发挥自己的潜力,不至埋没雄心壮志。我除了应当必修的课程如经济学、统计学、会计学、经济史、国际汇兑等外,还大量地选修了我十分喜欢的一些课程。这些课程,大都是外系开设的。如郭绍虞先生的"文学批评史"、刘盼遂先生的"论衡研究"、梁启雄先生的"荀子研究"、邓之诚先生的"中华两千年史"、齐思和先生的"近代史"和"世界史"、洪煨莲先生的"太平天国史"。此外,如陆志韦先生的"心理学"、梅贻宝先生的"哲学"等,我都一一选修了,并且认真听课,受益很大。其中以齐思和和郭绍虞二位先生影响我更大。齐先生既能讲,又能写,表达力极强,极受学生欢迎,每授课,窗户上都挤满了人,有"燕园梅兰芳"之称。郭先生讲课严肃,一丝不苟。记得一次讲到《诗经·黍离》时,痛哭流涕,寄托遥深,大大激发了广大听课学生的爱国热情。在日军铁蹄的践踏下,烽火遍地,军士喋血。郭先生身不摄尺寸之柄,矢志孤忠,歌也有思,哭也有怀,致使广大学生深受激励,纷纷南下,荷戈抗战。吾师之力,不可没也!忆往岁余因事,道出燕园,重访先生旧居朗润园14号,事隔四十多年,问朗润园旧居于群众,不独不能指引,反讹其名为"浪云园",荷尽蒲残,无复当日之盛,时久无征,沧桑转盼如此!

在这里,附带说明一点,我在这时,对文学发生了浓厚的兴趣;同时,对于史学,特别是经济史也深感兴趣,提出了自己许多新的见解和新的看法,成为未来的中国经济史园地中,较早的开拓者之一。

现在不妨追述一点我在1937年到1941年之间所从事的一些写作和研究。这一时期,我写过一本散文集《椰子集》,当时的序言是由郭绍虞先生和凌叔华女士写的。此外,我还写了几篇有关吴梅村诗的论文,诸如《吴伟业〈殿上行〉本事质疑》(见《燕京学报》)、《吴梅村〈江上诗〉考证》(见《文学年报》)等。

除有关文学方面的写作外,我还在经济史方面写了不少东西,如《明代水利之研究》(《经济学报》)、《明代的农业》、《明代的朝贡贸易》(《经济研究季报》)等。当时,我对文学方面的一些论文,大都是"以诗证史"的。对于经济史的研究,大都是有关明清经济史的考证的。

这里,特别要提到的,也是每逢回忆起来使我最感到伤感的,就是我费了很多工夫写成的近百万字的《明代经济史》(上下卷)的佚失。这部稿子写成后,很受到郭绍虞先生及邓之诚先生的赏识,郭先生的序言是一首长诗(以诗代序),邓先生的一篇序言是题词(以词代序),可惜这部书稿在抗战时期连同郭、邓二序一齐佚失了,仅仅幸存的是齐思和先生的一篇序言,由于我在天津工商学院工作,在该院《公教学生》2卷4期上发表了以后,总算幸免于难。时至今天,三位先生都已作古,抚今思昔,当日望我成才立业为国家有所贡献者而今安在哉!

现在追述一点关于我这部佚去的《明代经济史》的主要内容及对问题的研究方法,在今天看来,仍然是有必要的。我当时写这部书时,是依照生产、交换、分配、消费这样的顺序来写的,由于岁月的流逝,我已记不很清了,但大体是依照这样一种目次顺序而写的:(一)通论(经济制度与经济政策等);(二)农业(生产技术、施肥育种、经济作物等);(三)土地;(四)手工业;(五)商业(国内商业、对外贸易等);(六)城市;(七)交通;(八)财政;(九)货币;(十)人口。这样立目,还有待于和大家商磋。至于在研究方法上,我一向是主张利用比较研究的方法。除纵的比较(前后比较)外,尚注意横的比较(中外比较)。

得剑乍如添健仆,亡书久似忆良朋。我所以唠唠叨叨说了那么许多,对于亡稿,除了对死去的师友表示内疚外,对于关心我这部书稿的那些健在的老友也是一个领教的机会,尤其是那位当年我邀游晋南时在平阳相遇的好友高增德先生,他对于这本分量较大的书稿的佚失的关怀,给我带来了无限的安慰。我将以更大的努力来为"四化"贡献自己的余光余热。尽管发出的光也不过像黑夜中闪出的一颗繁星,但无数颗繁星的光芒就会把世界照得明亮。

四、流寓蓉城

锦江春色来天地,玉垒浮云变古今。人生风尘仆仆,落落寞寞,就像锦江的水,流啊,流啊,流到后来渐渐连自己都忘了岁月!我在1942年的冬天,由洛阳流浪到成都来了。

我从1942年到1947年,一直是在成都工作,前后跨着六个年头。在这漫长的时光里,望江楼的四川大学,草堂寺的光华大学,华西坝的华西大学,以及川康农工学院,我都在那里教过书,而且对这几个学校,我都怀着深厚的感情。我常像一个久别家乡的小孩子一样,怀念着这些学校。当然,岁月流逝,这些学校有的仍然挂着过去的旧招牌,有的已改换名称,有的已不复存在,可是无论怎样,我总是怀念着它们,而且在感情上又是那么热烈。当时我在光华大学教的是"商业史""工业史""货币学"一类的课程,这是由于我初到成都还沿袭着我在天津工商学院时所教的几门旧课程;在华西大学呢,教的是"欧洲经济史"和"中国经济史";在川大呢,讲授的是"《资本论》专题";至于在川康农工学院,则教的是"货币学"及"市场学",因为那个学校着重开设的是工商管理系。当时由于我在燕京大学读的是经济系,所以还算勉强都能教得下来,不过已觉得够吃累了。好在我当时存着这样一种思想:谁又是天生会的呢?教中学,学中教吧!

在这一时期,我永远不能忘记当时的几位同事。那就是谢文炳先生、彭迪先生、薛迪靖先生、魏嗣銮先生,以及潘源来和罗仲言先生。他们在极复杂、极困难的情况下,能够十分看重我并放心我能把书教好,他们那种办学热情、治学精神,以及求才如渴的风度真是难能可贵的,也是使我永生难以忘怀的。从此,撒下了我教学十分认真的种子。

在成都流寓的几年中,有几件事,不妨在这里顺便向读者交代一下。到成都后,我对文学的嗜好,又烈火复燃了。当时,王畹芗先生开设东方书社。他们约我写了一本短篇小说集《埋情记》。张鉴虞开办了一个更生书店,也给我出版了一本诗集《春蚕集》和一本四幕悲剧《沧海月明珠有泪》。我回忆一下我对文学始终有很浓厚的兴趣,这和我在燕京大学读书时选修了一些专题课是分不开的。如步多马教授(Pro. Brecee)所开的"莎士比亚"课程,其中那些所谓的四大悲剧等,都给我很大的影响。莎士比亚(W. Shakespeare),这位英国文艺复兴时期的戏剧家、诗人,他的作品深深地印在我的脑海中。我最初还只是欣赏他的《罗密欧与朱丽叶》《哈姆雷特》《奥赛罗》《李尔王》等所谓四大悲剧,留恋于他所塑造的许多性格鲜明的典型形象,可是,到了后来,我竟连他的十四行诗(sonnet)也都喜欢起来了。我爱他那种情节生动、语言优美的剧作,和我对莫泊桑及柴霍甫的小说的爱好在感情上是占有同等地位的。

此外，我除了写文学方面的作品外，还写了一些其他方面的论文专著，大都发表在陈筑山教授所编的《民友》杂志上。在这里，我不能不附带介绍一下陈筑山的进步思想。陈先生当时在华西坝是负有重名的人物。当时在成都的人，常以不得识筑山先生为憾。其家宾客之盛，连襟接袂，我通过我的燕大同学张世文教授的关系和他认识了，他们对我一见如故，成为忘年之交。他晚年，对国民党的腐败极不满意，倾向于进步的力量共产党。他日常生活俭朴，后来把房子都卖了，办了一个刊物叫《民友》，鼓吹进步思想。我在他的感召下，也在他的刊物上写了许多有关经济方面的专题论文，可惜这些论文题目，由于时间较久，大都记忆不清了。倒是还记起一篇散文《夹江心影录》。这是什么缘故，连我自己也说不出来。

在抗日战争时期，由于深感日军的残暴，也自发地写了许多宣传人们爱国抗日的文章。这些文章大都刊布在《宇宙风》杂志上。这个杂志行销很广，远至东南亚和美国。正因为这种原因，我的写作，可以远至东南亚一带都可读到，借此达到联合抗击暴敌的目的。这些写作大都和历史联系在一起的。如《关于郑成功》《明末第一流外交家左萝石》等。这些文章和以后我在《宇宙风》上发表的《哭闻一多先生》等文，同样受到一些爱国人士的称许。

沉重的胃病，折磨着我的身体。在健康状况还没有改善多久，由于李源澄教授的邀请，我到灌县灵岩书院去讲学。李源澄先生，除子学之外，尚精于史学，对于《五经》《四书》，亦皆有发明。青城灵岩间，堪称博学之士。当时到灵岩书院来讲学的人很多，如谢文炳、罗念生、朱自清、刘盛亚等，大都是些出头露面的人物，我也忝列其中。我讲的是《经济史的研究和史部目录学的关系》。事后想来,真是"有不虞之誉,有求全之毁"。当时,朱自清先生讲完以后,也和我一齐到青城天师洞游历,他对我的讲述,出人意料之外的,给了高度的评价。不久,郭绍虞先生也写信给我,声称接到朱先生的信,盛赞我的"学识渊博,人才难得"。我急忙回信给郭先生,告诉他代为转达朱先生"谬蒙推许,实为过誉,只有更加努力,以匡不逮"。

五、西安寄迹

"险光开一线,窄缝夹青天。"这是阎尔梅描写华山之险的《箭括》诗,收录在《白耷山人诗》中。岁月的风霜,扫打着我那坎坷的身世,家兄死后,孀嫂无依,崎岖惊心,亦正如千尺幢及老君犁沟。从人情上讲,我不能不去西安照料一下。事有凑巧,1947年夏天,我刚从青城返回光华,就接到朋友约我到西北大学教书的电报。尽管我尚留恋蓉城景色,也不得不去西安教书,借此也可以顺便看望我的亲人了。

离开成都到西安去,最初对我是有考虑或说是有疑念的。我在成都住得久了,学术界对我都有深刻的了解,现在忽然到一个新环境去工作,在人事上,是不是能适应呢?这是第一;其次,换一个学校教书,要教的一切课程都要更换一番,重新开课,马上就要去教新课,是不是能胜任愉快呢?这又是一层顾虑。

当然,从某种角度来说,我这种疑虑并不是多余的,而且是有一定根据的。但是,蕴藏在我的心灵深处的理智和刚毅,终于克服了我这种退缩思想,倒使我的眼睛更加明亮了。当然,我的这种一贯坚强不屈的个性,往往不能或者很难预见自己的行为的最后结果,因此,在当时,我也无法估计或也不能预料,我只抱着一种征服困难之"魔"的思想到西北去走一趟。至于这个"魔",它究竟是"西游记"式的,还是"浮士德"式的,那我也就更难预料了。

我到西北大学后,除了经济系的课程"经济学原理""经济史""国际贸易"外,还给历史系开设了"中国社会经济史",又给商学系开设了"商业史"及"经济循环"等课程,日常工作极忙。终日像推磨一样,一圈一圈地转吧!

我有一个很奇怪的习惯,工作越忙,我越想挤出一些时间来读书。在这忙乱的日子里,除教课外,我还读了许多文学书,其中最使我感到兴趣而最爱好的是海涅(H. Heine)的作品,这位德国的诗人和政论家的作品,迷住了我的心窍,他那具有浪漫主义色彩的《诗歌集》以及控诉封建贵族专制统治和抨击资产阶级市侩习气的散文集《哈尔茨山游记》深深而沉重地敲击着我的思想之门。此外,我还喜欢他的政治讽刺诗《德国——一个冬天的童话》。他对于普鲁士封建王朝反动统治的无情鞭挞和他作品中流露着的爱国主义思想,时常震撼着我的灵魂深处。除此以外,在中国古代的大诗人中,我也十分喜欢刘禹锡的作品。我对于《刘宾客集》的爱好,是和《遗山集》有同等的程度的。

我到西安后,一直在西北大学专任教授,与此同时我还兼任铭贤学院(西安分部)教授,西安商业专科学校教授。此外,还到户县的农业专科学校、武功的武功农学院做过农业史一类的报告。总之,万变不离其宗,离不开我的经济史研究的本行。

这里,附带着要提到的,就是我在西北大学教学时期,我对西北少数民族的经济史开始留心。我认为,像过去的一些历史学家,仅仅研究中原的历史或汉族的历史,这是不全面的,也可以说这只是研究了一半历史。我们必须既研究中原地区的历史,也要研究其他少数民族的历史。这就除历史学以外,还要研究民族学。

当然,从历史学和民族学的研究来看,也还是在方法上并不尽同的。我因为留心于少数民族经济史的研究,也是会经常考虑到这些学科研究方法上的一些特点。

我觉得,一般说来,历史学工作者从事于历史的研究,主要是靠历史记载和文献资料。在从事这一工作时,一般重视时间先后的顺序和年代问题,研究起来,总是根据时间先后,从古到今;但是民族学工作者从事民族的研究,主要则为利用民族学的调查方法,往往从今到古,必须亲自到民族地区去访问、考察,并直接参加各种各样的活动,然后根据调查来的活的事实、实际情况,记录下来,进行分析,做比较的研究。再根据社会发展的规律,以辩证唯物论和历史唯物论作指导,去寻找或总结出这个民族的发展过程和全部历史。

我在这种主导思想的支配下,不独在西北大学,早在光华大学教书时,已经认识到:要研究中国经济史,不研究边疆少数民族的经济史是绝对不可的。我在光华大学时,就曾数次到大理、剑川一带去调查白族和彝族的经济发展史,这次到西北大学来,还抽空到敦煌、酒泉一带调查匈奴、鲜卑、羯、氐、羌等族的经济发展史。因为中华民族的全部光荣历史,是由汉族人民和少数民族兄弟共同谱写的。以前,我也读过如摩尔根《古代社会》一类的书,但只是背诵书中字句,理解极不深刻。及到我去剑川的石钟山调查,在石窟造像中见到白族人民的图腾崇拜以及他们的日常生活、饮食服饰等,深深感到白族人民和汉族人民的血肉关系。我在敦煌莫高窟见到285窟的壁画（西魏大统四、五年的壁画），其中绘有"华化"贵族，说明当时敦煌地区民族融合的铁的事实。这说明祖国边疆地区成千上万的少数民族兄弟的后裔，从大西南到大西北，他们已先后进入建设祖国经济、文化的行列，共同创造和发展了中华民族的灿烂文化。当时，我这种关心民族经济史的研究，是和以后（新中国成立后）我三次到东北，进行东北三省经济史研究，有着密切的思想根源的。

六、岳麓六年

我从1948年到1953年，前后六年时间，一直在长沙的湖南大学教书。

湖南大学即在岳麓山下。岳麓为衡山七十二峰之一。碧嶂屏开，秀如琢玉，层峦耸翠，山涧幽深。自汉以来历代都有名胜遗迹可寻，而以唐李邕麓山寺碑、宋刻禹王碑最为有名。

当时湖大是湖南省的最高学府，藏书丰富，人才俊拔，争奇斗艳，战将如云。现在新设的矿冶学院和湖南师范学院在当时都属于湖大的范围。前者即湖大的第三院商学院旧址，地名叫左家垅；后者即湖大的第二院法学院旧址，地名叫黑石坡。但是湖大聘请进来的教学人员大都是些学有专长、知识丰富、治学精严或在某一方面具有一些代表性的人物。先后几任校长胡庶华、易鼎新、李达等都注意延揽人才、搜集图书，一心把湖大办好。学风淳厚，人心思治。大抵当时不论教学人员或办事的勤杂人员，在上在下，皆倾向于想尽办法把工作做好，故办事如火如荼，光焰万丈。教育全盛之时，何时何地无才,就要看精力用在何处了!

我在湖大教的是"社会经济史",是我单开的。还有"货币学",当时我和李达(鹤鸣)先生各教一班。我除教课外,还喜欢写点东西,大都是发表在当时湖南省出版的《湖南日报》和《新湖南报》上,事隔多年,只字未留,今虽古玉血斑,但不敢以此愈增声价也!

在回顾和叙述我过去从事社会科学研究事业的历程中,我觉得自己的经验不多,但教训是很大的。我从1937年就开始注意研究经济史,期间尽管生活条件和工作条件非常艰苦,但也始终是兢兢业业、勤勤恳恳的。我在整个从事社会科学研究生涯的漫长河流中,像一只小船,有时遇到顺风,但有时也遇到逆风。但无论如何,我的意志是坚强的。有时还敢一人唱独角戏,大胆妄为。我给自己定的座右铭是:"种瓜得瓜,种豆得豆,生命不止,奋勉不已!"写作成为我日常生活的一部分。有时写一些带有总结色彩的经济史论文,如我在成都时写的《经济史研究的昨日今日和明日》(发表在昆明出版的《新经济》上);有时也写一些稍带考据性质的经济史论文,如我到湖大以后写的《辽代货币新考》(1948年44卷1期《东方杂志》)。研究学问,要能伸能缩,能博能精。能伸方能看远,由远及近,为当前服务。能博方能见识多,有多到约,治学有深度。这样,命题为文,不落入俗套;有新见解,非人云亦云。

当然,在我从事社会科学研究中或自己一生的主要经历中,也碰了不少钉子,也遇见很多困难。当为中年时,读书少,识见短,正如我一生多次遨游五岳,亦不得见诸峰到底奇在何处。以后,读书渐多,识见渐广,又因各种客观条件,如健康等,不允许做难度较大的调查工作。好多问题虽年逾花甲也还是总结不起来。深悔当年过目不忘、五官并用之时，未能及时读书！"欲投人宿处，隔水问樵夫。"学之高深博大亦犹如山之辽阔荒远，如能勤学苦练，推敲琢磨，则"江山如有待，花柳更无私"，成就不负苦心之人，则自能使自己的研究工作含情而能达，会景而生心，体物而得神。

七、中州鹦鹉萋芳草，隔岸楼台受夕阳

1953年院系调整，我流浪到武昌来了。职务仍然是划粉笔条，职称仍然是教授。我在这个有着晴川阁和黄鹤楼的地方，一住又是五年。寄身的学校是中南财经学院。

在"冠盖云集"的这所学院里，师资队伍是由五个大学调整来的教师组成的。那就是湖南大学、中山大学、广西大学、华中大学和中原大学。这些从四面八方调来的教师，由于生活习惯、日常爱好、研究方向，以及一些年龄特点等，初来时，彼此之间是有隔阂的，而长久的隔阂又会形成一些偏见。

这时，我的精神极烦闷。我既不长于人事应酬，又不能够"与世浮沉"。这样，使自己的处境就越加困难。往往在五个大学的矛盾激流中，自己就像一块石头，在狂浪奔湍中被冲荡过来又扫激过去，人与人之间的斗争越激烈，我的处境就越困难，直到1957年的6月之后，才算是"不了了之"了！我附带说一句，这时党和广大群众对我还是很谅解的，我始终没有介入这些人事倾轧。我喜欢读读书，教教课，有暇时就到黄鹤楼上去饮饮茶，吟吟诗。而这种"晴川历历汉阳树，芳草萋萋鹦鹉洲"的生活情调，很快地就跟徐霞客的游记和李太白的诗集交融在一起了。我除了编写《古代经济史》以外，还

写过《汨罗屈原遗迹访问记》(《旅行家》)等一类的作品。此外,还写下了不少诗作,已"压在空箱三十年"了。

在厌倦于烦琐沉闷的教书生活之余,一度也想重新过一段银行研究室及报馆总编辑的生活,但终因这样或那样的原因,志未得逞。但我有时也意识到:生活永远是工作,而工作永远是战斗。我们应当怀着百折不挠的奋勇精神对周围事物加以观察,从实践中发现正确的东西。拿我来说,我既不信神,也不怕鬼,如果神鬼一定要缠身,我便奋起千钧铁锤去打碎它、消灭它!至于可爱可敬的读者一定要向我追问治学经验和方法的话,那么,我只有一个字奉告大家,就是一个"勤"字,即眼勤、耳勤、口勤、手勤。我一生就得了这"四勤"的好处。

八、北归——息影郑大

1956年,河南筹备郑州大学,我怀着一颗火热的心,由武昌北去郑州。讲席北移,又不免一番思想上的波浪起伏。郑州是中原地区的一座历史文化名城,曾经是夏商故都,一度为荥阳郡治地,名胜古迹甚多,如少林寺、中岳庙、嵩阳书院、汉霸二王城、古荥镇、夕阳楼、纪公庙、凤凰台等。这些迷人的名胜古迹,不知道是由于突然闯进脑海的一段回忆,还是由于在一些美丽的唐人诗句或《史记》《汉书》里的故事传说,一股脑儿映进我的记忆之海中。当朋友写信给我要我支援这所新建的综合性大学时,我就立刻答应下来。

历史系正在筹办阶段,课程不多。正因这种缘故,我乘机读了一些书籍。涉及的范围很广,于群经、史书、目录、碑刻,以至佛学、古地理等，无不一一涉猎。正式出版了《明代经济史述论丛初稿》（河南人民出版社，1959年）。由大学油印或铅印的有《中国古代地理学史论丛剩稿》《中国史部目录学论要》《南诏史渊源略论稿》等。

"十年动乱"的烈火，烧残了人们的灵魂。涉及面之广，史无前例。一切研究工作停止了，我也不能例外。在我热爱祖国、热爱党的心灵上，浇上了一盆冷水。我曾写过这样一首诗，题为《寄怀》：

内乱十年九死余，病妻犹在故踟蹰。

岂无济民忧民想，徒有戏鳌斩蛟书。

青齿獠牙鬼安在，天水冰山事亦愚。

试问夕阳楼上月，枯坟断碑有也无？

郑州的深秋，天空异常蔚蓝而爽朗，这是1976年10月的一个傍晚，粉碎"四人帮"的消息传来，举国欢腾，万象更新，我心中有说不出的熨帖而欢忭，像一个多情的幽灵被唤回于那渺若烟云的既往。我的科研工作也从此得到复苏。特别是自1978年党的十一届三中全会以来，广大群众无不为中央的正确方针政策而感到欣欣鼓舞。

九、迈开了新的一步

从1978年到1985年，在这七个年头里，我又得到了新生，开始向前迈开了新的一步。特别是随着社会经济的进一步发展，国际地位的逐渐提高，经济、政治、文化生活的更加丰富，自己决心要为"四化"建设鞠躬尽瘁。

简单地说来，我做了以下几件事情：

积极培养第三梯队，取得了明清经济史的硕士授予权。我常想：在业务上的发展，不是个人的事，而是为国家培养后一代接班人提供了可靠的保证。从1978年开始的第一批，从1982年开始的第二批，从1985年开始的第三批。希如老骥伏枥，志在千里，烈士暮年，壮心不已。尽管自己在许多问题上遇到严重困难，但努力克服，相信会使工作继续保持下去。

在科学研究方面，一是继续城市经济的研究，包括古代的和近代的，也包括理论阐述和调查考据。我先后写了许多这类的文章，如《邺都掇琐》(《郑州大学学报》)、《金都上京故城遗址沿革考略》(《史学月刊》)。二是继续明代经济史的研究，也先后写了下面一些文章：《明代治河史札》(《学术月刊》)、《明代云南人口、土地问题及封建经济的发展》(《求是学刊》)、《明代蒙汉两族贸易关系考略》(《社会科学战线》增刊)。

除以上外，在治史理论和方法方面，我也提供了不少论作，包括《目前经济史研究中存在的几个问题》(《中国社会经济史研究》)、《中国经济史研究应走的新途径》(《上海师范学院学报》)等。这些文章，千言万语，我主张：文必有益于世，治学领域必须扩大和结合新兴学科和边缘学科来研究，否则穿旧鞋走老路是没有前途的。

此外，我还注重边疆少数民族经济史的研究，如西南的白族，我写了《试论南诏史的研究》(《沈阳师范学院学报》)、《关于南诏史研究中的一些问题》(《吉林大学社会科学学报》)等，着重谈到保护文物、重视边疆兄弟民族经济的研究等。此外，我又写了一些有关西北地区寺院经济的文章。

还有一些是偏重于专谈治学方法的，例如《史海夜航》(《文史哲》)、《史舟习驶》(《编创之友》)、《史苑窥管》(《在茫茫的学海中》,辽宁人民出版社,1984年)等。

更有一些写作是偏于考证性的文章,例如《〈鹿樵纪闻〉的作者及内容问题》(《学术研究》)、《清凉铜殿杂考》(《郑州大学学报》)等。

除以上论文以外,我还出版一本有关明清社会经济史的论文集《明清社会经济史论稿》,留待异日有兴趣于明清文献者参考。余少失学,笔墨无姿,既乏治学实践、治学精神和治学方法,亦难能对后辈社会科学工作者以启示,东涂西抹,未能近似,尚希青少年中后来居上,俾万花竞放、众绿环生也!

十、每依北斗望京华

一阵狂风暴雨过去了,乌云四散,出现了晴空。北方的晴空,有其特色,天色一碧到底;南方的晴空,总是带有一缕缕纤云飞飘,天空的蓝色透出一些淡白色来。"十年浩劫"过去了,出现了"四化"建设的高潮。这时我是多么怀念阔别的北京啊!1979年10月,中国民主促进会召开了第四次代表大会,总结了过去的工作,修订了章程,选举了新的中央领导机构。周建人被选为主席,雷洁琼等人被选为副主席。严冬过去了,换来了春天。温暖送给了广大社会主义知识分子和拥护社会主义的爱国人士。我被邀请为大会特约代表,在东风市场附近一家招待所里,见到多年阔别的许多老校友,也还都是几位国内外知名的学者,或是对本职工作有着丰富经验的专家学者。这次盛会,唯一使我感到遗憾的是,杨东莼先生在这时逝世了。他是我在四川大学教书时的老友。在民进中央副主席雷洁琼女士的热情招待下,燕京大学的校友们也都在这里见面了。其中有著名的社会学家吴文藻教授,著名文学家谢冰心女士,著名教育家胡梦玉女士等。此外还有来自武汉的历史地理学专家石泉同志,来自东北的化学专家蔡镏生教授,我也忝列其中。为了纪念这次盛会,我们还在一起照相留念。

十一、响应时代的号召

知识分子的春天来了!

为了不辜负时代的召唤,我响应党的号召,在会议结束后,对民进也做了一些有益的工作,吸收了好几位中青年加入了民进组织,准备培养他们成为第三梯队的优秀接班人,为加快实现四个现代化,为完成祖国统一的大业,我相信这些新会员一定能贡献他们的最大力量的。

十二、三访东北

这里,我不妨先谈谈我三次往东北的一些情况。

爱国,不是一个空洞的口号,而是有着极丰富的具体内容的。这些具体内容又必须投放一些艰苦的劳动才能把它呈现出来。

东北地区,是祖国极为重要的一个组成部分。地广物博,民族众多,在辽宁省的二十三万多平方公里的面积中,就有人口两千九百五十万左右,其中有汉、满、蒙、回、朝鲜和锡伯等民族。我们能忘记我们这些兄弟民族吗？在吉林省二十九万多平方公里的面积中，也有人口一千七百八十九万左右，包括汉、满、蒙、回、锡伯、朝鲜等民族。我们能忘记我们这些兄弟民族吗？在黑龙江省的七十一万多平方公里的面积中，也有人口两千一百三十九万左右，包括民族更多，除汉、满、蒙、回、朝鲜外，还有鄂伦春、达斡尔、鄂温克、柯尔克孜、赫哲等民族。我们能忘记我们这些兄弟民族吗？这些和我们一起开发祖国边疆的兄弟民族，他们是和我们休戚与共、血肉相连的，我们要研究他们的历史，了解他们的生活，珍惜他们的贡献，尊重他们的地位。这就必须到边疆去做些调查研究，把他们的历史发展和经济开发一起反映出来。因此，我在不到五年的时间内，曾三次往访东北。

提起三往东北去做调查少数民族的经济发展工作，可能会引起我的生活史上一些带有戏剧性的变化。在我第一次访问东北时，我还曾在辽宁大学历史系讲学，不想沈阳师范学院听说了，也要约我给他们谈一谈，事情刚刚说定，不想吉林大学又来了电报约定到那里去讲学。这样，沈阳师范学院之行，只得割爱，实在遗憾之至！

谁想，这次到吉林大学讲学，却顺便酝酿筹办了东北三省中国经济史学会。以后这个学会发展到三百多人，还出版了《东北经济史论文集》，介绍东北经济发展，内容比较充实。当然，这和孔经纬同志和杨光震同志的努力是分不开的。第一次年会是1980年9月在丹东召开的。第二次年会是1983年7月在牡丹江召开的。从初次去长春筹办学会到二次去丹东，三次到牡丹江召开年会，前后不到五年时间，三访东北，严寒溽暑，长途跋涉，戴月披星，困难备尝！

顺便在这里要补说一下的，就是除筹办学会和创办刊物外，再介绍一个东北学风问题。我觉得东北学风,踏实而淳厚。前面我已经略微提到了,三地讲学,初次在辽宁大学,二次在吉林大学和东北师范大学,三次在黑龙江大学和哈尔滨师范学院。给我总的感觉是,除学术风气浓厚外,领导也十分认真,可惜直到今天,这些讲稿或报告还抽不出时间把它整理出来供大家参考指教。

十三、再访甘青

下面我接着叙述一下我再访甘青地区的一些见闻和体会。

我在前面已经提到过,当我在成都诸大学教书时,曾经去过剑川、大理一带,做了一些调查研究工作。以后,直到新中国成立以后,1978年夏天,我又去过一趟,也还是调查白族、彝族的历史,有些资料至今整理后还没有来得及发表。至于西北,我在西北大学教书时,也曾经去过一趟,这次再访是在指导研究生参观实习课的情况下进行的。我在这里追述一下,尽管是浮光掠影,也可能对一些向往成才的青年读者有所裨益的,只要抱着锲而不舍的精神从事研究,是不会不成功的。

我是在1984年5月到6月间重访西北的,前后将近两个月的光景。这次重访,可能对于我今后的研究西北经济史的计划有所帮助。如果说我的治学特色的话,那就是两句话:重视博学强记,由博到约;注意实践检验,由实得真。这次西行,重点放在敦煌和湟中。

前面我已提到,敦煌我是第二次来访。这次在敦煌古城(非今日的新城),我写了一首题为《再访敦煌旧城白马塔即事》的诗:

昔日深秋三危游,今年再度访沙州。

> 烟横古垒碧桃晚，树映党河鸿雁啾。
> 高僧传经瘗白马，雄杰据地余荒丘。
> 伤心忆读陈东传，方晓东坡惜少游。

诗中提及"高僧"，系指高僧鸠摩罗什，当年瘗白马于敦煌的故事。诗中提及"雄杰"，系指西凉李暠在此建都的历史。忆余远祖原出高邮秦氏，秦观与陈东皆倜傥负气，然所遇不同，太虚比之少阳，又较幸矣。

话说回来，上次往访敦煌，多偏重于中国经济史方面的调查研究，如敦煌户籍残卷、唐代车式、宋代如何立木拉锯、盛唐所用的辕犁的样式等问题。这次来访，主要是企图解决古地理学史上的一些地望问题。例如：敦煌县治究竟在哪里呢？寿昌旧县究竟在哪里呢？阳关废县究竟又在哪里呢？鸣沙县和敦煌县的前后沿革关系如何呢？龙勒县与寿昌县的前后废置关系如何呢？宜禾县与安西县的前后变化又如何呢？这些问题非常复杂，又非三言两语能够交代清楚，容于日后在《中国经济史》中的《瓜沙二州经济考》一段中予以叙述。

在返途中，各地闻讯，不免又是一连串的讲学活动。计在酒泉师范学校、张掖学院、兰州大学历史系前后共讲学三次。

我这次到青海，最初还想做乐都城的考察，可惜由于时间关系，没有得偿初愿。只到湟中塔尔寺做了一些访问调查。我这次往访青海是作为了解边疆经济以及号召筹建西北地区经济史学会而去的。

我在兰州给历史系做报告的时候，着重提到了发展西北经济在"四化"建设中的重要性。但是，没有具体措施，如成立一些学会从事研究，那一切都会落空，因此我一再把这种想法，告诉了兰州大学历史系主任杜经国同志，把希望寄托在他的身上，他是一个年富力强、精明强干、工作出色的历史学者和教育工作者。

我路过西宁，受到了民委的热情招待，在他们的协助下，到达了宗喀巴的诞生地，我国喇嘛教格鲁派六大寺院之一的塔尔寺（藏语称"兖本"，意为十万活佛）。在那里受到活佛的热情盛大的招待。至于详细情节，我将于另文中叙及之，兹不赘述。

十四、我和经济史的关系

我觉得：无论研究何种学科，必须先练基本功，先从一些基本书籍下手，先弄清一些基本概念。我研究经济史，是先读了奈特和阿格等人的书。奈特（Knight）的《欧洲经济史》（*Economic History of Europe*）和阿格与沙普（Ogg & Shorp）的《现代欧洲经济发展史》（*Economic development of mordern Europe*）是我初步迈进经济史大门的《三字经》和《文字蒙求》。尽管他们有些观点不是十分正确的，但那是我们读马列主义书籍多少和运用辩证唯物主义和历史唯物主义的程度问题，不可因噎废食。与此同时，我还研读了一些专业史，如克拉潘（J. H. Clapham）的《英格兰银行史》（*Bank of England*）、郑肇经的《中国水利史》等；此外，还读了一些日本经济史家所写的东西，如加藤繁的《中国经济史考证》、森谷克己的《中国社会经济史》等，都是在较艰苦的条件下来学习的。从观点上说，有很多也是我很难完全接受的。

新中国成立以后，我又开始读了一些苏联学者所写的有关经济史的著作，如梁士琴科所写的《苏联国民经济史》及波梁斯基所写的《外国经济史》。后者是专写封建时代的外国经济史的。

我治经济史,不大拘泥于书本上的知识,喜欢结合中国的经济发展特点,写些有中国特色的文章。当然,我还不敢去比拟过去的一些伟大作家,他们"在长期的阵痛之后,当然愿意享受一下舐犊之乐"。我的环境既不是那么理想,阵痛也不太大,为生活奔忙耽误的时间过多,许多作品都没有得到整理,就更谈不到有什么"舐犊之乐"了。

十五、老牛明知夕阳短,不用扬鞭自奋蹄

以上所写,都是生活写作中的一小部分,一个掠影,一些零零碎碎的追述,可作为关于我生活写作的一张画或一首诗看待。正如宋代世人所说的"少陵翰墨无形画,韩幹丹青不语诗"。聊以此作为自传的结束吧。老牛夕阳,颇多感想!

总之,我出生在一个有严格教养的封建书香门第,有强烈的爱国思想;后来又受到新式的资本主义教育,治学上有锲而不舍的科学精神;又在中国共产党的社会主义教育的哺育下,养成为国家为人民服务的良好愿望。我不愿做一个浮士德式的人物,为了获得知识和权力,向魔鬼出卖自己的灵魂。如果靡菲斯特一定要向我挑战,我不祈求他对我帮助,我将立即起而应战,打退一切恶势力的向我进攻。因此,我可能不像歌德所描写的那样,在生命的最后时刻才会领悟过来,而是开始就是一条与魔鬼决斗的汉子。正因为此,在我生活的未来大道上,可能是一个带有悲剧性的人物,到底最后如何,那我也就很难预料,但由我在治学上不迷信偶像、不崇拜舶

来、主张穿新鞋走新路来看,即使命运的拨弄,不会使生活变为悲剧,也将与艰苦为邻。在治学的道路上,我将为经济史奋斗一生,不管遇到任何风吹浪打,受到多少波折困难,我将坚决走自己长期走的勇于创新的路子。"祝融五峰尊,峰峰次低昂",也许会给人一种"紫盖独不朝,争长嶪相望"的感觉,那也只好如此了。我想起佛罗伦萨大诗人的格言,一度曾被马克思引用过的:"走自己的路,让人家去说吧!"我的勇气就顿觉百倍了。

1985 年冬

武昌鞭影忆往年
——为庆祝中南财经大学40周年校庆而写

我从燕京大学毕业后,就一直在南方几个大学教书。弹指一瞬间,时光已飞逝了半个世纪,50年的光景虽依然在目,但人事变迁,沧海桑田,却恍如一梦。我从1953年到1957年,这五年期间一直在武昌中南财院教书,职称是教授,从事的专业主要是经济史。时隔三十多年,我一直没有再到武昌。但我对武昌中南财院是多么想念啊!熊廷弼路的每一块砖瓦,千家街的一草一木,都使我怀着深厚的感情。

我到武昌中南财院是在1953年,是由于院系调整从湖南大学去的。初到时,生活有些过不惯。由于条件限制,住房十分困难。当时我住的是梁子湖北首义路。三个孩子挤住在一间房里,也够受了。若当时稍事活动,也许能在梁子湖畔找到比较宽敞的住房。因为当时的院长马哲民,是我的老朋友,副院长朱剑农是我40年代在川大教书时的老同事。但我体谅他们的困难,彼此见面时,除谈工作外,其他生活琐事避而不谈。直到两年后,才搬到千家街去住。

当时我的工作除教中国经济史外,还参加教研室的一些工作,同时也和人大来的几位同志编写《中国古代经济史讲义》。我承担明清部分。由于我为人谦虚,心眼平和,很受到他们的尊重。至今我还想念这几位同志,如赵德馨、张郁兰等同志。有些同学,打听到我过去曾是一个诗人,还在课余组织了一个诗社,出版了几期刊物。时至今天,我虽然不能一一记清他们的名字,可是他们那些姿容温雅的面孔,却常常萦绕在我的脑海之中。

从1957年我离开武昌,屈指算来,已经三十多年了。我在郑大住的是喜竹楼,但我时常怀念武昌。我把武昌当作我的家乡来看待。"离别家乡岁月多,近来人事半消磨。"武昌的一些老友,很多已经去世了,如陶军、朱剑农等,多已乘鲸而去。我回忆当年在抱冰堂前与剑农饮茶,我又回忆春节在千家街共吃水饺。"岭色千重万重雨,断弦收与泪痕深。"昔日与我相知者,而今安在哉!

郑州人一谈就是少林寺,我却时常想到黄鹤楼。那时教课之余,不像现在这样忙乱纷杂,每逢星期天,不是到黄鹤楼就是洪山,散散步饮饮茶。老朋友见面,总是问长问短,问寒问暖,没有很多套话。那时黄鹤楼还没有拆迁。该楼檐重翼舒,四闼霞敞,真是层楼连庑,开朗幽胜。游人出入,十分随便,没有什么门票,只收几角茶钱。我至今还回想王子安乘鹤过此的故事,又联想到辛氏在此卖酒,不收道士酒资,道士为他画鹤的故事。取笛鸣奏,鹤即下舞,这是神话。我倒不希望不收酒钱,只求不要像今天一步一收费。洪山是财经学院师友们常去散步的地方。这里是唐才常等七人埋骨之处,建有庚子烈士墓。此外,还有施洋墓。当时,洪山开了几个小茶馆,物美价廉,特别是洪山的菜薹十分可口,红菜薹炒腊肉,远近闻名,也是物美价廉。美丽的回忆,是最高的享受!

我来郑州后,这几年由于除带研究生外,还兼有许多这样那样的社会工作,很少过星期天。当年在武昌的时候,朋友们亲密无间的亲切情况,时常泛上我的心头。我不想牵连在许多流俗的苦恼之中，只求能够安心教书，安心生活就心满意足了。寄语江夏友好，你们这位在管城漂泊三十年的老友，两袖清风，依然如故。"武昌亲友如相问，一片冰心在玉壶。"恕我冒昧，将"洛阳"二字改为"武昌"，见笑见笑！

今年盛夏，酷热如浸。因内子患病，出席在吉林所召开的国际学术会议未能成行。在萝月斋内正整理多年诗稿时，母校校友某君来告我母校校庆事，余喜甚，忧伤顿消。多年郁积在心头的块垒冰释。多年尘影，又在我的脑海里徘徊荡漾。他们告诉我：校庆40周年筹备工作进展十分顺利。中大校庆筹委会已请邓小平同志为校庆40周年题了校名；已请李先念同志为陈毅同志半身塑像题了字。他们还告诉我：校庆40周年的纪念章已经制成，将赠送给全体校友；又中南财大为了校庆排印了《校友录》，中大校史已经完成编辑工作。这是多么令人兴奋的消息啊！通过校庆，可以使各地校友加强联系，以"爱我母校"的精神，完成自己的本职工作。开拓事业，跟上时代的步伐。让多年开盛的中大这枝玫瑰花朵，开得更加茂盛，还需尽情浇灌，以便美丽的玫瑰永远不会枯死。即使开透的花朵到时难免凋零，我们也"应把记忆交给娇嫩的后嗣"。

最后，我用莎翁的商籁体诗句，赠予我那有着美好声誉的母校：青山不老，绿水长流！

(《中南财经大学校庆纪念专集》，1989年2月)

第四辑 议论之什

《埋剑集》(天津书局 1945 年)　《埋情记》(成都东方书社 1945 年)

文艺漫笔

一

自从有了所谓"杂志年""翻译年"以来,文坛上的花样,越翻越新奇了。今天你出几种杂志,明天我出几种集子。除了那些不要脸的老牌作家,在那里偷抄点古书登出来骗点稿费而外,又加上大批操纵出版界的"文阀",把文艺创作简直看成了自己家私,是想发财的唯一的敲门砖。除了翻印"明人小品",出版"万有文库"不算,还来上什么"文学丛刊",什么"文学大系"等等好听的名目。其实还不是只几位没出息的文人,在那里互吹互擂,仔细想,他们尽把文艺创作当作商品贩卖倒没关系,可是这样一来,真苦了不少的穷苦读者!

二

文艺是有真实性的,是有生命价值的,不是但为应逢编辑和读者的。尽管用老牌子来号召,而骨子里却拿不出真实货色来,自己想想也觉得不够味儿。于是换换笔名,照样通行无阻了。这样不但于自己的盛名无损,于编辑脸上还好看些。因此,首先在文学杂志上唱出了"提拔新作家"的高调,以后,接二连三地在各文艺副刊上也照样地来上一套:"让出星期三的版来专为新人的作品登载!""收到的稿件我们都细细地看过,决不轻率投到字纸篓去!"这些论调都随时发出了。可是,事实胜于雄辩,这还不是"挂着羊头卖狗肉"。试问提拔的新作家在哪里?但看信封上的住址,便决定了稿件的运命的编者可着实不少!不信,请大家留心各个刊物,除了少数例外,哪[个]不是包办性质?这也难怪,在这样到处闹着不景气,失业者有如过江之鲫的年头,谁没有几个穷朋友?……反过来说,因为这样,便连带着整个中国文化大倒其霉,可也太不值得了!……

1935.5.19,于育英

(《益世报》北京版,1936年5月24日)

大众向作家们要求什么

——有关于报告文学与特写

一个献身于文艺界的忠实写作者,应当时时不要忘记了社会的现实和整个人类的要求。假设文学离开了社会与群众,那文学的本身便要完全解体。我们固不应该终日埋怨着我们的文坛上没有像"伏尔泰""斯沫特莱"的那样体面的作者出现,但我们可绝不可过于乐观或逃开现实,终是躲在"艺术之宫"里一谈"幽默文学"便天下太平!

假设我们留心的话,检讨检讨过去两三年来的中国文坛,到底给了一些民众些什么,我想大家一定会"汗颜自惭"的。不错,在今日的文坛上也着实出现了几本新型的刊物,像《文学丛报》《作家》《文学界》《泡沫》这样的刊物,真像雨后春笋一样地继续排印了出来。可是,假设我们不是丧心病狂的人,我们谁会想到这类的刊物,虽然是在拼死地努力着,但究竟离现实还是远些。一个次殖民地的民族,在它的领域居住着的大众,所特有的待遇是哀号、悲愤、挣扎、牺牲……他们的需要只是想改进自己的生活,和怎样可减轻那些流离的痛苦;他们可说没有机会看那些《琅嬛文集》《陶庵梦忆》一类的书。那种作品只许有闲阶级坐在咖啡馆里高谈阔论地来赏识赏识,至于一般"普罗"阶级的穷朋友,又哪里有工夫来梦想这些!

到底大众向作家们要求些什么呢?这确实要一般文人们来扪心自省的。如果不顾大众的口味,无论是毒药或是其他,硬要找大众吞下去,那是一件多么愚蠢的事情!文艺本是一个民族精神的结晶,而反被大家视为垃圾堆里的破烂,这是一件多么矛盾的事实!……

话又说回来了!究竟一般民众需要什么作品呢?这使我们不能不想到"特写"与"报告文学"。

关于特写与报告文学的理论文字,就作者见到的,在中国文坛上还不甚多。特写与报告文学在形式及结构上本没有什么区别,既没有长短的划分,更没有取材的规定。我想它们最大的分野还在趣味的建树和作者的态度。那就是说,前者以情绪为中心,后者以理论为根据;前者是闲散的,后者是严肃的;前者是主观地小心地刻画出当时的情形,而后者则是客观地大胆地来表现社会的丑恶。拿一个平常例子来说,"12.16冬北平"这个问题,如果作者仅用闲散的笔墨描写出当时的事变,或间而有冷讽热刺的味道,无论篇幅是怎样长,那也总是篇特写。不然,如果作者附加上社会的黑暗背景,和问题的中心批评,事变的因果关系,那就是一篇良好的报告文学了。辛克莱的《屠场》《煤油》《石炭王》都是极好的报告文学。从这些上面,我们又可窥察出作者的态度,前者是"无目的"的,而后者却是"有作用"的。唯其它们见有这种特性,"报告文学"与"特写"遂在下层社会里,用来作"唤起作用"与"改革建设"的媒触剂,它的效力与气量是再重大没有了。

最后,我要说的便是祝福一般先进的作家们,能立刻走下"象牙之塔",而大踏步地迈上文艺民众化的征途。

1936.6.11

(《益世报》北京版,1936年6月15日)

再论新人和旧人
——从买杂志说起

假设你是常逛市场的话,你不愁见不到这样情景:在各个大小不同的书摊上,许多顾客们,往往拾起一本杂志来,便首先看看目录底下的署名,倘或他们见到的是几位老牌作家的名字,那无疑的,钱包是要从他们怀中掏出来的。

本心想,老作家与不知名的作家,在本质上哪一点不同?暑假前,我曾在北平《益世报》上讨论到这个问题。可是我不知引起了许多人的攻击和中伤。然而,事实胜于雄辩,我虽然落了个牢骚的罪名,可是人们依然不能把"老作家招牌挂得特别高敲得特别响"的习惯去掉。一般的读书,还是在蔑视着未成名作家作品的道路上进行着。偶像地崇拜旧作家,这可不是我杜撰的事实,我并不取一笔抹杀,现在,依目前我们中国实地的情形来讲,哪一个报屁股的编辑,不是为着拉拢穷朋友,不管在征稿启事里说得如何冠冕堂皇,事实上,倒霉的只是几个无名作者。

办刊物的人,更会从这方面取巧了。他们为了"发财有道",便不惜重的报酬,千方百计地得到名人的稿件。幸而这梦实现了,便急忙做版,急忙印刷,刊物出版了,不消说老作家的文章是名列前茅。其实,那篇文章因为作者纯系出乎应逢心理,还或许就写得狗屁不通!

退一万步讲,老作家也不过在经验上与年龄上比无名作家多些。

试问哪位旧作家没有经过无名作家时代？可是，一旦"身登龙门"，则"声价十倍"。他却忘了当初投稿时的情形：把稿件放在信筒里，又恐怕被细雨浸湿了；被邮差拿了去，又恐怕送差了门；幸而到了编辑部里，又恐怕编辑先生还没拆封便丢在字纸篓去了。我们想所谓旧作家也者，也不过多一层"镀金"而已。哪个旧作家不是从无名作家变来？谁还在娘胎里带来"老作家"的头衔？不信的话，如果一位新作家，尽管他的文章写得如何漂亮，但少人提拔（这提拔可不是像从前某大杂志编辑那种挂羊头卖狗肉式的提拔），他就便是一"李杜"再出，他的作品，也免不了爬在编辑室的字纸篓里终日翻筋斗。

我想大凡较有思想的青年，都会想到这一层。文艺的代价，绝不是但靠招牌来决定的。这也正如同我认识一个伟大的人格不能但看长得相貌一样。如果撇开这点不计，你也许就能把贾波林当作希忒拉，抓住杨小楼硬喊武松。

好的作品，应当是自我的刻画，不是印象的批评，否则永见不到大作品产生。胡风在《中流》一卷六期里有过这样的话："如果目标不放在敌人的阵垒里面，视野不能扩大到整个战斗地理上去，只是成天在战壕里面，横冲直撞，那所谓战壕里的生活，就会毫无'战'的意义了。"这虽然是露骨地表明了文人们应当联合共同在同一的目标上着手向敌人进攻，可是，除了照胡风所说的"把目光放到战壕以外"之外，我们还需要来一番自我的探讨，我们还需要将我们的优点拿给敌人看看，我们还需要我们不要彼此倾轧相互嫉妒，我们还需要老作家真的虔诚地向新作家提携。这样，我们的国防前线，才会有更大的更需要的力量产生。

（《草原》1936年第2期）

《生死场》

作者:萧红　出版者:奴隶社　定价:六角

　　仇恨、敌视与摧残,只能消灭了人类外在的行为,而不能征服了人类潜在的意识,有时反加了人类反抗的力量。一个被压迫的民族,尤其是像我们处在"次殖民地"地位的中华民族,要想走一条不死的道路,本来是很难的,若还要在群众中求力量,挣扎中求生存,那更是一件棘手的事情。可是如果真的能有几位像样的文人(不是终日坐在电影场里却口口声声喊民族文学的流氓)出来努力表现自己民族的精干与奋身,这总比"坐以待毙"好些。

　　去年在寂寞了的中国文坛上出现了一本值得称道的作品,那就是描写东北义勇军奋斗行为的《八月的乡村》,可是无奇有偶的又出现了一本关于描写东北农村的创作,那就是我要在这里论到的《生死场》。

　　这本小说的题材是取自哈尔滨附近的一个僻静的村落里,然而仅从这个小的角落里,我们便足以能够窥察到整个东北的农民!

　　故事写来极使人看了兴奋,那几个老媪和小孩的行动和言语,穿插起来,便成为一篇极流利而生动的作品。在结构上,它虽不如《八月的乡村》那样紧张、严肃和锤炼,然而作者惯能把极冲淡和闲散的字句,连络起来,深入浅出地流露着人世的悲哀和人类求生的欲望,这不能不算作者手腕的巧妙灵敏。

对于这本小说,谁都能看出作者在作风上有两种不同的味道:第一点值得我们注意的,是她能专从极细微地方——一个小孩的苦诉——来着手写去。第二点她专用些旁人所不常用的家畜——牛、羊、马等——来衬托故事的中心思想。不信,我们在这里随便抽出两段来看看:

后来孩子从妈妈怀中站起来时,她说出更有意义的话:

"我恨死他们了!若是哥哥活着,我一定告诉哥哥把他打死。"

最后那个女孩拭干眼泪说!

"我必定要像哥哥……"

说完她咬一下嘴唇。

玉姿思想着女孩怎样会这样烈性呢?或者是个中用的孩子?

玉姿忽然停止酗酒,她每夜,开始在林中教训女儿,在静的林里,她严峻地说:

"要报仇。要为哥哥报仇?谁杀死你的哥哥?"

女孩子想:"官项杀死哥哥的。"她又听妈妈说:

"谁杀死哥哥,你要杀死谁?……"

女孩想过十几天以后,她向妈妈踟蹰着:

"是谁杀死哥哥?妈妈明天领我去进城,找到那个仇人,等后来什么时候遇见他,我好杀死他。"(页125—126)

从一个小女孩口里唠唠叨叨地说出她那一番内心的委曲,有谁看了不替她难过呢?……

再,在本书的结尾处,写二里半离开乡间的情形尤凄厉动人:

二里半回头看时,被关在栏中的老羊,居然随在身后,立刻他的脸更拖长起来：

"这条老羊……替我养着吧！赵三哥！你活一天替我养一天吧！"

二里半的手，在羊毛上惜别，他流泪的手，最后一刻摸着羊毛。

他快走，跟上前面李青山去。身后老羊不住哀叫，羊的胡子，慢慢在摆动……

二里半不健全的腿，颠跌着，颠跌着，远了！模糊了！山冈和树林，渐去渐远。羊声在遥远处，伴着老赵三茫然的嘶鸣。

拿一个羊来写出人类的不幸，这是多么经济华墨的办法呢！我们想，这是羊的哀号呢，还是整个中华民族的象征呢？……在这里，我想假设人是热血动物的话，说不能不多少生一点"遗民冬青"之感罢！

《生死场》中对于人类心理的描写及风物的刻画都是很成功的。关于后者，我不愿再说什么了，因为胡风先生在《读后记》中早已替我说出了。可是关于前者，我敢大胆地说一句，作者在心理描写上是登峰造极的，尤其是在《到都市里去》那一章中，写心理矛盾更为明显。金枝因为做不惯那样半卖淫式的都市生活，所以还到乡间去，然而她的娘却是一个唯利是图的人，所以她还是再三再四地赶她女儿重复回到哈尔滨去，"你应该洗洗衣裳收拾一下，明天一早必得要行路的，在村子里是没有出头面之日。"这段说话，找我们读者看了，真是哭不得笑不得的！

总之，这是一本充满同胞血泪的作品！

1936.6.1 故都

(《益世报》北京版，1936年6月6日)

贤伉俪[Leonard and Gertrude]

裴斯泰洛齐(Johann Heinrich Pestalozzi)著,傅任敢译,商务印书馆发行,1937年初版,定价七角五分,二百三十四页。

谁都承认那是一种极高明的见地——把文学的任务划入教育学的范畴——那许多近于幻想的古希腊式的故事,随着时代的新潮,已渐将传奇的成分冲淡得近于现实。我们现在所渴望的已不是金字塔前那些封建遗物的回光返照,而是把现代人的真实生活刻画在实地记录里。有了好的社会背景方才有了好的公民分子;有了好的公民分子,方才有了好的社会生活。《贤伉俪》的作者,裴斯泰洛齐先生便是一眼看中了整个社会的需要,而用他那智慧的笔写成一本动人册子。

一句著名的哲学格言说得极好:"作者常常使自己的作品相似自己。"如若拿这个量尺去测度我们的作者,那是再好没有的了。一位伟大的作者,他不愿让说教式的音响透入听者的耳鼓,那是把许多极普通而又平凡的现象用高妙的手法给人一种暗示——深切而自然!

故事的原委在本书里整个走着一条变动的曲线。蓬那村内泥匠廖纳德(Leonard)是一位游手好闲、饮酒赌博、极尽人间糊涂的人。他有一位极贤惠的妻子名叫格姝(Gertrude),丈夫的糊涂终于被妻子的眼泪所感化了。这两位本书的主角在整个故事里扮演着极重要的角色,丈夫生活的日趋于改善完全由于妻子的努力、温存、贤淑、诚笃。她终日过着刻苦耐劳的生活,一旦有人要设法陷害她的丈夫的时候,终究逃不过她的眼目的。后来她的名声惹起州官亚纳(Arner)的注意,于是很感觉这位女人的伟大,为了怜惜他们那贫苦的生活,替她丈夫找到了修盖教堂的工作,于是家庭的经济遂渐由黑暗走到明朗。这位"孟母式"的人物,不独对于自己的家庭力求改善,并且关心邻居们生活的改进,因此她对于鲁迪(Rubel Rudy)等人都竭力求得和睦与调整而把有暇的时间抽出一部分来教导邻村的孩子们工读。村正亨美尔(Hummel)是一位地道的土劣,他无时不想怎样剥削人家,陷害人家。他的行为的龌龊在《设阱》《谤贤》《诳上》等章里表现得极充分。他在本村里开了酒店让村人们去饮酒,于是从中渔利。他私自迁移人家的地界,他竭力想法使"不向他一心的人"找不到工作。他对于那贤良的州官的设施千方百计地作梗。总之,他的丑态和阴谋是不胜枚举的。但终于被撤职而受刑了。顾汝飞也曾在故事里以崭新的局面出现。他只要有点闲暇便去拜访格姝。两人相谈办学校的事情。虽然格姝对于日常自己的教学方法也说不出一个所以然来,但他却认为那寥寥的几句话已经真正道着了整个教育问题的痒处,而同时因为她的设教,一切的人都被感化了。

在故事的描叙方面,我最佩服作者擒纵文字的术。他的文字简明而深刻,描写精彩的地方,简直激动得我们流泪。他描写格姝平日因为丈夫的在外胡闹而忧虑,而自己的忧愁却总不让孩子们知道。这种情况,作品是以这样的局面出现的:

格姝平日总不让孩子知道自己的忧虑,但是有一天丈夫回家比平日更晚,她心中焦急之余,不禁当着孩子们哭起来了。

"妈妈你哭了!"孩子们同声叫着,绕着她,也跟着在哭。她怀里的婴儿,平日总是满面笑容的,也似乎感到了忧愁,望着母亲的脸,一点没有笑容。母亲太痛苦了,大声地号哭起来,孩子们都陪着啜泣。他们正在哭得顶伤心的时候,大门开了,廖泥匠回来了。那时格姝的脸是掩着的,孩子们绕着她,深为母亲的不幸所吸引,谁也没有注意父亲的回来。……

类似以上这种的描写,真是生动入妙。把平凡的故事,描写成情景逼真的段落,这种尝试,在含有教育目的的几部文学名著中,不独如《表》《结发妻》《稻草人》等中不易见到,即《爱的教育》亦有话说。

我觉得论及用笔的亲切,那是再没有比《教子》那一章写得特别的生动了。原来格姝的家教极严,在每一个礼拜六晚,她照常是把所有的孩子们唤到面前,把他们在这一礼拜中有的错处一件件提出来,加一番纠正:

……格姝便说道:"孩子们,我有一些快乐的消息告诉你们。你们的亲爱的爸爸快有好的工作了,可以多得些钱。我们以后可以不必再愁着我们每天的面包了。孩子们,我们得谢谢上帝,上帝对我们真好。我们从前每吃一口面包都得计算一下,那种苦况,你们切不可忘记。你们自己是受饿过的,你们便得常常替穷人想想:自己只要有得多,哪怕一点点,也得送给没吃没用的人。孩子们,你们愿意么?"

他们异口同声地叫道:"妈妈,我们都愿意!"格姝又问他们愿不愿把预备下午自己吃的面包,留给比自己更苦的人;孩子们都很乐意地答应。她于是叫他们各人想出一个没吃的、乐于接受这份礼物的小朋友。尼哥说的是他的邻居小鲁迪；丽姐说的是马克思的女儿蓓蒂；其余的孩子也各自说了。他们都很乐意的，一致决定第二天就去实行这个计划。

格妹又告诉他们说州官送给他们一些钱，等大家做完晚祷之后，给他看。她说："好孩子，你们在这个礼拜中做了几件什么好事情，好好的告诉我。"孩子们听了之后都面面相觑地不说话。

"安妮，你这个礼拜的行为呢？好吗？"

安妮羞得不敢抬头，答道："妈妈，不好；你知道我对弟弟的那件事。"

"安妮，那孩子说不定会吃你的亏呢！——你想一想，倘使有人把你关在一间房里，没有得吃，又没有得玩，你觉得多么难受！小小的孩子这样关着，有时候哭坏了，可以害他们一生呢！安妮，我一想到你不会好好地照顾这孩子，弄得我门也不敢出了。"

"妈妈，我以后再不让他独自留在房里了！"

"尼哥，你呢？"格妹回头过去向她那顶大的儿子说，"你这个礼拜怎样？"

"我记得没有做错什么事。"

"礼拜一你把佩格打倒地上，就不记得了吗？"

"妈妈，我不是有意的。"

…………

因为怕孩子们不知道自己的过错，所以每一个孩子都给他们一种提醒,在这点上,心理描写的成分是占有相当多的。

作者在作品上独举一面大旗,凡经过他描写的人物,都充满了极浓厚的文艺色彩。他惯会把艺术的镜子照给人看,使人对于整个故事的体系得到一个良好的面影,于是发现每个文字都在起而跳舞。他惯会用深入浅出的革法贯串出全书的教育目标:"你应该帮学生们做他们父母所不能帮他们做的事情。他们所最需要的并不是读写算;他们能够学点东西固然很好,但是尤其重要的是:他们要能成个东西——要让他们发展各自的天赋,这常是家庭所不能够指导,不能够帮助他们的。"

在整个故事的穿插上,运用技术的能力是十分成熟的,凡经过他描写的人物,除了活泼生动以外,都不会找到遗漏的痕迹。在这种场合,作者颇能得"鸳鸯绣了从教看,不把金针度与人"之妙。全书三十七章几乎没有一处不感到和谐,而那些被穿插的人物的性格还都是些典型的人物,在中国的农村几乎到处都有他们的足迹:艰苦耐劳,勤俭持家,那是格姝一流的人物;生性忠厚,随遇而安,那是廖泥匠一流的人物;勾结流氓,把持地方,那是亨美尔一流的人物;赋性清廉,为民爱戴,那是亚纳一流的人物;忠厚传家,为人谨严,那是鲁迪一流的人物;心无定志,旋即忏悔,那是魏斯特一流的人物;假装信神,以求伪善,那是克利喜一流的人物;貌似善良,凶狠恶毒,那是米舍尔一流的人物;赖人为生,虚骄做作,那是马克风一流的人物。凡在本书中出现的每个个体,都是有他的特殊性格的。

很明显的,在作风方面,他虽然不像托尔斯泰那样雄浑,高尔基那样强烈,都德那样细腻,莫泊桑那样洗练,陀思妥耶夫斯基那样孤寂,但他那清奇的文笔把故事委曲纤巧地剪裁成清新的段落,用一种不可捉摸的力量来挑动着读者的心弦。我想这实在是作者独到的成功。

裴氏作品的教育目的，显然有两个连续的阵列：第一，如果要改良社会，应该先以教育着手，而尤以家庭的教育为功最大；第二，实现教育的任务，不必一定要冠冕堂皇的学校，如果有了好的其他单位——如家庭——再由此扩展开来，到乡村，到州县，到全省，到国家，便是很快地能够得到本书中显示给我们的结果——土劣铲除了，贫穷削减了，一切的一切都上轨道了。

但是，以上这种见解不无可以使我们注意的地方，裴氏那种近于中国修齐治平的思想，是不是能够追随着社会的结构，而把它的生命继续延长下去，且与实地生活作密切的联络，不似柏拉图的"理想国"，使人仅感觉到是一面用空洞的哲学砌成的好看的镜子，仅在于美观，不切于实用，这是其一。因为过于讲求治平，便过于讲求效果。于是在作品中产生了那许多似佛家报应式的思想，于是冤有头债有主，报应不爽，仅拿一种立刻的赏罚来显示人类应走的途径，而残酷地断定了社会的命运。这种看法，不独在故事上求效太急，就从艺术的结构上说，也是一件莫大的损失。

附记：睇芬兄要我给这刊物写一点东西，近来在创作方面，觉得不敢着笔。《贤伉俪》在文学上是一部任人皆知的名著，我在这里简短地作一个介绍。除了有我自己的一点看法以外，还希望这伟大的作品不以我的偏见而减色。作者附识。

(《燕京文学》1941年1卷6期)

漫谭"人生"

这几年来,我在各大学教书,常常遇到学生们问我:"到底人生是什么?"我是研究经济学的人,不懂得哲学,关于这个问题,好像是要哲学家们来用一番脑筋,如哲学史的根据,概率的整理、堆积、建筑,以至于完成一个体系。然而,我则没有这份余闲,所以我这所说的人生,也仅限于是"漫谭"。关于这,我知道我是"道可道非常道",以不道为好,但是偏偏有人问起我,所以不要紧,道可道,虽然白费,而常道又安在,虽然现在我的思想已是"山穷水复疑无路",但由经验的积累上,对于所谓常道也者,却也略有些"柳暗花明又一村"!

那么,人生是什么?有的人说:"人生就是人生。"可是这句话就如同讲货币学的人说:"货币是什么?货币是货币所做的事情。"这句话等于没有答复。那么,我很不容易给人生的定论来一个硬性的决定,所以我们可以要求发问者:"人生像什么?"我们不妨暂以人生像什么为对象而发挥之。

关于人生像什么,我们死去的文人前辈,不知道打了多少比喻。有的说人生像做梦,有的说人生像作客,有的说人生像走路,有的说人生像还债,有的说……总之,不一而足。这些我们都不管它。诗人李太白说"天地者,万物之逆旅;光阴者,百代之过客",是把人生看作"梦",我则把人生比作走路。自然,这道路容或是平坦的,容或是崎岖的,容或路上多荆棘,容或路上盛开着桃李……

但是,话又说回来,但只走路就不易。因为走路总要有个办法,总要有个方向,总要有个目的,总要有个……换言之,我们走路是坐车还是骑马,到哪个方向,是东南或是西北,到哪里为止,过去一般的人,都是采取糊涂,郑板桥所谓"难得糊涂"。对于走路所采的方式,完全不管。从小孩儿起,我们就上了路,但是方向何如,我们自己不问,也不知道问,大人也不让我们问,跟着走就是了。自然大人们也就认为走是天职,不许另生枝节,不许有所发明。这种态度,我们认为是不对的,我们觉得应该走路的办法,要灭除"盲目""封建"而采取"中庸"的办法,一味愚昧,是欺骗青年,是陷害青年,是把国家引到毁灭的路子上去。

假设人生是做梦,我们也愿做一个好梦;假设人生是住旅馆,我们也愿意住一家好的旅馆;假设人生是走路,我们也要走条幸福平坦的路。但走一条幸福平坦的路,我们是应该采取中庸的态度。

贵人已经拜访到草庐来了,还有人高卧在隆中唱诗,这种走路的态度要得;大兵已经快要临近城下了,还有人在那里下象棋,这种走路的态度也要得;如果不费吹灰之力写几个字便可以骗取一个高位,但有人偏要写"燕贼篡位"被灭九族,这种走路的态度更要得!

我们不能做时代的绊脚石,但我们也不能做民族的叛逆者,我们转眼就不再年青了,但我们还要做时代的青年,但我们如何方可以抓住人生?我们必须猛醒,我们必须察惕,我们必须寻取自己脚下的路,要以中庸的态度来走这条正确人生的路。能走正确的路,才可以和时代配合,为民族增辉,因为走路本身就是生活本身。除了好好走正确的路以外,在人生的途径上,没有任何任务比这更重要,更伟大的。

　　但是,正确的路和中庸的态度,到底是怎样的内容呢?我们大家想想吧!

(《四川青年》1945 年 3 卷 3 期)

姑妄言之

文人往往能应常不能应变,能处治不能处乱。诸葛亮是一个能处乱的人,但从他利用徐庶、司马徽等人为他在登台前做的广告看来,他还是有些"处世奇术"。王猛是一个善于处乱世的人,一介书生能得到苻坚的赏识,实在大不易了,但从他那"扪虱而谈,旁若无人"的态度看来,他也还有一些广告学。

可是,有些文人,则没有这种修养,贾谊便是一个。

一个政府要好,要延揽文人。利用人才,方有清明的政治。不然,则贪官污吏,皆放走了,酒桶饭囊,尸居高位,政府何以清明,政治又何以不腐败?

贾谊本是一个人才,但是没有遇到一个真正能够赏识他的人。"屈贾谊于长沙,非无圣主",王勃这话自是不通之论,该打手心。文帝自非明主,有治心而无魄力,有眼光而乏果断。李义山的诗说:"可怜夜半虚前席,不问苍生问鬼神。"这可替贾谊吐了一口怨气。一位满腹政治经济的人物,不问他国家大事,而问他些神鬼之事,是文帝怕惹左右说话,有意离开本题,有意推脱,不用之心,已很显明,又焉得称为明主?况鬼神之事,虚无缥缈,挂着圣人头衔的"孔丘"都答不来,又何况我们的贾长沙?

政府要好,要有些基本的条件。要不拘泥于成见,要不论及于资格,要选拔优良的人才,要实现真正的民主,要好好地听从人民的意见。不是挂着羊头卖狗肉，口口声声也说接受各党各派意见，听从人民大众意旨，而实则"收买汉奸""发复员财"！

明成祖发北平，姚广孝以孝孺为托，曰："城下之日，彼必不降，幸勿杀之，杀孝孺，天下读书种子绝矣！"

姚广孝虽是一个"比丘"，但有见识有眼光，能拿得起能放得下，明成祖前半世的功业，可以说由他一手造成，但是他终究不能使燕王不杀方正学。明成祖在历史上的失败，可以说完全由于不听这位和尚的话。

反之，贪官污吏，该杀不杀，亦为明主盛名之累，要不得。贾似道之放，魏忠贤之诛，皆大快人心，为有识者称赞！

国家胜利了，我们狂欢，我们庆祝，但我们正应该拉回过分狂热的情感，来深思，来内省，来警惕。一切不要空具条文，不要像刘邦除秦苛暴，"与父老约法三章耳"，后来仍诛戮戡，仍禁挟书。我们要做到彻底民主的地步，能彻底民主，则人才方不至浪费，政治方可能走上轨道！

真正有眼光，有学识，得到大众信仰的文人学者，大都是自爱的。要政治向他低头，向他延聘，才会问世的。我们愿政府应该不拘资格不拘惯例来吸收真正的人才，这样方不至使民主的口号落空，使政府的黑暗变为人民幸福的绊足石。

约翰·穆勒有句话说："专制使人们变成冷嘲。"可是名不副实的民主，也会使大众变怨与积愤……

(《燕京新闻》1945年10月25日)

从"六三精神"说到"七七锻炼"

本刊诸位编辑,要我写一篇关于本刊的文章。我不是一个长于写作的人,也就不容易写出包括本刊全般意义的提纲。每一动笔,不免有些"佛头着粪"之感。但想起了本刊发刊的日期适值"六三"盛典,不免联想到"七七"抗战,于是以"六三"与"七七"为题,说几句外行的话。[作者附记]

二十年前的"六三"运动,并不是事前准备得很好,组织得很好,而是一种大公无私、勇者不惧的行为。当时由于"五卅惨案"之后,圣约翰当局,对爱国运动的压迫与摧残,于是一般前进的"六三同志"遂毅然有脱离圣约翰而另组光华大学的一番义举。回忆二十年前数百青年激于义愤悉行退出圣约翰时的光景,是多么令人兴奋!而回忆全体国籍教师不甘沉默,对未来光华艰苦缔造的情形,又是何等精神!

从另一方面来看,如果说"六三"是外人对我们压迫的一把匕首(杀死了我们纱厂的工人,捕获了我们的爱国学生,还不许我们下半旗志哀!),那么"七七"便是敌人要致我们死命的一颗炸弹。野蛮的大和民族,想用此断送尽黄帝的后裔。不幸轩辕的子孙"带来了无畏精神给战壕""带来了精诚团结给民族",于是发动了这次全民族抗战。

"六三"给予我们的精神和"七七"给予我们的锻炼,同样的重要。"六三精神"是"六三同志"们中流击楫,"七七锻炼"是民族英雄们的现身说法。其意义是一样的。六月三日光华的师生在上海立校,这种精神是革命的,也可说是"七七"精神;七月七日,二十九军在卢沟桥发动了全面的抗战,这种锻炼是坚苦的,也可说是"六三"锻炼。都是在奋斗,在挣扎,在寻找光明,在企图建设,在与恶势力不断地反抗,在为了努力于明日祖国的新生。

是的,"六三"在时间上已与我们相隔二十年了,"七七"在时间上已与我们相隔八年了,但是这些伟大的精神与坚苦的锻炼,却似乎形成了多方面的深远的背景,时光照着我们,使我们这一代的人群,在任何困难中都挺立着,都不失去信心。特别是经过"六三"或"七七"洗礼的老英雄们,一到这些盛典举行的日子,定当如闻田僧超的《壮士歌》与《项羽吟》,会更加倍地壮士争雄,剑客思奋!

不错,没有"六三",没有今日少年的"光荣";没有"七七",没有今日民族的复兴。那些无畏的精神是水龙、皮鞭抽打不走的;那些坚苦的锻炼,也使飞机、大炮失去了威风。但我们看到这种精神、这种锻炼,我们不要空空称赞那些"白手成家"的好汉,我们还要追踪接踵,使这数页的历史发扬光大。

七年前,我在《宇宙风》杂志的《关于郑成功》一文中曾说过:"征服者的野心,虽然是人心不足蛇吞象,但我们这个民族是容易屈服的吗?"空空使敌人自己吞下了自己制造的炸弹,这种精神,汪水云的诗集可以表现出来,陈卧子的文集也可以表现出来。

不过,在某方面,我们还不要过分乐观。1945年是胜利年,是无疑问的,敌国的整个坍台也是无疑问的,我们民族的复兴也是无疑问的。但是我们不要浪费了"六三"与"七七"赐给我们的遗产,我们也应该稍加警惕,方能使新民主主义的潮流不致落空。

日前德国的无条件投降,与日本的琉球失利,是一种鲜明的对比。敌人的力量虽然削弱,但是我们还是不要疏忽他那最后的挣扎。日本的投机外交虽然走到末路,但我们还是要替他留出万分之一的机会。他虽然以"光荣的孤立"自豪,但已是强弩之末。白柳秀湖在《孤立果为悲观乎》中很骄傲地强调他的主张:

> 孤立是悲哀,然而孤立也是光荣。经济绝交,看吧!有趣得很,随时都请来,那不就是袭取拿破仑的大陆封锁的旧套么?喂,盎格鲁撒克逊的老爷们!我们日本国里也有纳尔逊哪!也有蒙克哪!

他的孤立政策的强调,本身虽缺乏经济史上的根据,但在某些意义上仍使我们对这匹饿狼有所戒惕!因此,我们为长期抗战,或者预备更苦下去。同时,我们不得不寻自省,寻自救。

先说什么是自省。所谓自省者,要发佛爷所说的"阿耨多罗三藐三菩提心",换言之,即发无上正等正觉之心也。能发此心,则能发现智慧,则不为愚昧的偏见所蒙蔽,则不为未澄清的思想所引诱。能不为愚昧的偏见所蒙蔽与未澄清的思想所引诱,方能发现我们前辈们所留下的"六三精神"和"七七锻炼"。同时也能发现我们这个民族的劣根性,和筛子一样的,一点什么也留不住的一些……我们要自省,我们必须免除一切的自私自利,缺乏热心,愚昧,不谨慎……中国许多先进们对于这些现象不是健忘的!虽说我们列为四强,但仍须更多的努力,方会使怀有这么多文明积累的欧美精明政治家们,把过去对于我国许多令人不快的故事,慢慢在他们记忆中消失。

我们也非常相信,在战后的中国,科学精神将代替过去的紊乱,法治将代替人治,人才主义将超越系统资格而取得合理有力的地位。

我们必须不声不响地在文化方面做些建树的工作,这些就是我们要寻找的自救之路。缺乏这些,我们仍然要回复到清朝时代,而"六三"与"七七"也都变成了浪费,没有自由可说,更没有幸福可谈。在这点上,我光华的贤明教育当局同人,及本刊的诸位优秀同学都在为我们民族的快乐与幸福,做着极大的努力。无论在会计经济各方面都企图做一番"苦干硬干"的切实功夫。一个民族能够在世界上有他的地位,必须能自救,必须建树自己,必须时刻不停地努力研究工作。无论在会计制度或经济理论方面都要下一番切实的功夫,然后所学才能与社会相济相成而不落空套。我记得柴霍夫曾说过:

俄罗斯人……为了要活得像人,就应该工作——用爱和信念去工作。但我们都不能够做到。……一个医生如果开了业,就不研究,除了医学新报以外什么也不读,到了四十岁就认真地相信一切病源是感冒。对于他自己的工作的意义多少懂得一点的官吏我一个也没有碰见。大概总是坐在首都或省里面起草文件送到"兹美夫"或"斯莫尔贡"去执行。……

可是,在这样"入骨酸风尽日吹,那堪念乱更伤离"的日子里,我们纪念"六三",我们也想到"七七"。晚近商科同人间正号呼商研究所的创办;而三四夏会计系联谊会的诸同学们,也正努力于此《会联通讯》的出版。使柴霍夫死而有知,不更向我们改换一副微笑而敬佩的面孔吗?

为纪念"六三"而写

(原载《会联通讯》1945年36期,成都光华大学20周年校庆暨会计系三四夏毕业同学联谊会特刊,1945年6月出版)

向智慧者进一言

天下莫不相与为彼我,而彼我皆欲自为,斯东西之相反也,然彼我相与为唇齿,唇齿者未尝相为,而唇亡则齿寒,故彼之自为,济我之功宏矣。斯相反而不可以相无者也。

——郭象《庄子注·秋水》

最近,我在本报上读到两篇有关"世道人心"的文章:一篇是罗仲言先生的《改革大学教育》,一篇是陈筑山先生的《尊师重道与转移风气》,见解深刻,语重心长,值此乱世,我犹欲噤若寒蝉,又岂能无言?

在今天,大多数的文化朋友们都注意到物质生活上去,而把精神方面的一切需要问题完全忽略了,大学学府几成为野心家觊觎的目的物,一般的教师也都□生□□□□□在"柴米油盐"上打□□,于是所□□之学生也都水准降低,似此□□,十年以后非特无建树之物,亦将无可用之才!

罗先生在他的文章中所提出的两点:所谓"内向之力不足而外化之气日盛",又所谓"大学教材□□日坏,不合国内实际应用",在我看来,这还是一个问题,但可说这仍是相互影响的一个问题。

今日的大学教育,据罗先生所说认为是内向之力不足,外化之气日盛。我则认为所谓外化之气者,仍是制度上的工作。唯其内向之力不足，所以外化之气日盛。于是，一般习经济学的人，仅知有亚当·斯密，不知有桓宽，仅知有"货币购买力"，不知有《文献通考》，仅知学习纽约城之金融动向，不求了解西安市之物价指数！

唯其如此，才有所谓自信心的丧失，才有所谓不合国情的教材的采用，才有所谓文化水准的降低，才有所谓官僚攀附的把持！

然而，今日的大学教育的腐败，除了罗先生所指出的以外，主要的在于赏罚的不透明。我们觉得，今天的道德问题完全失去了重心，资质较劣的教师，因为能酒食门径，奔走钻营，而且往往捷足先登，终日埋头研究的优良教授反而洁身自爱，而皆遭排斥。于是，黑白不分，是非不明，而其结果亦正如官场："苦干硬干，反被查办；吹牛拍马，名利两得！"说到这里，我就很同情罗先生的话：

> 发挥学术独立精神，取缔学府中的官僚学阀及钻营寄生之辈，使派系不生，朋党取缔，而由硕学贤良确有灼见之名流教授引导学术发展，以活泼青年学子努力向上的求知的愿望，及保证研究学术独立自由空气。

可是，话又说回来，如何方能达到目的，使理想渐接近现实，这又不是三言两语可以说清楚的，不过最重要的是要设法在生活上得到保障以满足社会上的心理要求。例如：在科举时代，"士农工商"，士居首位，士人读好了书，可以做官可以发财，所以士人在社会上的地位是很高的。孔子也说"学而优则仕"。甚至于一个穷酸小子，因为他念书念得好，也可以"公子落难中状元，小姐花园订终身"，但此处我并非提倡科举，赞成做官，我只是说明今日的文化人不独不能维持生活，并且失去了过去他们曾有过的有利的武器！

因为失去了生活的保障，所以有才能的人就不能获得社会主领

导的地位,其影响便是师道的不尊,《礼记·学记》章说:

> 凡学之道,严师为难。师严然后道尊,道尊然后民知敬学。是故君之所不臣于其臣者二:当其为尸,则弗臣也;当其为师,则弗臣也。大学之礼,虽诏于天子无北面,所以尊师也。

但是,现在的大学教授怎样了呢?一个教授的待遇不及一般银行的三等行员,呜呼!尊师何有?

所以,我们要改革今日之大学教育,必须先从"尊师重道"做起。如果这点都不能做到,则一切都不必谈了。

但是一般社会上的人对于教师持怎样的看法呢?我不妨借助于陈筑山先生的话:

> 政府对于教师,不过等于普通的公务员;政党对于教师,利用为宣传党策、诱进党徒的工具;社会对于教师,认为是可怜的穷酸秀才;学生对于教师,看为是贩卖知识、评定分数、制造文□的机器……

社会上的一般人,既对于教师是这样的看法,则无怪乎师道之不尊。所以,我们很愿意一般执政诸公,如果还认为改良大学教育与尊师重道密切联系,或者说还不忍心将我们民族的生机完全□□的话,我们应该对目前的大学教育和教师的地位重新估价,至少继续赶紧做一桩事,改善教授待遇!

同道们!亲爱的同道们!一般智慧的高瞻远瞩的同道们!我们愿意转移社会风俗,必先改革今日的大学教育;而改革大学教育,必先从尊师重道做起。

笔者曾服务过十个以上的大学,也常和一般青年学生们接近。他们苦闷,他们非但苦闷,而且异常的苦闷,但这痛苦,少半来自生活方面,多半来自求知欲的不能兑现。他们一致的要求是,好的教授。

但是,你也要好的教授,他也要好的教授,可是好的教授哪里去了呢?这话我们实在不必说。不过,我可以很武断地说:"今日优良教师的缺乏,就主要的是因为生活的紧迫,一部分文化园地的耕耘者已被生活的鞭子驱逐出这美丽的花园去了,还有一部分,也在不能继续研究、继续发表的困顿生活里过日子,于是便有一部分努力挤进了文化的圈子。最高学府充斥了,拿学问当□□□是常见的事。"

我们说清这一发酵的时代,我们就知道一般同道们责任的重大。人们的生活和习惯全部的在变化里发展,而一切新的、旧的、优良的、腐败的许多影响社会风气的因素也被迫在这个文化圈子里,不断地变化发展。这是一个丑恶的时代,也是一个美丽的时代;是一个退化的时代,也是一个进步的时代;是一个保守的时代,也是一个改革的时代。

但是普遍的要求是,先在教育文化的圈子里,不断地有智慧的人们在努力修正,不断地进步,不断地改革,我们要发愿来完成这个理想。因此,我想到佛经上释迦佛的故事:释迦佛进舍卫大城去讨饭,不择贫贱富贵,依次平等乞化,回其给孤独园,吃罢了饭,收了法衣食钵,洗了双脚,敷设一张布在座位上,然后屈足盘膝坐下来。这时佛弟子中有一位叫须菩提的长老就向释迦佛说:

举世稀有的世尊啊!你是最善护持眷念一切发大心愿的菩提的,你是最善委付叮嘱一切发大心愿的菩提的。那些善男子和善女人,如果要发出其无上的、正等的、正觉的觉悟心,应该怎样修持而使此心长住菩提道中？若起妄心，又应该怎样降伏其妄心呢？

当时作的回答，我已忘了。收尽污浊世间一切众生之类，走进"无余涅槃的境界里"。那么，我们愿意帮青年学生们永离生死而得乐，智慧的同道们，你们能够告诉我怎样办么？

(《正报》1947 年 11 月 9 日)

哀同胞，望九龙

卫灵公将之晋,至濮水之上,夜闻鼓新声者,说之,使人问之,左右皆报弗闻。召师涓而告之,曰:"有鼓新声者,使人问左右,尽报弗闻。其状似鬼,子为我听而写之。"师涓曰:"诺。"因静坐抚琴而写之。明日报曰:"臣得之矣!然而未习,请更宿而习之。"灵公曰:"诺。"因复宿。明日已习,遂去之晋。晋平公觞之施夷之台。酒酣,灵公起曰:"有新声,愿请奏以示公。"公曰:"善!"乃召师涓,令坐师旷之旁,援琴鼓之。未终,旷抚而止之,曰:"此亡国之声,不可遂也。"平公曰:"此何道出?"师旷曰:"此师延所作淫声,与纣为靡靡之乐也。武王诛纣,悬之白旄,师延东走,至濮水而自投,故闻此声者,必于濮水之上。先闻此声者,其国削,不可遂也。"平公曰:"寡人所好者,音也,子其使遂之。"师涓鼓究之。平公曰:"此所谓何声也?"师旷曰:"此所谓清商。"公曰:"清商固最悲乎?"师旷曰:"不如清徵。"公曰:"清徵可得闻乎?"师旷曰:"不可!古之得听清徵者,皆有德义之君也。今吾君德薄,不足以听之。"公曰:"寡人所好者,音也,愿试听之。"师旷不得已,援琴鼓之。一奏,有玄鹤二八从南方来,集于郭门之上危,再奏而列,三奏,延颈而鸣,舒翼而舞。音中宫商之声,声彻于天。平公大悦,坐者皆喜。

——王充《论衡·纪妖篇》

这是一个古老的故事。而故事的本身,说明政治的清浊,从音乐里做比较,并不因年代的久远而湮没。一个国家的政治,和民族的荣誉,是适用于多方面的,□哪里求党同□□□守望□过少。听"清徵"的是有德义的君主,德薄则不足以听。一个故事的发展演进足以说明一种真理。当我看到报上九龙城的事件时,我怎能忘怀在那个山城的千万居民而寄希望于我们的"贤明"政府?

这个两千居民被香港政府强迫迁出九龙的事件,事实的原委大抵是这样的:早在去年5月14日,已接到工务局的通告,限两周内迁出,由当地居民李振忠联合乡众向两广特派员郭德华报告,后经交涉,事渐平息。到了去年7月7日,工务局又派二英人、一华人在城各处张贴布告,限居民于两周内迁出,引起双方口角,不得要领而去。到了11月24日,又有一杂役来通知居民:自11月27日后,限两周内迁出,否则将行拆毁等语,居民以言出不逊,遂起冲突,继以动武,杂役狼狈逃脱。次日有西人帮办带领华警六人到启德机场设一事后方,将李振忠连长带返警署问话,未获结果。到了11月27日,香港政府公用事业部,通告九龙城两千同胞"勒令迁移",并以12月11日为限。当地居民以该地本为中国所有,于是组织居民协议,请愿于地方政府和外交特派员。

外交特派员郭德华氏为应付这个事件,一面唤起港方注意,一面赴京请示。到了12月1日,九龙城虽告□事,但九龙新界裁判司,以传票问讯我居民协会代表,捕去代表二名。本月5日,事件的转折点,纠察别动队250人,带起防毒面具、藤牌、催泪弹、冲锋车,直入九龙,将房屋尽行拆毁。直至13日九龙城内仍有武装部队驻守,监视居民不许再行聚集。但城中同胞依然镇静,并举行升旗会,

□□□同胞,又遭□行□分发钱米。这是事件的约略经过。

痛苦的记忆很容易把我们拉回九龙问题的历史背景:因在1842年,鸦片战争失败的结果,订立了所谓的《江宁条约》。从此香港割让与英,但九龙的续租,即九龙新界的划立,却是1860的事,我们祖先终于在强权下低了头。1898年6月的一个清和的日子,又终于订立了《中英展拓香港界址专条》,1899年3月,签订了《香港英新租界合同》,从此我们这个九龙的孤儿,被确定了来日的悲苦命运,而同时这两个卖身符,也就在次年三月及八月在伦敦换文!

中世纪欧洲曾经从事相信一句话:"饥渴的人有福了。"现欧洲则相信富足的民族有福了。但重商主义的结果,引来的是另一个民族的或居住某种界限内的居民的不便与痛苦。大英帝国,没有想到在1492年哥伦布发现美洲以前他所受的痛苦,一个民族容或是健忘的,他们忘记了诺曼人、伦巴特人、汉述人甚至犹太人给予他们或加在他们身上的痛苦,而照抄一份给我们的清廷。

到了伊丽莎白和维多利亚两个女王出来,英国才抬了头。但抬头尽管抬头,却不必妨害另外一个民族的存在。他们九龙新租之地,是仅包括濠州湾和大鹏湾水面一带的地方,中英双方议定并照□的地图,却不曾包括"九龙寨"的旧码头一带的。九龙城土地和□湾大道,仍是我们的领土,属于宝安县治下。1898年的专条,也曾规定"所有现在九龙城内驻扎之中国官员,仍可在城内各司其事……仍留附近九龙城原旧码头一区,以便中国官、商各船、渡艇任便往来停泊,且便城内官民任便行走。将来中国建造铁路至九龙英国管辖之界,临时商办。"

很明显的,所谓自由港包括居住自由和来往自由,我们清廷虽抱残守缺,但英国自己却也有个承诺:"在所展界内,不可将居民迫令迁移、产业入官,若因修造衙署、筑造炮台等官工需用地段,皆应从公给价。"可是到了今天,我们不独不能"从公给价",即连居住的房屋也要"勒令迁移"了!据报载,问题争论的焦点,完全在"专条"中"现在九龙城内驻扎之中国官员"一语上。据英方解释,起初所谓"中国官员"系指当年驻扎在九龙城内的那位千总,后被英人强迫搬出的官吏而言。这句话字义很浅,念过《三字经》的小孩子都易了解,怎么英国人会不懂呢?所谓中国官员,当泛指一般的中国官吏,或中国政府机构而言,怎样会狭义地指向被迫撤退的千总而言,以此解释,究不知何所根据。而中国地方,自有中国的主权在,并不须任何外力之干涉,闻我方所提抗议内有"城内因被拆毁,而流离失所之居民,不能作为□□民□押解出境"。试问中国人:我们自己的土地,应该有居住的自由,那么九龙城□□都□属于中国,而谓押解出境,到底出的是什么境呢?

英国人!你们应该聪明些了!别忘了德国□用降落伞部队在伦敦降落的时候,别忘了在敦刻尔克海岸被日耳曼人强迫撤退的时候,再不要忘了日本在新加坡登陆彻底摧毁东方海军基地的光景,更不要忘了香港陷落时被日本强迫拉东洋车的悲剧。我们中国人待你们不错,和你们在缅甸并肩作战,完成亚洲战局的胜利战果。现在,印度独立了,缅甸自治了,香港呢?

不错的,从20世纪的开端,英国的殖民政策便有扩大香港以为东方基地的倾向。但发展经济和我们的民族自主应该不违背的。民国以来,我们还是在外交上容忍和让步,1933年、1936年、1939年、1947年、1948年合计五次行动,来麻烦我们,来打击我们。我们为了在外交上维持革命外交的作风,我们为了争取最□□之地,也曾有1936年因拆毁房屋,引起甘介侯氏的强硬外交,使强权在正义前低头。所以,我们希望英政府和香港当轴,体会中英间的远大关系,不要过分伤害中国人民的情感,你们的作家萧伯纳仿佛有这样一句话:一便士可买个最大的理由。条文的解释是不中用的。

我们的政府呢?也应在外交抗议之后配合某种行动,应立刻制止港警的粗暴行动外,尚□□香港当局释放被捕居民代表,并赔偿所有居民在生命财产上所蒙受的损失。

贤良的政府,贤者好也,良者善也,愿试听这"清徵",成为这更好的"贤明"。

(《正报》1948年1月15日)

经济正义与人类前途

五十年代的开端,世界上改变了一个新的面目,但也充满着许多问题的渣滓。由于人类的偏见以及用武力换取的和平,更造成一种偏激的局面。胜利以后,经济不公和社会不安的现象依然存在,过去的问题不独完全没有解决,而且更因原子能的威力造成许多新的纷扰与新的恐怖。

今日的世界,到处是苦难的呻吟,也到处是矛盾的悲剧:一面是美丽,一面是丑恶;一面是开明,一面是封建;什么也在建设,什么也在破坏;什么都在我们面前,什么也都不在我们面前。一切的问题,如通货膨胀、黑市、投机、失业、自私、贪污、不谨慎……都是些新生的现象,但也都是些旧的问题,这是人类的悲剧,也是历史的重演。

在大战方酣的五十年代的开端,虽然也不乏有识之士,热烈地讨论着人类幸福的将来,如怎样安定生活,怎样充分就业。但是一般人是愚昧的,一种旧观念和古老的生活方式不能直追这动荡的世界,于是一切都脱了节。这正如太玄先生在他的《我们的时代和问题》一文中所说:"现世界的多矛盾不安定是一个事实。但其所以酿成这样形态的,除了极少一部分是因时代而发生的新因子以外,可以说最大多数都是由过去潜伏未发,到现在才乘机并起的某些因子所交织成的。时代的面目虽然崭新,但其中所含的问题仍然多系古旧。只是这些古旧的悬而未决的问题,多半是以新姿态,再出现到人们的面前便了。其所以问题多系古旧,实在是因为人们在根本上还没有划时代的改进,这旧的观念和积习,还是一样在支配着最大多数的人群。所谓现阶段的矛盾与不安,都是由于时代已经前进了,而人们对付这个前进的方法和姿态仍与过去没有根本的差别。"

很显明的,这世界的矛盾是发酵在两个经济制度的对立上。资本主义虽然竭力避免经济不公和社会不安的病症,而与新的社会主义相颉抗,但始终缺乏修正的勇气,而与社会主义实行调协。在这种关系下,旧的问题便成了新的问题。拿最近在莫斯科开的外长会议来说,讨论德国赔偿问题时,美苏外长便针锋相对,对《雅尔塔协定》内容所发生的争执,仍是新瓶子装的旧酒。

世界经济危机的所以不易克服,主要原因还在于资本主义的迷恋骸骨而不肯正视现实。新经典学派的马歇尔(A. Marshall)企图以人世制度时变之历史的意识来说明人类在经济行为上之诸般现象。读过《工业与贸易》(*Industry and Trade*)和《货币、信用与商业》(*Money, Credit and Commerce*),我们觉察出新经典学派的痕迹:经济理论的研究,扩充至货币与国际贸易的问题,而以历史的与描写的方法研究经济组织之制度的结构。但是这种名贵思想,离开其纯粹理论的部分,大都为历史的与讲解的材料,或经济文献的诠释,经不起现实的锤炼。

在今天,一个极严重的问题便是人类普遍的缺乏了"经济正义"。由此,失去了工作权和生存权,于是造成了经济危机的来临。资本主义携带着"重商主义""信用膨胀""赤字预算"这三张招牌,而不肯把自己的国家所认定的自由企业的原则稍加变更,这是一个极大的障碍。

不断的进步和不断的修正对于人类的将来有莫大的裨益。所谓进步与修正者，即必须在生产不断扩充而分配相当合理的社会机构方面力求改进，但这条件又必须以计划经济的社会为前提。

资本主义式的经济学者，虽也在注重劳动价值和影响劳动之供给的各种力量的分析，如：种族有迅速繁殖之生物的倾向（Biological tendency），各个阶级所认定之"享受标准"和"生活标准"足以限制繁殖等等，但在具体的计划方面，觉得还不够充分。为了人类未来的幸福，我们必须强调"达到充分就业"和"最低生活程度"这两个理想，借以免除"生活的顾虑"。

许多先进的学者曾在充分就业方面作过极大的努力。凯恩斯（Keynes）曾强调欲避免恶性循环（经济衰危），必须维持充分的就业数量的主张。贝勒治（William A. Berridge）在《美国失业循环》（*Cycles of Unemployment in the United States* 1903—1922）巨著中也曾提出就业循环与生产（Employment Cycle and Production）之关系，以及就业循环与购买力（Employment Cycle and Buying Power）之关系。贝氏以雇佣指数（Indexes of Employment）说明就业之重要，经济循环虽是一种病态，不能避免的病态，但也可以减少其性质的严重性，以谋人类未来的幸福。我们愿意去改善人生，则不能不思考一些改善人类生活的理想和实现这理想的有效办法。

也有人在思维着追寻着通向"社会安全"的一条路子。如贝浮利池（Beveridge）便曾提出所谓社会安全的计划。在这个计划的论述中，在尝试着利用社会保险制度，加以扩充，成为一个更进步更完整的社会安全计划，这样，便可避免因疾病老弱带来的对生产资源的不能充分利用。

然而,充分就业不是唯一的人类幸福和安全的保险柜。因为充分就业并不一定使人类有较高的较接近理想的生活。人们的生活方式虽以文化及地理的关系而有差异,但力求改进力求向上的趋势则是一致的。

最低的生活程度是必要的。照一般情形,若在享受之标准低而所得大半用于生活之必需,劳动供给对于需求的影响较为稳定。如果不是有意提高享受标准或事业标准的妨碍,增高劳动报酬,将增加人数的繁殖,在这些场合中使我们也可以意味到"工资铁律"(Iron Law Wages)的说法。

时代是决不会悲哀的,悲哀的是碾死在历史车轮下的愚昧的经济家。我们见到的和我们的先进学者们的智慧所照耀的,都是在力求人类生活的向上,相反的便是时代的绊脚石。格罗索尔(Gooffrey Growther)也曾说过,最低生活程度的要求,实应称之为"人民的宪章"。照我们的意思看来,今天的人类就是缺乏这宪章……

在今天,对于人类生活感到的压力,莫过于由货币所引来的烦恼。费希尔(I. Fisher)曾企图以《货币的购买力》一书完成这个理想,提供了利率对于物价运动的适应关系,物价升涨的继续运动情形,信用循回的完成等等。每个经济现象的复杂,都可以间接说明正动与反动完成商业循环的现象,而人类就是在这压榨下活下来的。自然,一个民族没有完全承受外来东西的义务,但在这个原子能时代,痛痒相关、唇齿相依的世界里,也没有理由对于现社会的问题作主观的拒绝。

人类明日的经济应该是合理的,虽然在这通向合理生活的道途上还有不少障碍,但时代与环境已慢慢使我们走上经济正义的道途。不过这条路子是迂缓而多荆棘的。但可能在不久的将来会将资本主义式的与社会主义式的生产与消费方式熔为一炉,再创化一种理想的文化。如果这种生产与消费形态能够顺利产生,则不久的将来或可使人类的偏见带来的嫉恨与攻讦,像泡沫一样地消逝。但这种为人类前途的艰苦努力,不是关乎任何一个人的,每个人都应该去寻思推究。如果失去这个机会而终日在崩溃与毁灭的边缘上滑行,将招致来日无穷的悔恨与痛苦……

(原载《大公报》(上海版)1947年4月11日第9版《现代思潮》第25期)

经济均衡与社会安全
——兼答黄英士先生

均衡的思想和一种经济生活的均衡的要求,在整个经济史的发展过程中占有一个极重要的地位。但是今日的不安和混乱,就是因为缺乏了这个生命的种子。过去的先进们也曾以社会学或生物学的观点来解释社会所以动乱与纷扰的现象:如以人口的繁殖与食物的增加不能相互的调协便刺激经济循环的现象,所以人口与食物量(Der Nahrung espielraum)必须平衡,否则影响到甚至决定了人口的过剩和不足,也有人提供一些动物学的理论用在社会学的观点上来发现一些独特的贡献。也许觉得人类社会所以不能趋于稳定平衡,是由于"雄性在社会中所处的地位和社会对他们的态度"如何所招致来的。

不幸,一些先进的学者像马尔萨斯(Malthus)氏和惠勒(Wheeler)氏的理论虽已充实了一部分内容,但是仍然很艰苦地用以说明近世的纷乱与不安。照史的发展来看,最初的重农学派前进思想家揆内(Francois Quesney)已经提示一些经济生活中的均衡状态,不过努力的成就还不够显著,还不够坚强,还不够挺拔。其后亚当·斯密(Adam Smith)企图以经济现象的和谐建筑成他思想的美丽的殿堂。论断的重点认为只有在各种经济力"自由发展"的条件之下才能形成自然的均衡状态。

可是我们知道,这些思想,在1930年以后的社会里已渐渐发生了动摇,而愈趋深刻化,因为经典学派的精粹的宝石已不能在暗夜里照耀。以德奥为开始,波及英美遍及全球的一连串的不景气现象,恰是说明了世纪末的悲哀,失业问题恰似一面镜子,反映了经济循环中的"充分就业"(Full Employment)的重要。

今日的失业问题引起凯恩斯的诅咒,连带着使我们这位经济学界的巨星也诅咒到储蓄上去。他强调许多极硬性的主张:在任何一个期间投资和储蓄数量必定相等;假设计划中的储蓄总额有超过投资总额的趋势,悲观的结论应该是经济活动低减而产生失业。在这种情况下提高投资率便变为致胜失业循环的唯一武器。

恶性经济循环的表演,说来始终是十分惹人注意的。这便是在这个经济现象的压轧下,包含有许多的困惑和矛盾。如果凯氏的暗示,工商业的停滞(Stockung)是由于投资率的过低,那么我们如果对于一个长时期中的投资率有适当的布置,再和国家公用建设取得相当的联系,也可以使失业问题渐渐冲淡。而且,这些意见在美国故罗斯福总统的"新政"(New Deal)中,是把这种理论的根据保持着相当高的境界。

不断的研究,不断的修正,和不断的进步,都要依赖于富有牺牲的哲人来运用和完成。贝勒治(William A. Berridge)即曾以科学方法说明了美国失业循环的关系。在他的巨制《美国失业循环》(Cycles of Unemployment in the United States 1903—1922)中阐明的失业问题的严重性,而以就业循环与生产(Employment Cycle and Production)和就业循环与购买力(Employment Cycle and Buying Power)的错综迷离的远景造成他思想的两大基石。

短期失业在无论何种经济制度下既不能完全避免,唯有实现缓和疲弱恶果的计划,以求人类整体的安全。但在人类的历史上,经济平衡的追求实在还距理想的境界非常遥远,构成充分就业的要素还非常的不完备。除了"失业补助""现有工作机会之平均分配""失业者生产的养育""服务义务""殖民"等外,智慧的进步在克服危机方面实在可怜。如果有些社会贤达肯把精力放在社会安全的思维上,建树一个比较合理而进步的社会安全制度,使与就业问题相互配合,则对于整个民族文化的积累亦不无裨益。在这方面,先进的英国作家贝维瑞吉(William Beveridge)的社会保险计划,已伸出了一只向社会安全同情的手。

假设对于创造人类幸福的经济理想的探索与追求是必要的,则在近代经济混乱的怒潮中,再没有由于"财政负担"的增大而引起的"通货膨胀"问题使人类更苦恼更煎迫些。通货膨胀的政策达到了恶性的程度无异于自杀的政策。因为它的去向妨碍了价格的均衡。

自然,所谓社会经济的均衡,在供求间维持平衡;但此种作用,不特一种商品与劳务所应有,也是一切商品和一切劳务所应有。可是,供求双方都要决定于价格的转移,唯在某种价格,彼此方可以均衡;但此种"均衡说"(Equilibrium Theories)又非"互相依赖说"(Interdependence Theories)。原则上,此种价格是决定在供和求两条曲线,可是这种复杂错综的现象又是常因货币的增减而失去重心。于是在整个人类的生活基石上招致了无穷的不安和困扰,虽然手里拿着百万元的本票,还是要去上吊!

许多好学深思的人们也曾为了这种经济平衡的消逝而把思考

放在完整的经济组织的追求上,并建筑了一个"货币数量说"（Quantitative Theory of Money）,这就是说明:货币总数和货物总数要保持均衡,前后二者数量的比例,影响到商品价格的高低和货币的购买力（Purchasing Power of Money）,同时,生产和消费,供给和需要也有同样的比例。换言之,社会的安全要视生产与消费的比例的均衡与否来决定。

在没有一种更理想更能应用的制度以前,交换的凭证,除了货币还不容易被任何的一种东西来代替。任何经济学家如果不能发现由于近代货币引来的不良影响和罪恶,便很不容易避免愚昧这个名词;但是如没有一种更好的制度来替它以前,便潦草地提供一些意见,也将不免陷于愚昧这个名词。

是的,物价升涨的继续运动引来社会的不安,但我们如果继续地探求这变动因素也可免除一部分精神上的负担。如费雪氏（Irving Fisher）,即曾说明了货币数量与他项分子对于购买力的影响,及各分子间互相的影响。

费雪氏是研究货币学的专家,他的赫赫闻名的交易方程式（MV+M'V'=PO=PT）在货币学的体系上是一个大胆的尝试。站在静态的货币学说上的学者还没有一个赶得上他的探讨和努力的,虽然他的方程式五项分子的平重曾引起思想界的争辩之潮,但一种平衡的思维的重要,仍然有一种代表的力量,使他的学说在暴风雨增大的五十年代有屹立不动之势。可是,他的学说也仍在继续修正、改进和创化……

目前,我们这个从淘汰里打出一条出路,又将走上另一条通向被淘汰的道路的中国,已经似乎再不能抗拒眼前的经济的混乱和衰颓。我们的社会是在进步,这是不错的。但进步是要有条件的,有了那些条件,自然经济趋于平衡了,也自然社会趋于安全了。但在这里面不独需要超然智慧,还要发佛家所谓"阿耨多罗三藐三菩提心",方可以获得进步的条件,才可以由经济平衡到社会安全,我们中国人有这种聪明么?

附黄函

佩珩先生:

读过本月十一日本埠《大公报·现代思潮副刊》所载先生《经济正义与人类前途》大文,由衷地洋溢出个人对于先生远大的智慧无尽的景仰与爱慕。先生为人类简绘出一副光明幸福的理想,指出当前世界局势扰攘不安的症结,确认人类经济生活合理的途径,唤醒愚昧经济学者的迷梦,断言社会主义发展的历史定则,这些给我个人不尽的启示。我曾经设想学经济的人,其最终与最大的鹄的是否为对于创造人类幸福的经济理想的探索与追求。由于先生提出的"经济正义"的问题,才觉得所憧憬的理想尚不大谬。每常苦想,近代的经济思想及理论,可否建筑在"利他"的基石上,来替代将腐朽而已过时了的正统学派的"自利心"的说法?专卖制度及国营企业,可否利用来作实行计划经济的工具?社会主义经济制度中合作方式是不是最理想的经济组织?将来的经济问题的重心是不是在求分配与消费的合理?资本社会中的灵魂的价格经济,在未来理想的社会中是不是已消失了它的价值?货币的功能是不是只是一种交换的凭证,而再不像现代为一般人所特别重视?……这一连串的问题我热诚地企望在纸面上于先生的指教。求知的真诚,希望能得到先生的训导。

敬候示覆,专颂道安。

黄英士敬上

四月十一日

(《大公报》(上海版)1947 年 5 月 23 日第 9 版《现代思潮》第 31 期)

我们的时代与我们的经济

二十世纪是一个万花筒,有各色各样的现象;又像是一个走马灯,旧的风物,还没有看清,新的又蜂拥追随而来。但在这一连串的人生现象之中,再没有比经济的混乱,所能引来的人类悲剧,使这世界感到更失望与灰色的了。

财政膨胀,赤字预算,生产落后,货币贬值,造成这个时代人类普遍的不安与恐惧。虽然国际间不乏有识之士,也曾有国际货币基金会的组织,企图避免由货币引来的国际经济变动的威胁,但是仍不免有许多遗憾,如晚近法郎贬值的片面行动及建立差异复式货币制度为对经济方面国际合作之严重打击,也可说是对于国际安全计划防止货币战争权力的挑衅行为。这无异是加速欧洲货币混乱,窒息西欧同盟成立,以及危害欧洲复兴计划。

就在这种极端的纷扰与不安中,人们失去了生活的重心。有些国家还可以在低度的通货贬值状态中喘息着,但有的则因为过度的财政膨胀而失去了"生存权",而因不能维持其最低的生活程度而窒息。

最低的生活程度是必要的。照一般情形,若在享受之标准低而所得大半用于生活之必需,则劳动供给对于需求的影响较为稳定。如果人们有意提高享受标准或事业标准,将提高劳动的报酬,将增加人数的繁殖,在这场合中,可以使我们意味到"工资铁律"的说法。

我们承认社会主义的许多优点,但也并非无理由地接受其全部遗产,有人认为未来的时代容或是资本主义式的与社会主义式的生产与消费方式熔为一炉,但我们寄希望的仍是建树一种全人类的福利经济的体系。

远在过去一二十年,我们的学术界先进们,便已提出了"贫穷"和"失业"问题的严重性。如霍勃生氏,在他早年问世的书籍里,就有两种讨论贫穷与失业问题的。固然为了人类幸福的将来,致力于社会革新及工人阶级教育的不乏许多优秀分子,因良心的驱使而献身于大众的工作,但都没有霍氏那样特出,那么超群。这也正因为霍氏是特别注意经济学诸问题之一人。

霍氏讨论贫穷与失业问题,系着眼于工业病理的研究。这种褊狭的研究,也许有人认为缺乏一些"大地性",但不是犬儒主义的。他像用一把利刃来解剖这资本主义下的社会组织,使其很快地发现这时代经济生活组织的巨额浪费。而其所提出的问题中有若干已超出了近代经济学不能解决的范围。在他的巨制《近代资本主义之进化》中,异常显露其才思之敏捷,打破了正统学派经济学者的传统观念,而确立一特殊作风。

大众都需要向上的生活,这很容易使我们注意到"福利经济"的问题上去,在这里霍氏便是这个理论的一面大旗。霍氏谓其整理其理论体系的主要动机,厥为"在正统派英国密勒与马歇尔之研究及激烈派马克斯、亨利·乔治之学说中,俱不能寻得关于日常所见的不平等及经济压迫之任何可令人满意的陈说。罗斯金日后曾出而阐明及纠正予之见解若干,再后樊勃伦开辟几条新的途径。作者实在企图:第一,寻求一个能解释'不平等'与'压迫'的存在方式;

第二,寻求未来一个能消除二者的社会政策。就在这种观念之下,人类会自然地发现:财富天公的分配,主要由于以模仿社会上层阶级享有一种'莫测其重要'的威望,这种力量能渗透社会中之较低的各级,并随时足以影响整个生活模范之进步的生活标准与理想"。

此外,在今天,使人类的生活普遍感到贫血,感到无比的压力,主要的还是由通货所引来的烦恼。通货的贬值,会使国际间货币趋于不安,甲乙两国货币比值的变动,会使其中一个国家面临严重的货币危机。

自然,货币的对内价值和对外价值是相互交流的。货币的购买力,是建筑在"货币数量""货币流通速度""支票存款""存款流通速度""物价一般平准"及"交易量"六个因子之上的。费雪氏在他的《货币的购买力》不朽著作中,企图完成一个货币理论的体系,但他的理想是多多少少需要修正,或至少带有些失败主义的,但是在另一方面他已成功,完成了许多理想,如:利率对于物价的适应关系,物值升涨的继续情形,信用循环的完成,等等。

不必说,每个经济现象的复杂,都可以间接说明正动与反动完成经济循环的现象,而人类就是在这压榨之下活下来的。自然,一个民族没有完全承受外来东西的义务,但在这原子能的时代,痛痒相关、唇齿相依的世界里,也没有理由对于现社会的问题作主观的拒绝。

就在这种关系之下,我们的经济观,必须是客观的,逻辑的,不断进步的,时刻加以修正的,现行的实业制度不一定完全没有毛病,我们为了免除这种弊害,似乎应该注意到两条革新的途径:第一,首先在群众心理中,造成一种对于实业之社会功能的认识;第二,在实际经济程序中,必须确立企业的社会统制,以严密统制代替私人追求利润的动机。

未来的六十年代或者是一个新的时代。可能在不久的未来,有一个思想的融会:使经济学派与福利学派二者调合,而化为一种新的经济制度。但这种为人类幸福生活的追寻的艰苦努力,不是属于任何一个人的,每个人都应该去追究。如果失去这个思考的能力,则在人类生活上,将永远招致无穷的迷惘与痛苦。

(《现代知识》第二卷第十期,又见《正报》1948年2月2日)

经济的解放

我们所要求的是真正的经济平等、经济合作与经济互助。

我们的经济,确也到了应该解放的时候了。因为就全世界而论,经济确实是被湮没被劫持了。人类的经济生活为什么会陷入这样一个苦渊？在这五十年代行将告终的今日中国,又为什么会都来一个经济几将崩溃的远景,要来解答这个问题,用一句话来说明似乎很难逃免愚昧。今日的问题,是人类普遍地缺乏了一个良好的经济制度。

自然的,我们的生活都像被限制在一个鸟笼子里,而我们的经济制度,又像是被两个大的斗争集团所支配着,所困扰着,资本主义虽然蒙了生产过剩的恶名,而□□□□□□□,□□□□□□□□□□□,但我们也并非无条件地来接受苏联所宣扬的:他们是群众与榨取者间的斗争。因为:苏联并非实质的共产主义,在苏联仍然有榨取的存在。

要人与人之间,没有阶级,没有迫害,必须先做到经济的平等与解放。换言之,我们必须注意福利经济。在现行的新时代科学管理之下,欲使社会的福利增强,我们必须注意于实业制度所引来的许多积累问题。从实业的合理控制,我们便可以使被挫的社会福利趋于复活。

愿意实现经济的解放,我们必须移去现行实业制度运行中的许多弊害、仇视及危险,以适于经济解放的发展。我们愿继续不断地来思考,改革的途径,应该有两点是极重要的:第一我们须在群众心理中造成一种对于实业之社会功能的认识,并完成对于其社会目标的理想。在今天,我们的较高的目标,一般的看来颇受束缚于实业与财产之价值的过分重视。在资本主义扩展到某种程度的时候,就会把实业当成一种"冲突"看,而不视为一种合作的"社会事业"。这就是因为今日财富的分配不合理的毒素,已经冲入了社会。我们必先确立社会和谐的愿望,建树起为福利而牺牲的最高理想的目标时,才能有真正的经济解放。第二,我们必先确立一种完美的企业的社会统制计划,这个计划便可为改良实业的基石。人类的自私心,虽不易完全湮没,但可以冲淡,在我们的实业之经常程序中,拿社会统制来替代私人追求利润的动机说来仍然是合理的社会所必要的。一切的艺术的活动,照常理说,应有自由的和不加限制的范围。新创的或正在试验中的产业,似也应该给以自由,但必须在某个条件之下,就是:必须遵守最低工资法律及高率利润捐税,而使其接近社会化。

我们所要求的经济的解放,是真正的经济平等、经济合作与经济互助。实业的逐步社会化即是经济解放的简略的远景,自然,我们要实现这个理想,还是十分的遥远、艰巨。我们必须冲破束缚在我们身上的许多障碍,方可以赢得一个合理的社会与经济的基础。

(《书报精华月刊》1948年第40期)

中国经济之路

我们处在今日各种思想积极斗争,各国都在赶造惊天动地的科学武器,秣马厉兵准备作大规模的人类自相毁灭的五十年代,就在这水深火热交相煎迫的中国,一切都在黑暗中进行,一切都在混乱里摸索,而每一个国民都是天天被通货膨胀所引来的苦恼所纠缠着。蒲立德及亚尔门的援华建议,未能迅速圆满实现,就因为美国"国务院对中国问题之盲目与冷淡"的传统观念,我们的民族与国家就被吊在悬崖上,而眼看除了任何的"外援"以外,就或许仅剩"和平"一条旧路。到底哪儿是我民族出死入生的道路?

消除中间人的剥削或打倒豪门资本或许是重要的,但当我们把中国民族之哲学体系清理一番以后,我们觉得如果在外追求,莫若反身自求,在学术与文化上独自找寻一个体系,正如同工业革命后的欧洲因各种的发明,引起的经济的变动,震醒了欧人已入睡的心灵,使他们的理想和现实分了家,不得不思索或寻取一条更适合于每个国家每个人群的生产消费方式。

就小环境而言,由于金圆券之贬值及黄金政策单独挑战的未可乐观,而引起的我国经济之恐慌,或有使货币政策趋于更艰难的阶段。但是展望未来,即使任何在野党取得政权也必须不能抛弃两种条件:(一)他不能抛弃大众福利;(二)他不能没有一个交易媒介。就在这两个至低的条件下,为了群众的福利,一个货币兑换的量尺是必须有的,那么金圆券它的内在值仍须有相当限度的保留。

在动荡不安,各方面表现着混乱的中国。我们将来的经济是走向如何的道路方达于理想？我们试提出一些初步的意见。

新经典学派马歇尔的理论虽已深入中国,但其理论仍受遗传的束缚太甚,不肯逃出"静止的经常局势"之外,结果造成一种几乎与分类学相等的东西。这种"静"的态度,并未能接近一般大众的实际生活。于是他的理论与主张就成为一种固定静止的局势下,各种经济功能的描写与类别。

就这样,我们对于"马"先生的主张就深表怀疑了。

…………

就目前或将来企图建树的中国经济而言,是要为一般老百姓谋幸福,大家都有饭吃,大家都有衣穿,大家都有房住的福利经济,透过政治民主、经济平等、社会自由便可实现这种主张,而这种主张欲实现,必须联合各党派在和平的道路中去实现。

然则欲由政治和平以寻取之经济平等,如何方易实现？究竟根据何种理论方可使明日之经济造福利于人群？这话仍是不易有硬性的说明。我们试提出经济的二元主义。何谓经济的二元主义？即制度学派的经济与福利学派的经济二者的合流,而产生一种适合某种民族环境的新经济体系,我姑名之曰"自力与自主的经济"。

英国为渡过经济的难关,大战后,积极地使国民经济改弦更张,将大规模的矿场、工业、铁路、银行等收归国营,用政治力量实现社会政策,这与我们比较起来却极耐寻味。经济现象、经济制度乃社会文化进程发育之一幕,时时在变动,时时在修改,故一切静的解释,均未能与现实配合,经济学应为演进的科学,应为从制度展开的进程做"发生的"研究,这是说明:制度实为适应进程上的自然选择的结果。就在这种意义下,我们再配合上福利经济的运用,使一般的民众逃开饥饿线而接近快乐与幸福,或使其渐渐接近民生主义的理想。固然,"纯粹"与"福利"经济理论之间,自不易寻得显著的分水岭。天地之大,岂有经济学者而不关心社会福利者?但一般的看来,经济学家大都容易忽略世人各种阶级间物质福利不平等的原因。所以就在目前的中国,有的人享受着海外资产,有的人则朝不保夕了。所以我们应该特殊注意财富的分配所据的法则,而求如何改进方可顺利完成增益福利的目的。

时代是进步的,人们只有循着动的社会制度去图谋大众生活的福利。虽然我们所处的空间仍然不少痛苦,如黑格尔所说的"倒立着的时代",但谁又不愿迅速地站起来呢?

明日的经济,该是大众的平民的福利的而比较合理进步的经济。一种合乎时代要求的经济制度是以构成一张民族福利的安乐图。在时代的齿轮下碾死的都是些愚昧的经济学者,剩下的倒是些未来的合理的适合于大众福利的经济制度。

[《社会评论》(长沙)1949年总81期]

论　建　藩

现在中国正面临着一个转变的新时代。变,就成了我们的生活! 在这用"泪"和"血"洗染过的世界上,正汹涌着旷古未有的民主狂潮,也正用一只铁手撑起了"生活革新"的铜帆,任何人都在希望里寻取由"和平"换来的安定,于是希望:安定地方。而由于"一方安全"的驰想,就又会使人憧憬起建藩制度来。

藩镇制度,本是封建时代的产物。就其本身而论,未尝如赵翼说得那样坏,那样糟,那样有百弊而无一利。《二十二史札记·唐节度使之祸》说:"景云二年,以贺拔延嗣为凉州都督、河西节度使。节度使之官由此始,然犹第统兵,而州郡自有按察等使司其殿最。至开元中,朔方、陇右、河东、河西诸镇皆置节度使,每以数州为一镇,节度使即统此数州,州刺史尽为其所属。故节度使多有兼按察使、安抚使、支度使者。既有其土地,又有其人民,又有其甲兵,又有其财赋,于是方镇之势日强。"

在封建制度之下,所谓"率土之滨,莫非王臣"。天子既已把天下的土地,都看成自己的私产,于是便集权中央,以维持其既得利益。假设把权力分给大家,大家也许就相安无事了。是以今日美国之联邦共和制与俄国之苏维埃联邦制,都能发挥其地方的作用。为什么在中国地方武力就很不容易建树起来? 这原因不外乎:第一,"中央"仅顾自己的利益而不顾地方之幸福。如日前长沙金银之被运往广州,便是一例。第二,"中央"与地方的联系不够,如地方一旦有事,"中央"颇有手忙脚乱之感。如"中央"派"武人"之主山东,便是一例。

藩,有屏障的意味在内,旧式的封藩有好处,也有坏处。好处,是能在"中央"势力削危的时候,可延长"中央"之生命线。坏处,是易于尾大不掉。今人所主张的新封藩,大概包括所谓西北以张治中为领袖的"藩",又有所谓西南以"张岳军"为领袖的"藩",还有所谓华中以"李宗仁"为领袖的"藩",广东以"薛岳"为领袖的"藩",再有便是台湾以陈诚为领袖的"藩"。

新藩有不有力量,就看他们能不能有个好舵手,能不能结成一条铁堤,能不能把力量充分移到乡村去。就目前论,诸新藩的力量,似乎在逐渐成长中,但,相反的,压力也愈来愈大。

有人把和平看作一个谜,有人认为如果要"和"下去,他们就怕"活"不下去。有了这种心理,对于和平的前途就发生了障碍。再就是华中的"藩"能不能有控制其他"藩"的力量,如果不能有这个力量,则和平前途仍难乐观。盖其无真实之权利,但无法律上的束缚,权利人之权利既无真实之内容,正如鲁滨逊在荒岛,因无人对之负担义务,遂亦无权利之可言。

旧式封藩最怕尾大不掉,如赵瓯北所言:"及安史既平,武夫战将以功起行阵为侯王者,皆除节度使。大者连州十数,小者犹兼三四。所属文武官悉自置署,未尝请命于朝,力大势盛……或父死子握其兵而不肯代,或取舍由于士卒,往往自择将吏,号为留后以邀命于朝。天子力不能制……因而抚之……"我们但怕这些新藩的力量不大,不能保存武力,以使地方安定。

旧式封藩，最怕财富外流，亦如《新唐书·藩镇传》所言："安史乱天下，至肃宗大难略平，君臣皆幸安，故瓜分河北地，付授叛将，护养孽萌，以成祸根。乱人乘之，遂擅署吏，以赋税自私，不朝献于廷……以土地传子孙……讫唐亡百余年，卒不为王土……"我们但怕"中央"之财政权，不分给地方。

新藩能不能有成长的机会？一方面要看外力，一方面要看内力。所谓外力，即指的中共是否长时间给的一个喘息机会，还是像葭萌关张飞战马超一样，日以继夜地打个不停。就今日说，除非另有奇迹发生，否则很难缓和中共的南下，今日的所谓和谈，可说是一幕滑稽骗局。因此，新藩势力之培养，便只有求之于内。新藩如欲自力更生，必须做到：（一）获得农民的拥护，知识分子之争取，亦极重要，否则不易保有政权。（二）开放经济，必须也做到"发展生产，繁荣经济，肃清官僚资本"。（三）开放言论，收拾民心，实现真正的民主，不做时代的罪人。（四）彻底改换过去"贪污"与"无能"的作风，以"厚俸"养"廉"，以"擢才"举"废"。（五）彻底实现和平，否则将以政治掩护军事，以求地方安全。（六）经济制度彻底更张，经济资源的分配，决不以价值为标准，应以社会建设的需要为标准。然而，新藩领袖，均执政已久，是不是可能发生这些奇迹呢？

藩镇本身就是一种时代的封建遗物，无论政府也好，中共也好，必须不要迷信武力，失去民心，尤其不可让武力与人民脱节。谁失去民心，谁把武力视为个人争权夺利的工具，谁就终归失败。"兵权"这个东西，是令人不安的，是令人可怕的，大家都听到宋太祖杯酒释兵权的故事："石守信，开封浚仪人……乾德初，帝因晚朝与守信等饮酒，酒酣，帝曰：'我非尔曹不及此，然吾为天子，殊不若为节度使之乐,吾终夕未尝安枕而卧。'守信等顿首曰:'今天命已定,谁复敢有异心?陛下何为出此言耶?'帝曰:'人孰不欲富贵,一旦有以黄袍加汝之身。虽欲不为,其可得乎?'守信等谢曰:'臣愚不及此,惟陛下哀矜之。'帝曰:'人生驹过隙尔!不如多积金、市田宅以遗子孙,歌儿舞女,以终天年。君臣之间,无所猜嫌,不亦善乎?'守信谢曰:'陛下念及此,所谓生死而肉骨也。'明日皆称病,乞解兵权。帝从之,皆以散官就第,赏赉甚厚。"兵权,人所欲也,而"古人"竟能于杯酒间释之,呜呼,"今人"!

(《建设》1949年第2期,建设日报社)

论 待 遇

"待遇"一词,不知始于何时。《三国志·曹植传》注:"是时待遇诸国法峻。"是待遇有应付意。我们也常听到说"待遇好""待遇坏",或"调整待遇"等等名词,是待遇实包括薪水俸禄等意义。《南史·王琳传》:"少为将帅,屡经丧乱,雅有忠义之节,虽本图不遂,齐人亦以此重之,待遇甚厚。"这是说王琳受了人家优厚的接待。又《宋史·边光范传》:"开运二年,入为枢密直学士,少帝以光范藩邸旧僚,待遇尤厚。"一般公教人员,到了今天,整月之薪不足以买一两块光洋,则不是"待遇甚优",而是"待遇甚劣"了!

"待遇"好坏,颇可以窥见政治的好坏。试问:公教人员的月薪只值一块袁大头,或说勉强购得二斗米,如何能够使他奉公守法?又如何使他安心工作?

从历史上看来,政治修明之时,待遇官吏都很优厚。赵翼《二十二史札记·宋制禄之厚》云:"《宋史·职官志》载俸禄之制,京朝官宰相、枢密使月三百千,春冬服各绫二十匹,绢三十匹,绵百两。参知政事、枢密副使月二百千,绫十匹,绢三十匹,绵五十两,其下以是为差。节度使月四百千,节度观察、留后三百千,观察二百千,绫绢随品分给,其下亦以是为差。凡俸钱,并支一分见钱,二分折支。此正俸也。"但除了正薪以外,还有禄米,用现代的名词,就是配给实物。"其禄粟,则宰相、枢密使月一百石,三公、三少一百五十石,权三司使七十石,其下以是为差。节度使一百五十石,观察、防御使一百石,其下以是为差。凡一石给六斗,米麦各半。熙宁中,又诏县令、录事等官,三石者增至四石,两石者增至三石。此亦正俸也。"

人们经过"八年抗战""三年戡乱""一年和谈",生活实在不能维持了。政府虽自二月份起重新予以调整,特区二百五十倍,一区一百二十五倍,二区一百倍,三区七十五倍,四区五十倍,五区三十倍,各区以六十元起至三百元,按十分之四计算,三百元以下者按十分之二计算,工友底薪平均四十元,技工六十元计算,此种调整,比之物价之增高仍望尘莫及。而比之宋代士大夫之被优礼更有霄壤之别。宋朝除俸钱禄米外,还有"职钱""元随傔人衣粮""傔人餐钱"等等名目,赵瓯北言之甚详:"……又有职钱,御史大夫、六曹尚书六十千,翰林学士五十千,其下以是为差。元丰官制行,俸钱稍有增减,其在京官司供给之数,皆并为职钱,如大夫为郎官者,既请大夫俸,又给郎官职钱,视国初之数已优。故崇宁间蔡京当国,复增供给食料等钱,如京仆射俸外,又请司空俸,视元丰禄制更倍增矣。"

这里最可注意的,除俸钱、职钱外,又有"元随傔人衣粮"和"傔人餐钱"。赵翼说:"俸钱、职钱之外,又有元随傔人衣粮。宰相、枢密使各七十人,参知政事至尚书左右丞各五十人。节度使百人,留后及观察使五十人,其下以是为差。衣粮之外,又有傔人餐钱。朝官自二十千至五千凡七等,京官自十五千至三千凡八等,诸司使副等官九等。"现在的一个市长每月不抵五块美金,一个厅长不抵五块光洋,一个大学教授不抵两石米。仰不足事父母,俯不足畜妻子。这也就是近来从天上到地上,从南方到北方,从首都到全国,所以致乱的主要原因。

从理论上讲,"待遇"除了"太差"之外,还有个"不公"的道理在内。今日的货币贬值,有的机关一律配给实物,有的机关一律发给光洋,但一般公教人员则仍发"金圆券",于是一般公教人员拿到几千块"金圆券",就颇感啼笑皆非。盖物价狂涨,则金圆券无形贬值,此亦正如《中兴小纪》所载者同:"时御笔增小官俸,下有司条具。壬戌,上曰:小官增俸,虽变旧法,亦所以权一时之宜。祖宗成宪,固当遵守,至于今昔事有不同,则法有所不行,亦须变而通之。自元丰增选人俸至十千二百,当时物价甚贱,今饮食衣帛之价,比宣和间犹不啻三倍,则选人何以自给,而责以廉洁难矣。"今天之所以到处贪污者,亦正如此。

欲待遇好,则国家财政收支就不能平衡,所以只有裁汰一些骈枝机关,以求"省费",所以就拟议裁去"社会""粮食"二部以节汰冗员。《宋史·食货志》:"初真宗时……宗室吏员受禄者九千七百八十五,宝元以后……宗室繁衍,吏员岁增……宗室吏员受禄者万五千四百四十三,禄廪俸赐从而增广。及景德中,祀南郊,内外赏赉金帛缗钱总六百一万,至是飨明堂,增至一千二百余万,故用度不得不屈。"又云:"时天下承平,帝……每以财用不给为忧,日与大臣讲求其故,命官考三司簿籍,商量经久废置之宜,凡一岁用度,及郊祀大费,皆编著定式……所裁省冗费十之四。"是欲裁省"祀祠"与"冗禄",必先从有良好的预算着手。宋高宗时,国家财政益趋困难,省费呼声又高,《中兴小纪》云:"起居郎王居正,准诏言事,于省费尤切。其略曰:宋兴一百七十三年矣!自朝廷至四方,所行盖弥文也!今天下幅裂,陛下所居曰行宫,所至曰行在,而一二日驻札之间,以数路之所出，欲尽为向者一百七十三年之事，不忍暂废，臣以为能奉行祖宗之故事则可，非所谓知时变也。夫不知随时以省事，而乃欲随事以省费，故今日例有减半之说。究其实，未始不重费，而徒示人以弱。如国初岁举进士，不过数十，今至四五百人，此其费亦大矣。然御试之日，臣备员考官，有司给烛半挺，曰此省费也。呜呼！其亦拙矣！他皆类此，臣欲诏大臣论定，若非御侮备边与恤民之事，一切姑置，则省费而国裕矣。"

待遇不好，则要求调整，要求之不遂，便有"请愿""恐吓""动武"等等行为。于是在报上常常看到许多不堪听闻的消息：有的卷了疏散费溜走被员工饱尝老拳的，有的科秘挟了疏散费开中央饭店分赃员工四处登广告寻找的，有的首长吞没薪给被部属告发的，有的某部长批给部长自己应领变费三千万，工人大嚷，以武力强索每人三万，而最近某报还有一段更有趣的记载，即审计部刘副部长被部属拦住霞飞路，几饱老拳，刘氏含着满脸酸泪，并被迫付三个月薪津了事。这些都是由待遇不公引来的笑剧。

其实，用恐吓争取薪津，古亦有之。《中兴小纪》载："绍兴二十年春正月丁亥，左仆射秦桧趣朝，忽有殿前司后军使臣施全者，挟刃于道，遮桧肩舆，欲害之，伤大程官数人，一军校奋而前，与之敌，众夺其刃，遂擒送大理寺。狱具，全招为所给微而累众不能活，每岁牧马及招军，劳而有费，以此怨忿。"似此，则部属因待遇太差，不能活命，而奋而走险，古已有之。

国家待遇厚，则吏多尚廉。《日知录》说："前代官吏皆有职田，故其禄重。禄重则吏多勉而为廉，如陶潜之种秫，阮长之之芒种前一日去官，皆公田之证也。"

待遇是一个不可考的名词。比待遇更进一步的有"厚遇",如李咸用诗:"却愧此时叨厚遇,他年何以报深恩?"又有"恩遇",张说诗:"不作边城将,谁知恩遇深?"此外,还有"隆遇",见于《后汉书·马皇后纪》;还有"器遇",见于《北史·达奚实传》。至于"识遇""宠遇",也都是比"待遇"的意义更进一步。在这待遇都要成问题的年月,这许多名词,如《周书·萧世怡传》所说的"识遇",《宋史·张耆传》所称的"宠遇",也都成了广陵散了。

(《社会评论》1949 年第 85 期)

论 外 援

时间是1949年3月某日的一个傍晚,地点是长沙云麓宫前的一间僧舍,参加这个晚会的有大学教授汤勃(Tomb)、工程师威廉士、国际问题专家李若士、名律师推勒(Taglor)、货币学专家K君和我。到我走进他们的茶座时,谈话已经开始半个钟头了,最初向我发出问题的便是名律师推勒。他是德国籍贯而有犹太血统的人,他问我:自去年年底柯拉克返美以后,中国可能走一条怎样的经济路线?是民主的倾向,还是极权的倾向?我还未及回答,坐在我对面的威廉士便开腔了:"兄弟是学工程的,不懂得政治经济,也不懂得什么马克斯主义,更不懂得什么杜鲁门主义与新民主主义,我只知道美国是资本主义国家,资本主义国家有政治自由但没有经济平等。……"在一堂哄笑之下,大家的目光扫射到我身上!"就过去报上披露的……"我喝一口龙井茶继续说下去,"美参院拨款委员会顾问柯拉克氏去年回国后,曾力主全面援华,但美国今日对中国,就好比股东对店主,虽然赔本,还希望再赚钱。"我的话还没有说完,坐在我身旁的汤勃教授却插话了:"援华虽已觉得过晚,但如做得好,仍可延缓时间,使政府有喘息机会。"我便又接着说:"是的,就过去柯拉克的意思,约有五个要点,都是我们在报上看到的:第一,美国的军事援华在美军严格监督下,可予以有效利用,而中国的无限人力可由美国军官加以训练;第二,柯氏认为经济援华,可以稳定中国的币制,并能巩固中国的经济基础;第三,美国在太平洋积存的军事装备可即启封利用,唯有待华府的指令;第四,以大量而有效的美援支持中国,与马歇尔的援欧计划并无异致;第五,美援应为一种强大而久远的计划,钱少了不能成大事,任何少量的援助等于虚掷。"

这时,坐在我对面的李若士博士发言了:"在今天,有人还梦想中国会孤立。中国不能离开国际环境,也正如湖南不能脱离中国一样。中国问题是世界问题的一环,不能不有赖外援,不过像美国这种国家,他们是老谋深算,他们有一本生意经。他们什么都讲程序,可是我们等不及了!这就如对饿了七天的叫花子说:你再饿五天,就有大餐可吃了。试问可能么?从前年魏德迈来华,以至去年蒲立德来华,以至本年年底柯拉克访华,美国始终在研究几个问题:甲、莫斯科是否支持佳木斯?其支持之内容如何?方式如何?乙、中共之兵力究竟如何?能否在最近取得完全主动?美国在军事上援华能尽多大力量?如何尽法?尽了有否不良之后果?此后果足以影响其外交政策之基本态度。丙、中共是否足以威胁国民政府?将来能否取得政权?对人民之信仰如何?方式如何?这一切都是美国所要考虑的。"

"所以……"我插嘴说,"中国的最近问题便由此被搁置了。总之老美的外交问题仍不脱过去先欧洲而后亚洲、先日本而后中国的老调子。"我喝一口茶,推勒接下去说:"这话就是了,不管今后能否继续援华,我们还是要恃外力以建树自己,要赖我们的信心和努力以渡过当前的难关。世界上哪一个国家是全靠外力达到强盛的?人必自助而后人助之。就是有了外援,也必须在某种经济环境下发挥其作用。在本国的币制没有稳定之前,一切外援都是白说。我不会像李博士那样唱高调,谈什么这路线、那路线,我只知道吃饱了饭是很要紧的,但因为货币贬值,大家都吃不饱了。"

"是的,就这样还不如不改革币制。"说话的是青年工程师威廉士,"如果不施行金圆券,也许还不至有如此坏的结果。这都是吃了前部长王云五的亏。"

茶话会的情绪,似乎走入更紧张的阶段,就连坐在旁边从未发一言的货币学专家K君,也在旁搭话了:"不管采行哪一种本位,反正在现在是非有一种东西出来不可了。我们并不反对改革币制的动机,而只是不满意这回币制改革的内容。方才李先生唱的是高调,推勒唱的是低调,我呢,来一个不高不低的调。就物价上涨的程度说,政府是非废止旧法币不可了。1946年2月间,上海基准物价指数,等于战前的1756倍,但是到了次年二月,刚一年的工夫,就变成了10664倍,差不多一年之间,上海物价从百分之百涨到百分之六百零四,等于战前201552倍,比起1947年2月,高涨了17倍又百分之九十。换句话说,就是从百分之百增到百分之一千八百九十,可见战后的法币价值未稳定,战后第一年涨了五倍挂零,第二年涨了整整十八倍,这全是根据央行经研处的数字。现在更不必说了。所以,如果要安定人心,首先要平抑物价,使币值稳定。就是美援到了中国,我们也应有一个使货币内在稳定的环境,使后方能顺利运用美援。世界上哪里会有一个肯把自己的资本丝毫不加考虑地放到一个正在恶性通货膨胀的国家去的民族?"

在掌声雷动下,K君更提高了嗓子:"据我看来,目前中国的问题,一部分是外援,一部分仍须自力更生,也就是须要人民的信心。

在这点上，我们仍旧对 J. R. Kaim 在《中国经济评论》上所发表的《金圆券的发行》的文字做部分的接受。就是有了美援，我们政府没有建立起对人民的信心，一切还不是等于零？"（掌声又雷动）"Kaim 的话有一段很好，"他说，"有钱能购物品，是人民相信金圆券的一个基本而重要的因素。通常一般人，对货币发行的基本问题并不十分介意。例如美国人对美金发行的基金，并不过问，他们只知有多少钱，就能买到多少货，绝没有想到货币基本金多少的问题。这原因是人民对货币的信心早已树立了。这种心理的解释极好，足以提高我们的警觉。现在在湘西，老百姓已不用金圆券了。这是一个多么严重的问题！除非美金大量运到中国来，那不成了笑话！"

夜幕在岳麓山降下，每个座谈的客人都有一种极不同的心情。我走下飘满红叶的僧舍时，李若士拍着我的肩膊说："今天我们需要的美援是自主性的美援，不是依赖性的美援；正如我们讲学术独立，不是学术孤立，而是学术并立。在币值稳定下，美援才有办法，在恶性通货膨胀中，即使有了美援，也将成为浪费。"我回答说："虽然美国已在表示日本为美国禁脔，虽然美国已表示非共区美援仍待加紧进行，虽然美国已在太平洋开始原子弹的演习，但美国仍有一部分人主张不要过问中国问题，以避免刺激中国民心。不管怎样，一个民族终要靠自己努力，自己发奋，如果自己不肯振作，又有谁能把你扶得起来？"他笑了。

1949 年 3 月在湖南大学

（《广东日报》1949 年 3 月 16 日，又见于《时事日报》1949 年 4 月 3—4 日）

论 和 战

一

"和"与"战"是相对的,而非绝对的。到了不堪再战的时候,不得不和;而到了和不下去的时候,则又不能不战。宋高宗初立,以无可恃之兵,纳李纲之谏,借市民兵,资其捍御,同时又借宗泽之守两河,韩世忠之守江上,张俊之守川陕,刘光世之屯合肥,岳飞之屯襄阳,刘锜之屯柘皋,造成一种可战之势。到了"将帅无人而御之不得其术",或"一军之中,使臣反多,卒伍反少",或"平时飞扬跋扈,不循朝廷法度,所至驱虏,甚于敌兵",或"敌未退数里间而引兵先遁",或"偃然坐视,不出一兵",或"放军四掠,至执缚县宰,以取钱粮,虽陛下亲御宸翰,召之三四而不来",或"诸将自夸雄豪……各以成军,雄视海内",或"廪稍惟其所赋,功勋惟其所奏,将校之禄,多于兵卒之数,朝廷以转运使主馈饷,随意诛剥,无复顾惜,志意盛满,仇疾互生",或"兵弱敌强,动辄败北……将骄卒惰,军政不肃",或"究其勋庸,亦多是削平内寇,抚定东南耳,一遇女真,非败则遁,纵有小胜,不能补过"。到了这个将骄兵老的时候,一旦强敌临境,实亦不堪再战。到了不堪再战之时,充其量亦不过维持一个相持之局,否则也只有出于和议一途了。这也就是赵翼所说的"以屡败积弱之余,当百战方张之寇……欲乘此偏安甫定之时,即长驱北指,使强敌畏威,还土疆而归帝后,虽三尺童子知其不能也"。可是"和",须要根据"平",失去了"平",就没有"和",表现在双方面的只有"胜"和"败","走"与"降","生"与"死","存"与"亡"。宋高宗与金人所订和议条件也不能得其"平",如:宋称臣奉表于金,金册宋主为皇帝,册是政治的不平等;又如:宋贡银、绢各25万,这是经济的不平等;又如:金主生辰及正旦遣使致贺,这是身份地位被降低;还如:东以淮水、西以大散关为界,割唐、邓二州及商、秦之半以畀金,这是地域疆界的被侵夺。有了这些不"平",于是主战派自易渐见抬头,豪杰向风,士卒用命,所以岳飞、韩世忠等人也极力主战,又乒乒乓乓的和金人打起来了。

二

和有和的好处,战有战的好处;和有和的害处,战有战的害处。同是主和,鲁肃受人欢迎,秦桧为人唾骂;同是主战,周瑜不被重视,岳飞因此出名。此何以故?内战与外战,向心与离心。此是传统看法。有的人想,如果不"战"下去,我们就"站"不起来了;又有的人想,如果能"和"下去,我们就"活"下去了;个人愿望是不重要的,因为或"和"或"战",最好是以老百姓的意志为中心,不以某人的利益为前提。况且,仅靠那些"在民主的基础上集中、在集中的指导下民主"的理论,就可以"站"起来了;只就那些"中国政治之亟待革新,贪污腐化分子之必须肃清"的言论,就已经可以"活"下去了。无论是谁作领袖都不可忽略"人民的意志",中国老百姓的意志是"喜和"而"反战"的,谁违背这种思想,谁就是"假民主"!谁就不配领导民众！中国人最爱和平这是传统，非自今日始。孔子说："礼之用，和为贵。先王之道，斯为美。"可见"和平"与"忠孝""仁爱""道义"一同被视为固有的道德，是神圣不可悔的！中国人喜欢和谐平顺，《易经》上说"保合太和"，《书经》也说"协和万邦"，可见"和"可以"立国"，可以"睦邻"，而顺乎《中庸》所言"发而皆中节"，则可以达于修齐治平的境界。孟子也说："天时不如地利，地利不如人和。"可见"和"至为重要。所以我们常常听到"和解""和平""和衷共济""和气生财"，以至"和睦""和协"，但"和"并不是无条件的，《战国策》说："与荆人和。"要达成"和"，必先致"平"。因此"和"与"平"并称。《左传》："中声以降，五降之后，不容弹矣！……乃忘平和，君子弗听也。"又说："柔远能迩，以定我王，平之以和也。"管子也说："明主……平和其法，审其废置而坚守之。"是"和"必须"平"，不"平"又岂能"和"？所以有"心平气和"之说。徐积说："大抵文章本诸内，归之无憾斯平和。"如果待人，也是有平，然后有和，如果你说他是"独裁"，他说你是"共匪"，你说在"革命"，他说在"戡乱"，这是先不能"养平"，又何能"致和"？《礼记》说："奋至德之光，动四气之和，以著万物之理。"可见"和"之不易致了。《说苑》说："齐景公问于孔子曰：'秦穆公其国小，处僻而霸，何也？'对曰：'其国小而志大，虽处僻而其政中，其举果，其谋和，其令不偷。'"

三

"和"固然好，但好的往往不易得；战固不好，但往往不招自来。老百姓都希望能"化干戈为玉帛，化戾气为祥和"，但这是梦想。陆游诗"父老年年望太平",但太平果由父老们来求,则恐大失希望:盖希望和平的,都没有枪杆子,而有枪杆子的人都不希望和平。于是接着下面应有的文章,便是战争,一切的"文战""武战""小战""大战",都包括在内。战争是人不愿意的,尽管不愿意,然而一部二十五史,从头至尾,毕竟治世少,乱世多;讲经说文的日子少,动刀弄枪的日子多;"云淡风轻近午天"的日子少,"干戈未定欲何之"的日子多;既不能"放马骑牛",自然要"筑坛拜将"。这样,只苦了一般老百姓,尽管诗人们喊"血战乾坤赤,氛迷日月黄",再喊"凤林戈未息,鱼海路常难",喊"和"的喊"和",开"打"的开"打",原来"和平"只是腐儒们的幻想。如孟子就是一位攻击"战争",主张惩罚"战犯"的。他说:"争地以战,杀人盈野,争城以战,杀人盈城。"又说:"故善战者服上刑。"可是过去"战犯"并未实施"毒瓦斯",也未实施"原子弹",只是把队伍弄得齐齐整整,遵约而战,《左传》所说的"皆阵曰战",但已经有人骂他们不是义战了。孟老夫子曾"慨乎言之"地说:"春秋无义战,彼善于此,则有之矣。"因为中华民族向来称为爱好和平,是反战的;"违天不祥,好战危事也",同是人心,爱好和平一面镜子。但是"王师非乐战,之子慎佳兵",只是投机分子的标语口号;"虽免十上劳,何能一战霸",只是官方的宣传粉饰;"旌旗朝朔气,笳吹夜边声",只是野心文人的苟安残喘;"不作边城将,谁知恩遇深",只是穷兵黩武者的歌功颂德。只有腐儒们的幻想如何能使老百姓免除痛苦呢?疲于征讨者不能喘息,其以"和平"为缓兵之计,行吏走卒又如何不以"和平"为争取人民的标语口号呢?虽然古人说"善为国者不师,善师者不阵,善阵者不战",而今人也有和平促进会的章程为证,但理论归理论,事实归事实,自古皆然,于今尤甚。既与"世风日下""人心不古"相关,更与"飞盘"之发明与"原子"之使用有涉。

四

战争是"力"的对抗,然也是道德的对抗,思想的对抗。只靠"和比战好"的说法是不行的,仅靠"战中求和"的说法也是不行的。必须免去幌子,免去空头,一切用事实来答复。失去道德,失去主义,当然要败。宋人得平州,置泰宁军,拜张觉为节度使,以觉有宿功,犒以银、绢数万,诏命至,觉大喜,远出迎,金人谍知,举兵来,觉不得返。原来金人闻觉叛,遣阇母国王将三千骑来讨,觉帅兵迎护之于营州,阇母不打硬战,不交锋而退,觉遂大肆宣传,妄称大捷。张觉奔燕后,金人既平三州,当来索觉,王安中讳之。索愈急,乃斩一人貌类者当之。金人曰:"此非觉也。觉匿于王宣抚甲仗库,若不与我,我自以兵取之。"安中不得已,引觉出,数其过,使行刑。既死,函首送之,燕之降将均自此解体。这是羊角幌子,这是欺骗,有欺骗则不能"和",和则亦不能持久。宋徽宗宣和六年三月,[金]遣使借宋粮粟,先是,赵良嗣使金时,许金人借粮二十万斛,至是诣宣抚司来索所许,谭稹曰:"二十万斛岂易致耶?兼宣抚司未尝有片纸只字许粮之文。"金使曰:"去年四月间,赵良嗣已许矣。"稹曰:"口许岂足凭耶?"终不之与。这是违反事实,空头支票,不兑现则不能"和",即和亦不能持久。失去道德,自不能战争。"人类自有战争以来,其胜负表面上似乎决定于武力,实则武力不足恃,所恃惟有道德。武力不能解决问题,武力反而加深了问题。"战争的观念是演变的,历史是演变的。没有主义、没有思想的战争,总不免是空打一场。陈胜、吴广没有主义和思想,空打一场,赤眉、铜马空打一场,黄巾空打一场,窦建德、魏刀儿空打一场,黄巢、邵宗愚空打一场,张士诚、陈友谅空打一场,李自成、张献忠空打一场,洪秀全、杨秀清空打一场。相反的,刘邦成功了,不是武力,却靠的是张良、萧何那一套;李渊成功了,不是武力,却靠的是魏徵、李靖那一套;朱元璋成功了,不是武力,却靠的是宋濂、刘伯温那一套;况且战争演化到现代,变成思想之战,主义之战,然而思想与主义实现的原动力,还是"潜伏在道德,隐藏于品性"。这是历史的教训,也是"和战"的一面镜子。

(《广西日报》柳州版1949年4月4日)

论 学 习

一

刘禹锡有"宿习修来得慧根,多闻第一却忘言"的诗句,但"宿习"不是一件容易的事,只有"密宗上人"才能领受,也只有"终南学道"的人,才有资格,小商人小市民是没有份儿的。农家子弟跑到城市中去读书,一切全靠"学习",不断地由"耳"到"眼"的"学习",不断地由"心"到"手"的"学习",课程压迫着他,生活抽打着他,他就不能不如元稹诗所谓"多生沉五蕴,宿习乐三坟",为什么?时代的关系!社会由"静"到"动",由"简"到"繁",由"平面"到"立体",由"宇内"到"国际",再想做到《论衡》所说的"学不宿习,无以明名",是不容易的。虽然说在宋代有"发愤从学,所览如宿习,年二十七举进士"的李毂,但我们不可以古拟今,何以故?这是时代关系!

二

我们常常听到一般人说:"必须养成新的学习态度","革去旧的资产阶级的学习观念",或是"学习不仅是读书","放弃士大夫阶级的学习观念"。由于环境□导,于是提出了"向人民学习""向大众学习""集体学习""理性学习"等等口号,于是引起一部分人士的恐惧,于是我们又常常听到另一部分人说:"我们这些传统的知识要不得了,人家要向大家学习!"或是:"我们这些经典学派的东西要收起来了,人家要向农民学习!"其实,大家尽可不必。因为方式不同,目的一致,无论是偏于术的学习,还是偏于业的学习,只要对民族对国家有贡献,都有其内容的,所以这两种学习态度,不能"平分秋色",也可"各有春秋"。

三

术的学习,近于诡辩之学、纵横之学,是有益于应变的;业的学习,近于爱智之学、真理之学,是有益于应常的。这两种学习同样重要。《史记·张仪列传》:"始尝与苏秦俱事鬼谷先生学术,苏秦自以不及张仪。""应变之学""应常之学",皆足以有益于当时,皆能用之得当而自成一番局面,即《法言》所说:"或问仪、秦学乎鬼谷术,而习乎纵横言,安中国者各十余年。"可见鬼谷子道行之深。今人讲组织,讲宣传,自是应"变",不可以"静"的眼光视之,如以静的眼光去看,则难免失去公平。《唐书·杜暹传》说:"其为人少学术,故当朝议论,时时失浅薄。"这是以变之学来应常,当不受欢迎。相反地说,业的学习,亦只能应"常",未能应"变"。《晋书·张华传》说华"学业优博,辞藻温丽",因此能在社会上取得显赫地位。学业往往又和"读书"有关,和"醇儒"为邻,高士谈诗:"学业虚千卷,生涯寄一庵。"杜甫诗:"学业醇儒富,辞华哲匠能。"可见学业与旧社会的知识分子断乎是不能分的。《隋书·柳庄传》借他人之口,极力称誉柳庄:"苏威……云,江南人有学业者多不习世务,习世务者又无学业,能兼之者不过于柳庄。"这是柳庄具备了两种学习态度。今人讲学习,述源流,自是静(常),不可以动的眼光视之,否则,亦将失去公平。杜甫诗:"儒冠多误身。"这是以"静"不以"动",以"常"而不以"变",当不能与时代相结合,而为社会之要求所碾毙。

四

"学"不能离"习","习"亦不能离"学"。《论语》:"学而时习之,不亦说乎。"这是由学而到习的一种快乐,为什么时习还有快乐,因为有"时习"才有□□,由时习可以务本,由时习可以入道,由时习可以积德,但学习是广大的,并非限于一隅的,在家庭中可以学习,在社会中也可以学习,今人所谓"家庭教育""社会教育",古人亦未尝不晓得!子夏说:"贤贤易色,事父母能竭其力,事君能致其身,与朋友交,言而有信,虽曰未学,吾必谓之学矣。"这是大圈子的学习,不从古今相异看来,仅由"君"进步到"国"的观念而已矣。孔子又说:"君子食无求饱,居无求安,敏于事而慎于言,就有道而正焉,可谓好学也已。"这也是向大圈子学习,今人所谓"生活学习""彼此学习",古学又何尝不懂得?那么学习的目的,端在服务的对象,所以两者不必相反,总壁垒分明。

五

"学",效也,受人之道而效之,可见必须用谦虚的态度、良好的修养。书夫子于古训,不是漫不经心,不是敷衍塞责,更不是投机取巧。"习",学也,因也,又从"羽"从"白",当是数飞之意。鸟儿学飞,亦不是容易之事,必将数飞数坠,屡坠屡飞。《礼记》:"季夏之月……温风始至,蟋蟀居壁,鹰乃学习……"但老鹰学习,亦不是容易之事,不能拣选平地飞,还要到峨眉山的蛇倒退去飞,还要到华山的鹞子翻身去飞,还要到泰山的舍身崖去飞,都不是容易事!社会是困难的,必须努力,必须安定,必须思索,必须检查,不能只是贴标语、发传单,不读书,不上进,否则"学则不固"。

六

《中论》:"君子非其人则弗若与之言,必以其方。农夫则以稼穑,百工则以技巧,商贾则以贵贱,府史则以官守,大夫及士则以法制,儒生则以学业。"无论是"稼穑""技巧""官守""学业",都是我们要学习的对象。学习必须有连续性的,亦即学习、生活、工作三者相互连环的,从学习中懂得生活,从生活中取得工作,从工作中不断学习。学与习都是困难的。孔子说"吾十有五而志于学",而"五十以学《易》",可见学之难,学而必有"志",必"志"乎此,方念念在此,为之不厌,否则幼而学之,壮而忘之,岂不等于白学?习亦是如此,《孟子》"习矣而不察焉",不察就要出乱子,或是仅仅受教而不去"习",孔子所谓"传不习乎"也是不成,因为仅能受之于师而不能熟之于己,也是毫无结果。何况性相近也,习相远也,还有一个念头在内。

七

"颛孙师"学着做官,问他的老师干禄之道,孔子告诉子张说:"多闻阙疑,慎言其余,则寡尤,多见阙殆,慎行其余,则寡悔,言寡尤,行寡悔,禄在其中矣。"可见"学"之难。自然,今日之"贪污",则因其不知,则又不会了解此"学"之难。

樊迟想学习种五谷种蔬菜的方法,孔子向他说了一大篇道理,《论语》:"樊迟请学稼。子曰:'吾不如老农。'请学为圃,曰:'吾不如老圃。'樊迟出,子曰:'小人哉!樊须也!上好礼,则民莫敢不敬;上好义,则民莫敢不服;上好信,则民莫敢不用情。夫如是,则四方之民襁负其子而至矣,焉用稼?'"小人谓细民,细民之事,圣人未必能由,但一法通而万法通,如肯学习,亦可以三隅反。

八

学习的目的在于武装自己的思想。只要肯继续学习,则未完成的思想也是可贵的。孔子说:"学而不思则罔,思而不学则殆。"这是以"学"完成"思",以"思"完成"学"。因为要求"生活"向上,"生活"坚实,必须学习,必须思想。生活形态既是思想与学习的反映,但也可能影响着思想与学习。工作是学习的实践,学习而不工作,则思想亦不通。"博学而无所成名",且思想不通,工作便做不好,工作做不好,生活便不会健全。所以学习与生活、工作是有"不可分性"的。所以,唱"王大娘扒缸"是学习,唱"锄狮邻"也是学习,跳

"农作舞"是学习,跳"喀什克尔舞"也是学习,因为这是生活的一部分。"陈亢问于伯鱼曰:'子亦有异闻乎?'对曰:'未也。'尝独立,鲤趋而过庭。曰:'学诗乎?'对曰:'未也。''不学诗,无以言。'鲤退而学《诗》。他日,又独立,鲤趋而过庭。曰:'学礼乎?'对曰:'未也。''不学礼,无以立。'鲤退而学《礼》。"孔子知礼之重要,□人音乐运动之重要,如非"故步自封",当知"未可厚非"。

九

十九世纪与二十世纪的交接,是新文化与新思潮的泛滥时代,这时,需要"民众教育",也需要"学府教育",后者所负的责任,宽而厚,深而远,广而巨,大学是传授各种学问与思想的渊薮,而不仅斤斤于技术知识的传达。《论语》有一段记载孔子同子路的谈话,颇为发人深省:"子曰:'由也,女闻六言六蔽矣乎?'对曰:'未也。''居,吾语汝:好仁不好学,其蔽也愚;好知不好学,其蔽也荡;好信不好学,其蔽也贼;好直不好学,其蔽也绞;好勇不好学,其蔽也乱;好刚不好学,其蔽也狂。'"六言都是美德,然不好之而不学以明其理,则各有所致。教授学者不仅是知识分子,更是一些值得受教的化蔽为义的文化使者!

十

学习对象无论是随便的,或是永恒的,如果皆是为人民服务,为大众服务的,都可以不被时代的车轮碾毙。而达此作用,又必须要学习,有为"己"的好学,有为"民"的博习。《后汉书·杨彪传》说:"熹平中,以博习旧闻,公车征拜议郎,迁侍中、京兆尹。"这种博习是为"己"的,非为"民"的,是为"帝皇",非为"大众",我们不取。进一步说,这博习非仅"脑",而是"手"的。韩非云:"博习辩智如孔、墨,孔、墨不耕耨,则国何得焉?"孔、墨这种仅轻"民"而不轻"力"的博习,我们也不取。因为未来的世纪或将使知识分子离开象牙之塔,走向十字街头,怎么会这样,这个道理不可说,曾有佛家子弟问达摩:"如何是祖师西来意?"师云:"庭前柏树子。"重问:"如何是祖师西来意?"师云:"床脚是。"再问:"莫便是也无?"师云:"是即脱取去。"以上他说的这些闲话,读者认为有道理,便可寻得一些章句,否则,就自己悟去罢!

[《广西日报》(柳州版)1949年5月13日、14日]

论 民 主

一

远在多年以前,我们的学人已经提出了"德谟克拉西"和"赛因斯"两个口号,赛先生不必说,因为,战,已吓得跑远了,德先生呢?也在被愚昧的人们所劫持着,因此我们在此暂撇开赛先生不论,试先提出"德先生"来加以"反传统"的批判。

一般说来,"民主"二字的含义,是极广泛的。我们常常听到一般人讲"你不民主""他不民主"这些口头禅。到底何谓"民主"?则不容易答复,就一般言,"民主"一词,如大家所了解者,即为人民之意。若就西文原意而言,原意民治,是由人民来统治国家而言;今人偷换"民主"之名,而行"独裁"之实,实与民主的精神大相违背。古人虽行专制而尚留有"民主"的好处,今人倡行"民主"而实有"专制"的坏处。如孟子言"民为贵,社稷次之,君为轻",孔子言"举直错诸枉则民服,举枉错诸直则民不服"。古人未尝不以"民"为"主",到了今天,你也说"民主",他也说"民主",其实烽火连天,受苦的尽是老百姓。"民"又何尝能"主"?你们背着一个"假民主"的包袱干啥子啊!

二

如果说"民主"是一种生活方式,则此民主是接近自然的,非用任何力量可以提取的,它是"一泓清水沁诗脾,冷暖年来只自知",它是"昨夜江边春水生,艨艟巨舰一毛轻"的,这样才是真正的民主,而非假的民主。如阿格拉斯所说的:"民主是一种生活方式,一种习惯与传统。美元与英镑,买它不得,它不能食,不能租,也不能买。只有那些对个人的尊严与价值能特别珍视,并认为经济自由如果不能同时具有精神自由就是奴隶的人们才能获得。"但在中国,"民主"这个名词是可以租的,是可以借的;是伪装的,是狡饰的。假"民主"之名,行"剥削"之实。这样民主便失其内容,使人感到只是虚伪的名词。尼采论艺术时尚且说:"倘若艺术借其故衣,最易使人识其为艺术。"是反对新奇,反对玄虚,主张真实,主张质朴,艺术尚且不可假托,何况政治?否则是"大车无輗,小车无軏"。其何以行之哉?人民所以失去信仰,也正在此。

然而这个生活方式,必须包括自由在内。我们借但丁的话来说便是:"把人类放在自由状态之下,就是把人类放在秩序最齐整的状态之下!"就因为这样,"民主"的强敌便是暴力。因为暴力最易戕害了自由的第一个原则,乃是意志自由。而"由于民主反对以恐怖、暴行与武力作为政治工具,主张以公民自由取而代之,它使人类的兄弟之谊成为处理国事的一种力量……"这就是一种民主的高操守,公民自由并非由"力"而换取,乃由"德"而换取。这层意思,孟子最能了解:"以力服人者,非心服也;力不赡也,以德服人者,中心悦而诚服也。"

三

如果说民主是一种"政治典型",则这种意义应该是大地性的。调子唱得低些便是"己欲立而立人""己欲达而达人"的,相反的就是"己所不欲勿施于人"。要自己吃饭,也要人家吃饭,要自己读书,也要人家读书,要自己娱乐,也要人家娱乐。就是应当措施全体人民的利益,不分阶级、党派、国家、民族。这可以借助于阿格拉斯的话:"……我们的对外方案,必须像对内方案一般真实的民主。我们在各处所袒助的趋向必须切合我们于本土倡行的理想与性质。因为我们在国内或国外所倡行的是有关联的,而且放远眼光看来,我们的目标如何,人民每对我们的行为比诸承诺更加信任。人们判断我们将不光凭我们所倡导的是什么,还看我们所忽略的是什么。"这段话可分析成两个意义,就美国言,因其是过分自私,延长了中国的内战;就中国言,大家都扛着一个"民主"的招牌,事实上,大家都不行民主,于是打到今天,古人杀一不辜而得天下不为也。百姓士兵,所望者和,但当局不要和平,这是"反民",反民就与民主之本义相违。如说"让我们自己和世界各处的平民一致起来,让我们倡导他们的目标,让我们身体力行,显示他们如何摆脱那些陷他们于奴隶境地的力量"。这种说教,准备自食其果。中国弄成个什么样子!他们还说:"我们果能成为民主信心切实推行的传教士,我们可以做到这一点,如果我们的目标是自由解放,而不是编组,那么自由解放将成为世界主导的一种政治典型。"但自由是对某部分民族说的,解放也是对某部分民族说的,水深火热的中国老百姓没有份儿!

四

就历史的演进说,希腊的哲学家,如苏格拉底、柏拉图、亚里士多德等早已确定了一些民主的典型。但多是偏于"民治"的意义,柏拉图说得更明白。柏氏用民治 Democracy 与主治 Aristocracy 相对立。Cracy 有"统治"之意,Demo 有"人民"之意,Aristo 有"才能"之意,但此处吾人必须注意,此处人民并非伪装民意的官僚,而才能亦非指独裁者。柏拉图对民治政体并不同意,苏格拉底亦有此同感,且以身殉。如果就目前而论,苏联与美国,皆以民主相号召,但各有其缺点。苏联有了经济平等,失去了政治自由,美国有政治自由而失去了经济平等。

五

达文鲍的长诗《我的国家》中有几句是:"美国孩子无论远向何方,冒险,去死,在她眼不见的地步,这些无名的照耀着的小窗总照耀着这不相信的人类,要教地上一切人民都在想自由的目的地,那强固的堡垒——不是和平,不是休息,不是优游——只是胆敢面对民主的真理:自由不可限制,要大家都有,此处的自由就是各处的自由。"这是充满了世界主义的思潮,这与其说是"美国的使命",毋宁说是"全人类的使命",或说是"大家的使命"。因为我们觉得:第一,既以民为主,则包括各种的民族福利权利,不是某一个民族要福利,那一个民族不要福利,那一个民族要权利,那一个民族不要权利。第二,民主也不因政府制度关系有所决定,英国的君主制,美国的总统制,苏联的一党专政制,都是要谋取全民福利,这责任大家都有。第三,民主必须包括生活的愉快与幸福的权利,我们认为:一个社会里,如果没有工作的权利或幸福的追求,那么这个社会就不是自由的。第四,民主有国际性,从前希特勒在国内号召"本国繁荣",声称做到充分就业与经济繁荣,但因德国破坏和平,侵犯他国利益,我们还得说他是不民主。

六

真正的民主国家,不是招牌,不是幌子,人民的的确确做了国家的主人,官吏是受人民委托的公仆,公仆还能欺侮主人?一切必依法律行使职权,受法律的管束,既受法律管束,还会非法逮捕百姓?真正民主的国家,人民管理政治,非政治管理人民,政治受民意的领导,民意为政治的先声。真正民主的国家,人民必须有享受自由平等的基本权利,所以民主是以法治、民意、自由等为条件的。

七

今日一般人们常滥用"民主",不知民主是对等的,而非片面的。民主是要人守法,在守法中求自由,而非要人违法,在违法中取纷乱。店伙任意要求加薪,说是"民主",这不独"非民主",而是"反民主"。学生随意不去上课,说是"民主",这不独"非民主",而是

"反民主"。工人随意怠工,说是"民主",这不独"非民主",而是"反民主"。类似的,所谓反民主的事件还很多,如一个民族奴隶与欺压其他民族,又如一国,内藐视民权,再如失业及剥削现象。王道近民主,霸道则"反民主",使人民安居乐业则近民主,"动干戈于邦内",祸起萧墙则"反民主","均无贫,和无寡,安无倾",则近民主,"朱门酒肉臭,路有冻死骨",则反民主。开放言论则近民主,非法逮捕记者,则"反民主"。

八

国与国的地位环境不同,国与国的政治要求也就迥异。因此,"民主"的含义,也就略有出入。例如资本主义国家,是以利润为中心的,所以他们要求利润制度,没有利润制度积极建树公平分配制,他们认为利润制度是不民主的。马歇尔阐述美国对民主的解释,他说:"我感觉一般对于'民主'一词,有不少解释,对于美国政府和公民,这个名词有一种基本的意义,我们相信人类有若干不可移转的权利,也就是不可给人或被人取去的权利。……"又说:"这些权利中包括每个人有权利可以照他自己的方法发挥他的思想与他的性灵,避离恐惧和威迫,但以不妨害他人的权利为限。我们认为,在一个社会里,如果尊重别人的权利的人,不能由发展他们的信念而恐惧他们或许被人从他们的家中捕去,那么这个社会,就不是民主的。我们认为在一个社会里,如果奉公守法的公民生活在恐惧之中,没有工作的权利或被褫夺去生活、自由和追求幸福的权利,那么这个社会就是不自由的。"假设用这个观念来衡量"民主",那么,在中国,无论是江南或江北,华东或华西,都没有"民主",那么"民主"究竟到哪儿去了呢?

(《中兴日报》1949年5月19日)

喜竹楼手记二则

自学还须下苦功

中国历史上许多名人贤士、学界泰斗，有不少是自学成才的，而自学之甘苦自不待言。具体到史学研究来说，目录学是第一关，也是一把重要的钥匙。王鸣盛曾说过："目录之学，学中第一要紧事。学者必须从此问途，方能得其门而入。"这些话，时至今日，仍有其深刻的认识意义。研究历史，特别是古代史，连《隋书·经籍志》《四库全书总目提要》都不读，是不会知道怎样去开步前进的。有些人想找捷径，那是没有的。马克思有句名言："在科学上面是没有平坦的大路可走的，只有那在崎岖小路的攀登上不畏劳苦的人，有希望到达光辉的顶点。"

比如说，李白年少见老妪以铁杵磨针而大彻大悟，发愤读书，"读书破万卷，下笔如有神"。除读书外，有的还特别重视实践。司马迁以旷世逸才，然必周行万里，网罗见闻，然后著为《史记》。杜甫为诗人冠冕，遍游三巴、吴、楚等名山大川，广闻博识，然后成其诗品。王士性《广志绎》一书，经过亲身见闻，实地考察，记载了北京、南京、河南、四川、广西、贵州、云南、山东等地的山川名胜、关隘险要、物产民俗，特别是西南少数民族的情况，对研究少数民族的社会经济史是十分有益的。其中关于河南水系山系，文笔简要，了如指掌,可与《山海经》《水经注》并读。

读书与实践必须相辅而行,方可成就。今日之实践,当然不能简单归纳为游山玩水,而应该面向"四化",面向世界,面向未来。

关键是"依靠"二字

治国之道多端,得人才为首要。得才则事举,失才则事废。赵翼为清中期著名史学家、文学家。他一生颇受大学士傅恒等的赏识与倚重。这样,就发挥了他应有的作用。《檐曝杂记·傅文忠公爱才》云:

> 文忠不谈诗文,而极爱才。余在直时最贫,一貂帽已三载,毛皆拳缩如蝟。一日黎明,公在隆宗门外小直房,独呼余至,探怀中五十金授余,嘱易新帽过年。时已残腊卒岁,资正缺,五十金遂以应用。明日入直,依然旧帽也。公一笑不复言。呜呼!此意尤可感已。

爱才,不仅从物质上表示出来,对于我们现代知识分子,最重要的,是要从精神上体现出党的温暖和信任。在知识分子政策上,要做重用知识分子的伯乐,坚定地依靠知识分子。唯有如此,"四化"建设事业才有保证。

(《河南日报》1984 年 5 月 6 日)

爱才若渴与嫉贤妒能

胡世宁荐詹事霍韬,云:"荐贤如不及,论事常有余,孤忠劲节,近世鲜俪。"寥寥几笔,勾画出他推贤让能的高尚风格。

而读焦竑《玉堂丛语》,更为宋濂的延揽后进、识迈千古的高尚姿态所动。文云:

> 宋景濂四持文衡,得人为多,接引后学,惟恐弗及。色温气和,近之者如大寒之加重裘,盛暑之濯清风也。天下之能文者,多经先生指授;朝廷英俊,咸以先生为法。初奉敕教文华生数十辈,至是出参大政,为御史之列郡者相望,四方士得一见先生,夸于人以为幸,承一言之赐者,人辄改观视之,不敢与齿。

由此,可见宋濂之见重于人如此。可是,相反的,也有些人对提拔人才不感兴趣,往往是自己上不去,却拼命把别人拉下来。《史记》写了廉颇晚年一段情况:

> 廉颇居梁久之,魏不能信用。赵以数困于秦兵,赵王思复得廉颇,廉颇亦思复用于赵。赵王使使者视廉颇尚可用否,廉颇之仇郭开多与使者金,令毁之。赵使者既见廉颇,廉颇为之一饭斗米,肉十斤,被甲上马,以示尚可用。赵使还报王曰:"廉将军虽老,尚善饭,然与臣坐,顷之三遗矢(同屎)矣。"赵王以为老,遂不召。

一句话,使得廉颇不复再用,客死他乡。赵国也很快被秦国所破。苏东坡曾说过:"天下之事,成于大度之士,而败于寒陋之小人。"此语十分真切。

尊重知识,尊重人才,是当今"四化"成败的关键,上面一段历史掌故可资借鉴。

(《河南日报》1985年1月23日)

保护国家文物　珍惜历史遗产

《文物报》的创刊问世，是国内文化界的一件大事。她是国内反映文物工作的第一家综合性报纸，通过她，既能发扬祖国历史文化遗产，又能激发人们爱慕祖国的热忱。她的问世，必将受到广大读者的爱护。

新中国成立后，我国的历史工作者和文物考古工作者在全国各地进行了广泛的考古调查和重点发掘，除中原地区外，还在边疆各族聚居地区，发现了许多具有独特民族风格的历史文物。这些丰富多彩的文物，除其中大多是具有代表性的一部分被陈列在中国历史博物馆中，还有许多散处在各地。这就需要有一个报纸及时反映文物工作的动态，提供一些包括新发现、新成果在内的文物信息，宣传文物政策法令，使人们知道保护国家文物、珍惜历史遗产的重要性和紧迫感，使人们知道我们生在这样一个幅员广阔、山川壮丽、名胜古迹众多、历史文化悠久的可爱的中国是多么有自豪感。

我曾三次到西南，访问了大理、剑川、晋宁等地。在大理见到了太和城遗址，遗址中的南诏德化碑，建于唐大历元年(766)，碑西为南诏宫殿建筑群所在地。碑为南诏清平官郑回撰，杜光庭书。这是研究南诏历史的珍贵实物资料。

此外，坐落在云南大理城西北的崇圣寺三塔，那就更加壮观了。此塔与应县的木塔、洪洞县的飞虹塔、登封县的嵩岳寺塔、开封的祐国寺铁塔为国内五大名塔。三塔矗立苍山之麓,气势雄伟,你能不为祖国感到自豪么？我又在剑川畅游了石钟山石窟,不禁为此云南白族先民创造的石刻艺术宝库而惊叹不已。我游晋宁时,最引起我兴趣的是晋宁石寨山墓地出土的相当于西汉时期的滇人文物。这些文物丰富了我对于汉代生活在晋宁一带的滇人知识。我早年曾读过司马迁的《史记》,其中有《西南夷列传》,我觉得司马迁给我的知识实在太少了。

我也曾两次入西北,流连于敦煌、酒泉、武威等地的文物风光和历史遗产。我访问了丝路明珠敦煌莫高窟,登上了古阳关附近的烽火台,徘徊于敦煌旧城白马塔前,想起鸠摩罗什和李暠写的长诗,其中有"高僧传经瘗白马,雄杰据地余荒丘"句。在酒泉县博物馆内见到回鹘文碑,回鹘文(实即古代维吾尔族文)为蒙古通用文字的基础。这种镌碑是很可贵的。在武威,登上了武威雷台,举世著名的铜奔马就出土在台下的墓穴中,在东汉时,就有这样高水平的铸造,中华儿女是多么聪明智慧啊！戈壁绿洲,长城烽燧,石窟寺庙,石室文书,流沙坠简,夜光明杯。西北地区是一张雄壮的历史文物画卷啊！所有一切我们应当珍惜它,爱护它。真是每一座古城,每一块石头,都能引出一个美丽的故事。

(《文物报》创刊号,1985 年 8 月 16 日)

第五辑 序跋之什

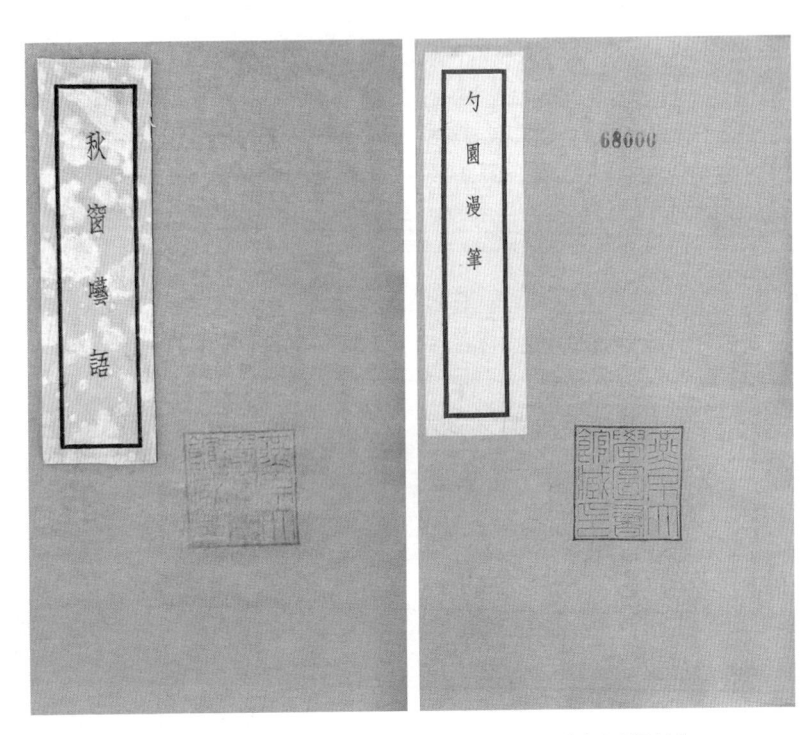

《秋窗吤语》
（燕京大学引得社1939年）

《勺园漫笔》
（燕京印刷所1940年）

《育英半月刊》编前致语

久住在我家的,那位年老的园丁,他曾经挂着一副苦脸,像是无可奈何的,对我这样说:

当我过去受着许多难堪的质问的时候,我不知想怎样答复才好。你以为流连在我心田上的,是一丝丝的甜意么?你如果真的那样想的话,那,完全错误了。在旁人看来,不错,他有着这样广阔的范畴。但是,这大的地面,是属于公众的,当栽培起大家的思想,我没有丝毫占有的权利。有时为了大家好吃甜的,我就老老实实地种上些柿子和羊枣。在大家改了味道,好吃酸的时候,石榴和葡萄,又不无有栽培的必要。但,平心想,葱蒜芥韭一类的菜蔬,就可以永久绝迹了么?桑榆杏李就可以整个的删掉了么?是不是可能的?!除此以外有的人还嫌着不种些黄瓜茄子一类的东西。这成斗成斛的怨言,堆满了心房,但你想我能为这些丢失了我自己的责任么?因为良心上的引咎,最后那一滴一滴的血汗,还是得要滴在干硬的土块上。

半月刊,育英这块大园地,两三年前已耕耨起来的这块园地,当编者的不比他少些同样的感想呵!这产品,既然不是一个纯粹的文艺刊物,又不是像科学画报那样的东西,是千百个男儿思想的渊薮,口味的轻重,自然有他的糅合性,如果大家不掺些"体贴"的成分来评判这产物,那得到的印象,无疑义的,不如大家所想象的那样满意。

谈到投稿诸君,你们不要预先这样想:"我会写出些什么?"大胆的,将你们那最心爱的东西送出来。如果那稿件,不是连你自己也看不懂了,或是使读者看了毒得要翻几十个筋斗的话,编者因同情心的驱使,是绝不能使大作轻于向隅,而是照样一字不遗地印了出来。

至于今后半月刊的前途,除非编者患了剧烈的神经病,安心要把这刊物,糟蹋得丝毫无余,不然,谁肯轻于使它荒芜起来。苏洵说:"贤者不悲其身之死,而忧其国之衰。"读者,你想这道理是不是有着前后的相仿?

最后,希望大家荒芜了的园地,还要大家自己犁起,人类的意识,要布种在这里面。

(《育英半月刊》4 卷 1 期,1935 年 10 月。育英中学学生自治会,委员长李景慈,编辑秦佩珩、余永敦、水建彤)

《秋窗呓语》前记

1933年秋,余负笈青州,获睹梅村诗。其诗多涉史事,语颇隐晦,不甚了了。时年尚幼,独喜于梅下读之;夜来,萤虫碧落,月映帘栊,漏声数下,犹未就枕。每至会心处,辄濡笔记之。未久,北来故都,遭际时艰,穷愁困厄,复检旧稿,重加订正。更按近人诸说,参综雠览,成若干则。每欲弃之,不无敝帚之感。犹忆十数年前,余师智能方丈,讲解吴诗,谆谆劝诱,此情此景,宛如昨日!年来国步多艰,恩师物化;高山流水,空负知音!云门山下,古木寒松,冷香数朵,风物依然。兴念及此,不知悲泪之何从矣!

1938年冬于燕京大学

《勺园漫笔》小引

　　余夙耽书史,于南明一史,寝馈尤深,缘其时铁马金戈,烽烟万里,所传史事,可歌可泣。梅村为有清一代诗宗,生当国变之际,屡经丧乱,痛时伤事,感喟殊多。一一发之于诗,是以其诗寄托情深,隐僻难解。前于课冗余暇,曾草《秋窗呓语》一书,于吴诗略加阐发,今复缀成续编,题曰《勺园漫笔》,为北来后所参订修补者。珩幼承庭训,束发以来,背井离乡,萍泊天涯,困顿无聊,自揣于诗一途,殊少造诣,然仍不避浅陋,辄加研核者,盖亦效狂歌当哭之意耳。

　　　　　　　　山左秦佩珩谨识　1939年秋于平西海甸

《椰子集》后记

在这一本集子里所搜集的,差不多都是近几年来的作品。为了使这些东西划一个阶段,我便决心将它印了出来。其中,《秋谷笛韵》《蝎子岭下》数篇是在青州写的,《水的故事》《陵及其他》数篇是在金陵写的,其他如《击柝老人》《画家》等篇又写在故都,用以重话胶东旧烟雨!

这本集子的出版,全赖诸位师友的帮忙。徽师为我校对,安兄为我设计,郭绍虞、凌叔华二先生的序文更给我许多分外的鼓励。

个人觉得这几篇东西,纯为印来作一个纪念,或说用以寄托一部分思想——假设我还有思想的话!

不知从何时起,便有一种像梅雨天气一样阴霾的情绪在我的心田上滋生起来。是悲观,抑是虚空的愤恨,连我自己都说不清。人言椰子盛产琼州,夏日饮其汁,可以解暑,古人也有"美酒生林不待仪"的诗句。想到这儿,我仿佛坐在椰子树下,虽无槟榔代茶,亦可椰子代酒,心头上的烦热好像立刻消除净尽了。

但这是一种理想,一种遥望。遥望亦仅是遥望而已!

1941 年 3 月于海甸燕大

《埋剑集》再校后记

《椰子集》出版后,迄今已数年,有未收入其中之文,每欲焚掉,苦有敝帚之感。长夜如年,集而校之,陶弘景《古今刀剑录》有云:"章帝炟在位十三年。以建初八年,铸一金剑,令投于伊水中,以厌人膝之怪。"又《尧山堂外纪》曾载关盼盼《燕子楼》诗云:"自埋剑履歌尘绝,红袖香消二十年。"我虽然谈不到此等关系,然每忆十年书剑,悟此生平,有此卷帙,颇悲荒凉。呜呼,校讫黯然,因以为名。

一九四三年十月十日夜秦佩珩记

《沧海月明珠有泪》后记

这是我的第二个剧本。在这个剧本以后,我又写成另外一个剧本。将和这个剧本作成姊妹篇的,不久当可脱稿,未尽的意念,还可装到下一卷剧本中去。

这也是我的一个大胆的尝试,不一定成功,但至少撇开上演,还可以表现其他的意义。但是,我并没有"攻讦"或"说教"的意思!

我写这个剧本,蒙孙伏园先生替我写序,谢谢!而最可感的是雷起荃和刘修瑜两位同学,我的草稿都为我看过,仔细地看过,并给我许多宝贵的建议。除了错误的地方应该由我负责外,好处和感激,都应该留给他们!

秦佩珩于蓉城光华大学

《孤雁记》序

我到华大教书的第三年的秋天,在小天竺祠的华大宿舍里,我初次看见张木兰。我记得初次见面时她问我:"你是不是秦先生,《埋情记》的作者?"我答应"是"。她苦笑了一下;继后她又问我:"你是不是和爸爸在一块教书的?"我又点头说:"是的,不独和你的爸爸一块教书,还曾在一块读过书的。"她又苦笑了一下。

木兰才是一个不满十二岁的女孩子。她的母亲是一个画家,名学者陈筑山先生的女儿,所以木兰在气质上多少带了些艺术的天才血统;又因为她的父亲张世文先生是有名的社会学家,所以后天的家庭教养也很良好。

木兰虽是一个小孩子,但她能画得一手极好的写意画。现在她写成了这本小说《孤雁记》,要我替她说两句话,我读到了她的许多好的句子,那由脆弱的心灵所发出的美的句子,使我想起十九世纪意大利的天才诗人雷奥帕第的诗句来:"使我们的苦,轻灭的你,永远活着罢!啊!可爱的神圣的艺术,我们不幸的人们的安慰啊!"

这些凄丽而厌世的句子,迫使我再重读这小作家的作品。我读到她描写一个女孩子的诞生,那不幸的诞生,又使我记起克罗连科(V. Korolenko)在他的《盲乐师》(*Slepol Muzuitant*)的故事里所描写的主角,一阵心酸,由不得我落泪了!

擦完眼泪以后,我就想起一个天才大都是不幸者,容易带些忧郁的色彩，左拉在他的《生活是多么愉快啊》(La Toie de Vivre)大都是写到人生光明的一面，描绘出一个意志坚强的近乎理想人物的女子，但木兰却在相反的一方面，写出了这个故事，几乎每一个字都跳动着这位小女作家的愤怒和悲哀！

她还年轻，她还需要更多的努力，以获得更大的前途。

你用一支彩色的笔，像小天神一样绘出了你的寂寞和悲哀，并且没有一些眩饰和傲慢。是么，木兰？

1946 年 11 月 22 日于成都成华大学

(《中兴日报》1946 年 12 月 5 日)

《秦汉经济史稿论丛》自序

往岁余登洛阳北邙山,见龙门高耸,伊洛东流,风帆烟树历历在目,东南一带则招提栉比,宝塔矗立。因念洛阳为华夏旧都,于西历纪元前数百年已有极灿烂之农业、水利及手工制造,何以有此悠久历史之民族,而竟无一较完备之经济史?

居尝求其故:昔章学诚《文史通义》论史德以及才学识,三者得一不易而兼三尤难,盖非德无以断其义,非才无以善其文,非学无以成其事,西儒班兹(Harry Elmer Barnes)著《新史学与社会科学》(The New History and the Social Science)一书,论及西洋经济学与史学之关系,亦云过去经济学与历史学之互动,未免太少,上流史学家,藐视经济材料,认为于详论历史人物与政策之相互关系,工作毫无关系。传统派史学家只注重政治阴谋中上等人物之活动、外交之欺诈与战争之整个屠杀,不肯降尊屈尊以研究日常生活中事务之发展,尤其鄙视普通人民之活动与成绩,盖打通经济与史学若是之难也。

然而,中国果无经济史料乎?曰非也。然而何以无一较完备之国别经济史如李卜生所著《英国经济史》者出?此由于国人之蔽:一曰依附,二曰因袭。余试为读者道之。

今之治经济史者多矣,但一般学者动辄过分崇拜西洋文化而摈斥中国固有之国粹,放弃本国经济史料而奢谈欧洲著作,甚至以谈中国旧文化为耻,而以掇拾西人牙慧为荣。庸知研究中国经济史之目的在于解决中国问题,而非解决西洋问题,从史的眼光以预测中国之经济前途,易言之,即治经济史之主要目的非在于因袭西洋旧说作舍本逐末之工作,而在于彻底明了并解决中国问题。基于本国以农为生产,因而树立特有之中国经济史理论体制,我国人近年来之大病乃在依附洋人而忘怀自己,只知有格拉斯之《欧美农业史》(*A History of Agriculture in Europe and American*),而不知有贾思勰之《齐民要术》,徐光启之《农政全书》;仅知有甘凌汉(W. Ganlingham)之《英国工商业发达史》(*The Growth of English Industry and Commerce*),而不知有沈括《梦溪笔谈》,周密之《武林旧事》;仅知有威尔士(I. Y. Willners)之《商业史》,而不知有杨衒之《洛阳伽蓝记》,孟元老《东京梦华录》,甚至侈谈西人中世纪之酒业而不知窦子野、冯时化为何人,高谈欧洲茶业而不知陆羽、蔡襄为何人。似此种种,岂非数典忘祖,谁能将社会经济史背诵如流,亦不过为韦、白之不肖子! 吾人治中国经济史,本应以中国文化为本位,须从通达处着眼,可比拟而不可依附,盖依附是失却民族之自尊性,而比拟则是吸收西人精粹有踵事增华之意。可比拟而不作比拟是孤陋寡闻,不能比拟而强为比拟是牵强附会。

抑尤有进者,今之治经济史者,除以上所举外,其蔽又在于因袭,现在吾国仍有一般学者认食史食货志为天经地义之材料,西洋经济史尽可未识门径,而高谈治中国经济史。仅知中国有《海运编》《漕运志》,而不知西洋在最早即有林塞(Linusny)之《商船史》(*History of Merchant Shipping*);仅知有宋应星之《天工开物》,王徵之《奇器图说》,而不知有牛汶(G. Nnwin)之《十六七世纪之工业组织》(Industrial organization in the elxtrouih and evenbonln Cer luedge)。进一步言,不独知我国自汉以前即有谷物统购政策之实施,亦当知格拉斯之《英国谷物贸易演进史》(Erohution of the English Commarlet)也;不独知中国汉代即有过精美之工业制品,尚应知几本 H. de B. Cibbins 之《英国工业史》(Industrial History of English)也;不仅知我国先秦已有大量铁之开掘,亦当知斯克文诺(H. Sclrenuo)之《铁贸易史》(Compreyensive Hisirek of the Iron Trade)也。

余矢志于本书之撰著,乃远在游洛阳之时。但以材料之搜集,体系之构建,治学之态度以及努力之方针,则是一种极艰巨之工作,而未敢率尔操觚。盖余尝寻求中国经济问题之症结所有之憬,然有悟治中国经济史非在排比史料乃在确立观念:非在依附泰西,乃在树立自己,中国经济状况与欧美相较有迟速后先之别,而其国家之哲学基础,亦有法治人治之分,欧美之经济学说,固可与我国相比较,然亦未必尽合。盖国情不同,而其学说自不相侔。如正统经济学者尚自由,倡放任,而诸社会主义则反对之。如基特等则主以互助代竞争,其连带责任主义又颇似我国墨子之"兼相爱,交相利"之说。故治中国经济史又必先精通中西经济史料,不然非失于扣盘扪烛,则失于数典忘祖。过则如张骞西使不□化,不及则势将如邯郸学步,匍匐而归矣。

余少出山左名族,十二岁时读书青州松林书院,院内经书,间或留意于经济名著,其后课余涉猎,家道中落,颠沛流离,浪迹汴洛,寄食兖徐,十五赴济南,入洪家楼修道院,欲终身进入宗教之门,不果,年十六始游故都,诸凡桑巴特(Soinbart)卫布夫妇(The webbs),阿格(Fredaric Ausilnoge),德依(Dilve Day),奈特(Knight),阿色黎

（W. Ashicy），甘凌汉（W. Ganlinghan），格拉斯（N. S. B. Gras），立卜逊（E. Dipson），巴盖特（Bogart）等，皆尝与之神交也。十八以还，入平西某大学攻读，课余之暇，颇留心于中国经济史专题之著述；同时主办《经济学报》及《经济季刊》以为倡导，继以抗战军兴，工作因之中辍。每伏案静思，以为古人处此必有以自见，而决不至汶汶以讫。昔昆山顾氏宁人论著述之难，以为必古人所未及就后世所不无者：而后庶几其传，爰本其旨以求北邙遐思，复萦于怀，则作经济史之十年，大愿又不可不发也。

壬午春，袁贤能氏出掌天津达仁商学院，约余授中国经济史，旋又膺工商学院之聘，再讲此课，讲课之余，仍继续研究，写成《中国经济史稿》三巨帙，时余年方二十一也。事变以来，避地后方，过齐鲁得睹先贤之遗风，其后侨开封，寓亳州，寄迹于宝丰，萍泊于西安，北游甘宁，南访巴蜀，虽足迹所至不为不广，而所撰旧稿尽皆丧失，深自叹惜。

甲申夏，移讲华西大学，授中国经济史，不久又执教于光华大学，授商业史，著述之念复萌，乃就所及草《中国经济史稿》一册，譬如候虫鸣，感于气变，亦有所不能自已也。昔刘知几作《史通》既毕，虑后世无识者，至于抚卷涟濡而不能自已。李塨亦尝有言："莱阳沈迅上封事云：中国嚼笔吮毫之一日，即外人秣马厉兵之一日。"丁于云贵烽火连天之日，敌寇之扰攘于南明，斯文之丧，逾于秦火，既非刘氏之身可同日而语，而余本治欧洲史者，弃己之田，耘人之田，其歧愈远，每况愈下，处此伟大激变之时代，雕虫之技，亦未必有补于国家民族之盛衰隆替，而深味李塨之言，又使人长叹不已也。

余可以为此者，性既不谐于俗，而索居寡欲，精神又不能无所寄托之意多而求知之念寡:譬之春蚕作茧,虽缚未死,蜡炬已残烬犹炷,若夫千载之后,犹有知我者,则固亦别有说焉。草此稿时,适值湘桂失守,川黔告急,同盟之胜利虽完,国势之隆替待卜。昔之所作既为云烟,爰将新稿稍加订正,形同獭祭,愿悲荒落疏。

自治学以来,师友中如洪煨莲、薛观澄、唐庆增、邓之诚、杨梦宝、程英祺、滕茂桐、萧公权、袁贤能、董继瑚、刘觉民、郑林庄、熊子骏、言穆渊、齐思和、赵守愚、张延祝、胡继瑗、丁云藕、陈恭禄、赵考章、归鉴明诸氏,或寄函鼓励,或启予兴致,或指以纯缪,或助为校订,乃此书之得与世人相见,得诸良师益友之力为多,谨于此深致谢忱,于此谢之。

崇祯甲申三百周年祭,山左秦佩珩序于成都西郊光华大学

(《资风》创刊号,1947年1月15日)

《明代经济史述论丛初稿》自序、后记

自　序

明代经济史，尚须大加研究。我是从地方志和《明实录》着手习作的。这本小册子里的十二篇短文，大都是我在1952年前后写成的。年来，因体多病，略事修改，提出来向同志们请教。我初步从旧书箱中检出来这几篇聊备删削的短论，命之曰稿者，盖不敢视为定本，仅作为参考资料之意云尔。蛇迹虫草，行供覆瓿，黄口童牛，颇悲稚陋！

1953年，秋尽，岳麓山
秦佩珩

后　记

这本小册子，吸收了许多国内史学家们的一些丰富的研究成果。在国外学者中，我特别感谢谢苗诺夫的一些论点。此外，我也采纳了弗·尼·尼基甫洛夫在中国历史问题上的一些卓越的成就。此外，沃洛达尔斯卡娅和库尔玛巧娃的有关雇佣劳动和原始积累的文章，对于我研究明代经济史来说，也有着很大的启发。这本小册子是很早以前写成的东西，与我的《封建制度晚期经济论稿》是姊妹篇。在出版过程中,受到了出版界朋友们的鼓励,暂作为内部参考资料性质的发行,不敢公开发表。我只以求教的态度,把这些不成熟的东西,献给亲爱的历史界的朋友——我的同事、战友以及抱着共同的崇高理想的一些同志们。

1953年,岁尽,郑州,金水桥畔

《明清社会经济史论稿》序、跋

序

集中论文若干篇，为近十余年来在大学教课余暇，就兴趣所注，随笔汇录者。余嗜经济史近五十年，前曾著有《明代经济史》上下卷，近百万字，盖妄思从明清史料中，折中是非。至于网罗文献，又其余事。惜未及正式出版，即于抗战时期佚去，其后不复整理。本书论文则纯为未经整理之资料。余自束发，喜诗，后弃去。不久，入海甸，专攻经济史，亦学无所归。及后滥竽学林，欲综核经济史料，以待异日之参考。自念年逾六十，学无所成，此项史料性、考证性的琐碎工作，容或有补于治专史者之采择，省翻检原书之劳，亦甚幸矣。昔人诗有"落红不是无情物，化作春泥更护花"，余亦正有此感。獭祭鳞陈，校讫黯然！

1983 年 2 月安邱秦佩珩书

跋

本稿所论，极为简略，模仿经营，稍近明清史实，规矩绳尺，略可寻也。

吾壮而失学，今年逾花甲，又患目疾，亥豕鲁鱼之误，当所难免，迹象明显,多可推寻也。

　　珩自维学识原至浅陋,后遭国难,奔走西东,往日所搜集之史料,复于"十年浩劫"中,如烟灰荡扫。今欣逢"四化"建设,似亦不能不投砖献瓦,略尽绵薄。姑就记忆所及,于明清经济史事,溯其源流,启其关键,草成此稿,聊备覆瓿。称为稿者,盖不敢视为定本之意也。

　　稿成,虽稍通途径,而力已不逮。承中州古籍出版社诸同志不弃,向我约稿,盛情可感,所谓知我于桑落之下者也。

　　校毕,颇有春蚕丝尽、蜡炬泪干之感。扣盘扪烛,书讫怅然,大器之成,犹待来哲。

1983年3月
秦佩珩书于郑州喜竹楼,时目疾方愈也

丹青千壁，一清如水
——《豫南史话》第二集代序

信阳地区文管会主编的《豫南史话》第一集出版很久了，现在又准备出版第二集。他们要我写篇序文。我又把第一集重新读一遍。信阳地区的山川风物、名人逸事，历历如在目前。表现在字里行间的那种朝气蓬勃的青春气息，以及对信阳风物的生动描写，山川似锦，丹青千壁，使人情驰神往。

信阳是古代申伯之国的所在地，北绕淮水，南接三关，风景幽美，文物极盛。优越的山川风物，孕育了数千年的人类文明，琳琅满目，美不胜收。如潢川县发现的8000年前的磨盘，长台关出土的楚墓编钟，光山县净居寺苏东坡诗的碑刻，商城县黄柏山的息影塔，如此等等，不一而足。至于人物之盛，那就更不必说了。如固始有植物学家吴其濬，潢川有少数民族文学家马祖常，信阳有大文学家何景明，期思有大政治家孙叔敖，或则硕果累累，誉满天下，或则身居相位，严以处己，都给人民留下了深远的后思。这些在我国文化遗产中用文字记下来的东西，都被一些同志用生动的文笔在第一集《豫南史话》中描写了出来。这是值得大家学习参考的。

我曾这样想过：写一部好的地方史话，说来简单，但做起来就很不容易。地方史的编写，是把文化遗产用文字写记下来的东西。这些作品，既是资料的编汇，也是游客的向导。假如把准备接触这些文化遗产的人比作参观岩洞的游客,这些作者就是给打算游信阳的同志们充当向导。先在岩洞外讲述一番,让游客心中有个数,不至于进了洞门感到迷糊。这才算是个好向导。这样向导必须自己先在里面摸熟了,才能知道岩洞的深浅、大小、成因和演变,才能按照实际情况讲说,而不能这儿是双龙戏珠,那儿是八仙过海,天上地下,云游一番。追求真实而非单纯猎奇的游客,自然会欢迎这样的好向导的。《豫南史话》的许多作者,我看正在大踏步地向这样一个方向迈进。这能不是一个很可喜的现象么?

其次,我还想到三点,也许这三点是更重要的。

第一,"十年浩劫",一切被打倒,一切被破坏。祖国宝贵的文化遗产,被污蔑为"四旧"。"旅行"和"调查",也有了"资产阶级生活方式"的嫌疑;游目骋怀,几乎可作为一个罪名。地方志的编写,从某种角度来看,至少"不是那么需要"了。鸡足山悉檀寺墙塌屋倒了,普陀山的寺庙石刻凋零殆尽了,武当山的紫霄宫任其颓败,王屋山的阳台宫断壁残垣,避暑山庄曾一度盖起了冒烟的工厂,昆明滇池遭受了严重的污染。多少雕饰奇伟的石窟,都遭到折肢断臂的灾难;多少金碧辉煌的建筑,都落得仅有旧址的下场。党的三中全会以后,整个局面改变了,祖国面貌,为之一新。有关地方志的作品,如雨后春笋一样纷纷问世。伤痕只标志战斗的记录,常葆青春,才是祖国远大的未来。

第二,研究地方史,包括豫南地方史在内,要抱有实事求是的精神。这也是马克思主义史学工作者应该严格遵循的根本原则。就研究豫南史来说,实事求是,就是从实际出发,详细地、全面地占有资料,从大量的事实中形成观点,然后得出科学的结论。就编写《豫南史话》来说,实事求是,就是对豫南历史经过科学的研究之后,将认识到的历史的真正面目复现出来。研究豫南史和编写豫南史,这两种工作是既有联系又有区别的。但是,实事求是的原则是两者都不能偏离的。《豫南史话》的出版,就和其他一些著作的问世一样,本身标志了地方史工作走向了一个新的胜利。我从本书字里行间,想象到一部分有志于地方史研究工作者的胜利的微笑。一字一句,闪闪发光。看江山如此多娇,这是中青年史学工作者对"四人帮"的批判,也是"十年动乱"后的补课成果。

第三,就编写地方志来说,除山川、人物外,不妨范围略扩大些。清人章学诚就曾这样说过:"夫家有谱,州县有志,国有史,其义一也。"这是章氏在《大名府志序》中说的。这告诉我们不要小看了写地方史。地方志的价值是和国史相等的。我认为,地方志是以社会为中心,举凡风俗习惯、山川人物、民生利弊等,一切不详于正史的,都可以写在地方史中。我们编写《豫南史话》,也可以扩大范围,不拘一格。如赋役、户口、物产、物价等的记载,最为可贵。例如清人陆陇其所写的《灵寿志》,向以简洁著称,但其中记载赋役的变化史却特别详尽。这只能把它看作是地方史编写者的一种优点。在今天,我们研究过去劳动人民受压迫剥削的严重情况,就必须通过地方史的编写中把它反映出来。此外,我们也应当在编写《豫南史话》时,注意到文物、风谣、方言、艺文等门类的考证。关于这些,地方志实是良好的资料宝库。"知之深,爱之切"。为加强人们对祖国的热爱,激发起人们建设祖国的力量,多方面认识豫南,了解豫南,这是十分需要的。

除了以上所提三点外,我还想到一点:地方史的知识,还不限于学校教育或文物管理等范围,而是应推广到整个社会,这是很必要的。历史不能割断,文化遗产或名胜古迹都和当今各条战线上的工作有直接的或间接的牵连。所以对谁都是一样,能够多懂得一些地方掌故总比完全不懂好些。至于对生长在或工作在豫南的一些同志来说,那就更加重要了。这层道理,明人不必细讲了。

我原是写序,匆忙中结果竟写成了一篇杂感了。但是,我想作为代序也好。"文章千古事,得失寸心知。"对于善治史的,往往用不着别人在旁饶舌;对于不爱地方风物的,更用不着对他大事宣传,枉费气力。特别是像搜辑在这里的许多文章,一清如水,更无须诠释。我是热爱豫南风土人物的。豫南的一切山川河流都使我兴奋流连。我曾多次到过豫南的一些茂密的丛林,走过豫南的绿色田野,在箕形的溪谷中散步,在高山的背脊上徘徊。深知我对豫南有深厚感情的《豫南史话》编者,要我给本书写篇序文,感谢他们对我的这番盛情。他们大致不想要我对发表在这里的作品说出一些外行话来,而只是想要我这样一个学无所归的人写几句留念吧?但愿如此。

(《豫南史话》第2集,信阳地区文物管理委员会编,1982年5月印行)

《郑成功故事传说》序

翻开中国明清之际的历史,一个金光闪闪的名字立刻跃入眼帘——郑成功,17世纪中叶我们国家杰出的民族英雄!

上溯到三百多年前,台湾为荷兰殖民者窃据,郑成功在带领东南沿海人民坚持抗清斗争的同时,又毅然同配备有洋枪洋炮的荷兰殖民主义者进行了艰苦卓绝的斗争,大败敌人从巴达维亚派来的援兵,一举收复台湾,使宝岛重回祖国怀抱,为人民立下了不朽的功勋,在我国人民反侵略斗争史上留下了灿烂的篇章。

一切对历史做出贡献的英雄人物,都会受到人民的尊敬,而像郑成功这样卓越的民族英雄,更理所当然地受到人们的钦敬和赞扬。很明显的,过去我们的一些老一辈的文学家和历史学家们,在有关郑成功的事迹调查与资料整理方面,是做过许多披荆斩棘工作的。正如一些留心南明史的同志们所熟知的,像《延平二王遗集》《石井本宗(郑氏)族谱》《海上见闻录》《赐姓始末》《白麓藏书》《郑成功传》《郑成功传略》等,就是如此。以上一些记载,或者雄伟豪宕、悲慨淋漓,或者叙其家族、录其生平,或者详其随征、记其目睹,或者缅怀忠义、冀鼓英风。此外,有的记其海上始末,叙其纵横闽海,施政东都。至于郑居仲所写传记,意在钦其英风,详其为人;星槎野叟所撰《纪略》,事在起兵南澳、攻克台湾。余如温睿临之《南疆逸史》中的《郑成功传》,称颂郑成功"为人英毅有大志,丰仪峻整,瞻视非常";郑达之《野史无文》中的《郑成功海东事》,专叙郑成功逐荷复台之事,说郑成功"置承天府,分其地为天兴、万年二县,课耕积谷,务生聚,招徕远人,相机而发"。虽著述谨严,取材丰富,立论持平,但欲求通才博识,多所发明,观点正确,立场鲜明的,则仍极少见。而在举国上下致力于四个现代化建设的新的历史时期,在包括海外侨胞在内的全体中国人都盼望台湾回归祖国的今天,用新的观点,为青少年读者编写出一种系统的通俗易懂的新的郑成功传略,就显得更加必要了。林金标、陶天岭、铭海编写的《郑成功故事传说》正是这样的一个有益的尝试。

本书作者是郑成功家乡人。人都爱自己的家乡,家乡的一草一木,都会使侨居海外的游子缅怀。郑成功的家乡石井人,更会出于怀念家乡而更加怀念郑成功的。本书作者正是基于对民族英雄郑成功的无限敬仰之情,来研究郑成功的历史和编写这本《郑成功故事传说》的。他们除了系统地研究了明清有关郑成功的史籍之外,还不辞劳苦进行实地调查,搜集了海峡两岸大量优美的、为乡间父老所喜闻乐道的民间传说,历时六年之久,终于在条件不允许的香港,完成了本书的编写工作。

1982年冬,我正在病中,本书作者携稿来访,约我为本书写一篇序言。我仔细地阅读了这本历史故事传说,觉得它不仅内容翔实,脉络清晰,真实而生动地再现了民族英雄郑成功的一生,而且还处处洋溢着不可遏止的爱国主义激情,是我所见到的有关郑成功传记故事中颇具特色的一种。因此,我愿意把它推荐给广大青少年读者。

本书就要由河南人民出版社出版了,这是很有意义的。寻根究底,源出一流,现在台湾海峡两岸的人民都殷切地盼望着台湾早日回归祖国,使祖国早日实现统一,我想,这本书的出版,也许会起到一定的积极作用吧!

是为序。

秦佩珩

1982年冬于郑州大学喜竹楼畔

《中国近代史提要》序

中国近代史是研究从鸦片战争到1949年中华人民共和国成立这一段历史的。这一段历史的研究非常重要,是有极深远意义的。

毛泽东同志就十分重视近代史的研究。早在1941年就强调指出:"对于近百年的中国史,应聚集人才,分工合作地去做,克服无组织的状态。应先作经济史、政治史、军事史、文化史几个部门的分析研究,然后才有可能作综合研究。"(毛泽东《改造我们的学习》)因此,加强中国近代史的学习和研究,是党和人民给予我们的光荣而繁重的任务。特别是编写一些通俗易懂的中国近代史读物,从目前来看,尤为需要。尤其是对于一些编写近代地方史的同志们来说,可以从此找到一个基本的线索。

洛阳地区地方志总编辑室由韦支陆(曾用名中阳)同志执笔编写的《中国近代史提要》(内部参考材料)就是介绍中国近代史(从1840年至1919年阶段)面影的这样一本通俗读物。这个册子,在1983年8月第一次印刷后,受到了一些领导机关和有关方面同志们的重视,大家普遍认为,这本书内容简明扼要,文字通俗易懂,表达生动活泼,是适合具有一般文化程度的广大职工阅读的一本通俗历史读物。在进行爱国主义教育、加速两个文明建设的今天,把这个册子推荐给更多的读者是有益的,也是适时的。特别是为修好地方志,为清除思想污染、树立正确的东西,这样一些作品的重印以满足大家要求,是很有必要的。它为我们提供了一本了解我国近代史发展状况、掌握旧中国社会性质和特点的有益读物,是值得一般青年阅读学习的。

当然,给青少年写好一些通俗的历史读物不是一件容易的事情。随着党的工作重点的转移,四个现代化实践也不断给我们青少年的教育工作提出了新的课题,要求我们对这些问题给予及时、周全地解释和教育。这样,对编写近代史通俗读物的史学工作者来说,任务就愈加复杂而繁重了。从这一角度来看,这本小册子的编写,就很难避免这样或那样的缺点。但是,只要作者依靠读者的帮助和自己锲而不舍的精神,是会继续克服这些困难的。

为了振兴中华,引导青少年向正确的方向前进,以历史上革命的英雄主义精神鼓舞青少年,通过通俗历史读物,来进行教育是一个很好的途径。树立了正确的宇宙观,献身"四化"、志在四方,也就不会受坏的东西污染了。当然,除了需要拿大量丰富的史实和材料进行教育外,也还如列宁所指出的"用种种方法从各方面使他们振作起来"(列宁《论战斗唯物主义的意义》)。

希望有志从事中国近代史研究的同志们,能加快旧中国史料的发掘整理和研究的步伐,能有更多更好的通俗的历史读物出现。这是一项十分重大的政治任务,历史工作者,要竭尽自己的心血,来从事并完成这项崇高而艰巨的工作!

1983 年 12 月 10 日

《山西工商业史拾掇》序言

山西经济人文自古皆胜,有关山西手工业、商业之资料,古籍记载尤多。仅以解盐而论,早已见于宋应星《天工开物》、顾炎武《天下郡国利病书》、姚士麟《见只编》、谈迁《枣林杂俎》等书。商业之繁荣,尤执华夏牛耳,山右商人与新安大贾分庭抗礼,如谢肇淛所言:"富室之称雄者,江南则推新安,江北则推山右。新安大贾,鱼盐为业,藏镪有至百万者,其他二三十万,则中贾耳。山右或盐,或丝,或转贩,或窖粟,其富甚于新安,新安奢而山右俭也。"(《五杂俎》)可见,晋省手工业及商业之历史,不可不总结也。

山西在我国的历史上,占有极重要的地位。其手工业,如煤窑遍布全省,外销卓著;盐池晒法先进,运销三省。其商业,明代盐商与清代票号前后辉映。总之,晋省工商业留有多彩而又丰富的光荣历史。自明嘉靖以后,我国商品经济较前更为活跃,全国性的市场已在逐渐形成并有某种程度的发展。而晋商携带巨资到各地买卖潞绸、棉布、党参、瓷器等商品,无远弗届,趋利若鹜。特别是自带有全国性都市性质的一些城市逐渐得到发展后,一些特产吸引着晋商活动的积极性。诚如王士性在《广志绎》中所说:"天下马头物所出聚处,苏杭之币,淮阴之粮,维扬之盐,临清、济宁之货,徐州之车骡,京师城隍灯市之骨董,无锡之米,建阳之书,浮梁之瓷,宁台之鳖,香山之番舶……温州之漆器。"这些特产异珍,无不一一吸引晋商的仰慕及在广阔市场上的驰骋。因此,晋商经济史的研究,近年来受到了国内外人士的关注,有许多史学工作者从事这方面的研究,在许多重要课题上已取得了显著的成就,张正明同志及其《山西工商业史拾掇》就是其中之一。

1957年夏,余由洪山来嵩阳,讲席亦随之北移。张君由晋来从余游,专攻经济史。在党的对外开放政策鼓舞下,作者怀着为发展中外人民所共同关注的晋省经济发展问题,抱着崇高的写作愿望,发愤从事一些有关桑梓经济的写作。六年之内,数易其稿,终将此书写成,在山西地区工商业史的探索中进行了一些有益的尝试。

《山西工商业史拾掇》,顾名思义,当以山西经济史为重点。从内容来看,全书共分七大部分,包括煤炭业、池盐业、酒醋业、近代工业、晋商、票号等,洋洋万言,广征博引,言之凿凿,说服力强。因之,余不能无感焉。

一、目前我国地区经济史的研究,尚属一个比较薄弱的环节,除东北三省经济史的研究已在萌芽发展状态,其余各地,尚在酝酿。问题十分明显,在中国国民经济史研究的阵地上,只有加强地区经济史的研究,才能进一步深入探讨中国社会经济史。近年以来,正如前面所提到的,已有些同志开始重视到对地区经济史的研究,如东北地区,这是可喜的现象,而今西北地区的研究工作亦正在萌芽发展状态中,雨后春笋,方兴未艾。张正明同志的《山西工商业史拾掇》,可以说是对地区经济史研究的一个新成果。

二、我粗略想了一下,这本书有三个特点:(1)这本书虽为地区经济史,但涉及极为广泛。依时间的上下限而论,上起春秋战国,下至民国时代,上下三千年,时间跨度比较大,材料掌握十分不易。这本书眉目清楚,取舍恰当,匠心安排,见解独到。(2)这本书内容包括范围较广,涉及手工业、近代工业、商业各方面,既有地方特色,又是对煤炭业、池盐业等与全国经济关系比较大,对"四化"建设有借鉴意义,同时又是过去重视不够的一些课题的研究。这种研究,很有特色。(3)这本书所引资料比较充实,文笔流畅,并时有新鲜论点,可谓简而有要,详而不繁矣。

当然,任何事物都要一分为二。这本书优点虽多,也多少存在一些不足之处。例如,宏观方面的文章略显少了一些,如能有对全省工商业史综合研究的文章就更为完美了。白玉之玷,尚可磨也!尽管有一些小的缺点,但仍不失为是一部具有科学价值的地区经济史专著。这本书的出版,将会受到国内外经济史读者欢迎的。

乙丑夏,余大病方愈,又值酷暑如焚,正明同志将书稿整理完毕,行将付梓之际约写书序,余惜作者之刻苦努力精神,不渐灭于人间,则责不容辞。爱书数语,聊充弁言,挥汗如雨,文不成章,而此书之问世,如能对"四化"建设稍有贡献,则又私心之所冀幸也夫!

1985年夏昌乐秦佩珩序

《民进豫刊》发刊词

近些年来,杂志出版的很多,每多有其特点,佳者亦复不少,足供有志治学或存心问世者的学习。然而,也有些杂志,往往夸词艳声,嚣听哗众。不求孤怀宏识,高瞻远瞩,置集体利益于不顾,弃青年前途而不问,为文但求经济效益,不求有重社会效益。此种文风,实不可取也。

翳我中华,以优秀之民族,聪明强力,自奋不息,唯因"文化革命"时期,经受十年混乱,美德沦丧,积习很深。今乘党的十三次全国代表大会之东风,沿着中国特色社会主义道路前进,在建国以来社会主义建设取得巨大成就的基础上,开辟了党的历史发展的新阶段,致使国家面貌发生了极为深刻的变化,可喜可贺!

际此社会主义初级阶段,这是一个怎样的社会发展阶段?将意味着我们应当做些什么?这是一个十分值得大家深思的问题。以经济建设为中心,坚持两个基本点,应当是我们坚守的基本路线。要经济建设,就必须发展社会生产力,就要实现工业化和生产的商品化、社会化、现代化。这一任务非常艰巨,既要着重推进传统产业革命,又要迎头赶上世界新技术革命。只有如此,才能使才智益蒸,物质发舒,较快跻于世界先进行列。

救国救民,人人有责。我中国民主促进会,是中国共产党领导的爱国统一战线中的一个民主党派,她有着光荣的历史传统,是社会主义劳动者和拥护社会主义的爱国者的政治联盟,是为社会主义服务的政党,是以发扬民主精神推进中国民主政治之实现为宗旨的。如此,在此新形势下,民进会员,对国家重大问题,将袖手旁观乎,抑同舟共济乎?余意应挺身而出,旗帜鲜明,紧密团结,共同战斗,以实际行动投入日益高涨的经济建设之中。积极参政议政,做好协商对话等工作。

然欲实现此目的,必须通过一种手段,此本刊之所以创始也。希望全体会员皆发扬独创精神,为我轩辕子孙争光。窃思无产阶级政党的力量和作用,主要非取决于党员的数量而取决于党员的质量,取决于这些党员执行党的路线的坚决性和对共产主义事业的忠诚。民主党派,亦复如此。我们一定要做到对事业负责。民主和团结是非常重要的。会员之间,相互提醒,工作之间,相互谅解,方能有所建树,有所成就。才必有所培养,事必有所重担。本刊以发扬文化教育为目的,记录时代风云,抒发真情实感,眼界要开阔,理论要深化。切忌套话假话,提倡优良文风。同时,我们将接受来自各方面的挑战,欢迎贡献济世良策,不求坐而论道。

"日月忽其不淹兮,春与秋其代序;惟草木之零落兮,恐美人之迟暮;不抚壮而弃秽兮,何不改乎此度;乘骐骥以驰骋兮,来吾道夫先路。"我趁此刊问世之际,举屈原数语与诸同志共勉之。

(《民进豫刊》创刊号,1988年)

《历代治河名人传》序

由郭孟良同志主持编写的《历代治河名人传》一书即将与读者见面了。像这样的传记,可谓新中国成立以来第一部有关历代治河人物的历史画卷;在历史人物传记的百花园中,又增添了一朵鲜葩。

我从事中国经济史研究近半个世纪,对中国水利史亦曾涉猎,有所论作。孟良同志是我的研究生,他们所写的又都是中国水利史上的著名人物,故事情节真实,人物形象鲜明,使我读了以后,感到分外亲切和欣慰,留下了较为深刻的印象。

孟良同志在主持编写该书的过程中,曾多次征询我的意见。然从确定传主、体例到联系作者查阅资料、组织撰稿以及最后的修改通稿,都是他来进行的。经过反复的研讨,确定了十五人十三传,由大家分头撰写,众志成城。本书的作者们都是中青年史学工作者,又都积累了一定的学术基础和写作经验,写起来得心应手,显得生气磅礴,有一定的广度和深度。书中不仅勾勒了时代的画面,而且刻画了不同的治河专家的光辉业绩和精神风貌,具体人物具体分析,引经据典,有说服力;脉络分明,耐人咀嚼;当然,也不可避免地带有每一位作者的风格特点,文风虽不统一却也各有千秋。

仔细阅读之后,我初步考虑本书有如下几个特色:

第一,本书有独到的精神。这是因为本书是第一部历代治河人物的完整传记。不错,以前虽也有过《历代治黄史》《黄河变迁史》

《黄河水利史述要》《历代治河方略探讨》等一类的书籍,但却从没有提供一个治河人物生平事迹的详细撰述。本书独辟蹊径,从一个新的角度即治河人物这一侧面入手,对黄河水利史的研究做出了贡献。此外,本书兼具学术性和知识性,为沟通治河技术和治河历史加深了一定的透明度。资料丰富,证据凿凿,论述深入,分析透彻,有一定的学术价值。

第二,本书是从治河人物这一角度,追寻上古以至民国时期的治河的历史轨迹,从而充分反映了历代黄河的变迁及治河事业的发展。主编和作者们从一开始就很注意前后连贯,系统地再现治河历史的全过程,并探求其发展的客观规律。

第三,本书在广泛占有材料的基础上,全面评述了历代治河人物的生平全貌。同时因人而异,不同程度地论述了各自的特点。对于贾鲁、潘季驯、靳辅、陈潢等生平以治河为主的人物,就着重论述其治河业绩及治河理论与方法;而对于徐有贞、刘大夏、刘天和、林则徐等一生并不是专在治河的人物,则在重点论述其治河事业的同时,兼及其余,这种对历史人物全面而系统的论述方法,是十分可贵的。我相信,只有这样,才能写成一部名副其实的完整传记。

第四,学术研究要为今天服务,也就是要实现其社会价值,这是时代的要求。用顾炎武的话讲,就是"文须有益于世"。本书的写作正具有这样的意义。从广义来讲,弘扬黄河文化,加强民族传统教育,并为现代治河提供历史的有益借鉴。从狭义来讲,为郑州黄河游览区建设炎黄广场和历代治河名人系列雕像提供历史文献的素材集成和论证资料,也是有着很好的社会效益的。我们相信,只有用人类创造的全部知识财富来丰富自己,昭示世人,教育后代,我们的社会主义现代化事业才有希望。在本书中所蕴含的思想财富和人物形象,对于今天的精神文明建设所具有的价值也就不言而喻了。

第五,本书在评述治河人物生平的同时,还对其治河理论和治河方法做了分析论述。特别是对明清时期的治河理论,皆有明确的评介,如明清两代"以漕为本,治黄保漕"的方针,明代前期的"北岸筑堤,南岸分流",明代后期以至清代的"筑堤束水,以水攻沙"等的形成、发展、创新及局限;又如清代栗毓美的抛砖筑坝法,民国李仪祉等人对西方水利学的引进及对近代治河理论的突破等。因此,本书也不妨作为研究治河理论及现代治河的借鉴。

以上一些特点,是我临时想到的。至于其他,我想读者完全懂得怎样用正确的分析态度去阅读这本书,汲取其有益的部分,为建设我们的祖国而努力。这一点也无需我在这里多说了。

稿成,孟良同志向我索序。爰序之,以昭时代则稽历史之言,备治河则集百家之说。"历史不外是各个时代的依次交替"(马克思语),我们如何在这些交替过程中探索其规律则是作者的任务。望之!望之!

己巳年夏书于郑州之喜竹楼